ハヤカワ文庫 FT
〈FT570〉

ブラッド・ソング I
—血の絆—

アンソニー・ライアン
矢口 悟訳

早川書房
7464

BLOOD SONG

by

Anthony Ryan

Translated by
Satoru Yaguchi
First published 2014 in Japan by
HAYAKAWA PUBLISHING, INC.
This book is published in Japan by
arrangement with
THE BERKLEY PUBLISHING GROUP
a member of PENGUIN GROUP (USA) INC.
through TUTTLE-MORI AGENCY, INC., TOKYO.

あきらめることを許してくれなかった父さんへ

謝辞

素人同然のわたしに賭けてくれた編集者のスーザン・アリスンと、間違いだらけだった初稿の修正に手を貸してくれたにもかかわらず報酬を受け取ろうとはしなかったポール・フィールドに、深い感謝の意を表する。また、長年にわたり愛読してきたあらゆるファンタジイ作家たちに負うところも大きく、とりわけ、当代随一の名手と呼ぶにふさわしいデイヴィッド・ゲメルとの幸せな出会いがあったからこそ、わたしはこの道へと歩を進めることができた。

スケラン峠
フォールン・シティ
滅びの都
カードゥリン
レンフェール
ニルセール
アンドゥリン
ウルリシュの森
ヴァリンズホルド
ブラインウォッシュ川
グレイピーク連峰
ハイ・キープ
アスレール
ウォーンズクレイヴ
マルティシェの森
リル湖
カンブレール
アルトール

ブラッド・ソングⅠ

―血の絆―

第一部

大鴉の翳《かげ》に
胸の裡《うち》はただ昏く、
こぼれた涙も凍りつく。
——セオルダーの詩、作者不詳

ヴェルニアーズの記述より

彼はさまざまな名を持っていた。まだ三十歳にも満たないが、その経歴をふりかえってみれば、どれひとつとして誇大なものはないだろう——彼に命じて世界を蹂躙させた狂王は〈王国の剣〉の称号を与えたし、彼とともに死線を越えた部下たちは〝若鷹〟と、彼を不倶戴天の敵と断じたカンブレールの民衆は〝闇の刃〟と、そして、後年になってから聞き知ったことだが、北方の大森林に暮らす謎に満ちた種族は〝ベラル・シャク・ウル〟（大鴉の翳）と呼んでいた。

しかし、わたしの故国で知られた呼称はただひとつであり、あの朝、彼が埠頭へと連れてこられるあいだ、わたしはそれを一瞬たりとも脳裏から追い払うことができなかった——〈望みを絶つ者〉。もうじき訪れるその最期を、わたしが見届けよう。〈望みを絶つ者〉。

彼はたしかに誰もが見上げるほどの長身だったものの、意外にも、巷間で噂されてきたとおりの巨漢ではなく、面立ちも彫りは深いにせよ決して男前とは言えない。逞しい体軀にしても、筋骨隆々ではちきれんばかりと語り部たちが活写した姿とはまったく違う。伝説を彷彿させるところはただひとつ、彼の眼だ——黒玉さながらの瞳、鷹のように鋭い視線。一説によれば、向き合った者は魂を剝き出しにされ、いかなる秘密も隠したままにしてはおけないのだとか。おいそれと信じられない話ではあったが、実際に会ってみると、人々がそう思わずにいられない理由も納得できた。

捕虜ひとりの護送にあたっているのは帝国の近衛隊がまるまる一個中隊、いつでも使えるように槍をたずさえ、野次馬たちが騒ぎを起こさないよう威圧的な視線を向けている。もっとも、群衆のほうは息を吞んだように静まりかえっていた。目の前に現われた男をじっと注視しつつ、罵詈雑言を浴びせるわけでなく、石礫《いしつぶて》を投げつけるわけでもない。彼らはかつて短期間とはいえ他国の軍勢に自分たちの街を奪われ、くだんの男の支配に甘んじなければならなかったわけだが、彼らの表情に憎悪の色はなく、復讐心も感じられない。むしろ、不思議そうな様子だった。なぜ、あの男がここにいる？　そもそも、まだ生きていたとは？

護送の兵士たちが波止場で馬を止めると、捕虜は待機している船に乗り換えるべく、うながされるままに鞍から降りた。わたしは帳面をしまいこみ、背もたれにしていた香辛料の樽から身を離し、隊長に挨拶した。「このたび、お世話をいただくことになりました」

隊長は近衛隊の古株で、顎の輪郭には刀傷がうっすらと白く残り、いかにも南方人らしい褐色の肌をした男だった。彼も礼儀正しく挨拶を返してきた。「ようこそ、ヴェルニアーズ卿」

「ここまでの道中は平穏でしたか？」

隊長は肩をすくめた。「何事もなくというわけにはいきません。ジェセリアでは地元民の一部、〈望みを絶つ者〉の死体を寺の塔のてっぺんに吊るしてやろうと企んだ連中を痛い目に遭わせる必要も生じました」

とんでもない不心得者どもだ。皇帝陛下による勅令はこの捕虜が通過する街道筋の町々すべてに貼り出され、はっきりと御意を知らしめていたはずだ――〈望みを絶つ者〉に危害を加えようとしてはならない、と。「陛下にご報告しなければいけませんね」わたしは意見を述べた。

「瑣事《さじ》かとは思いますが、よろしいように」隊長は捕虜のほうをふりかえった。「ヴェルニアーズ卿、帝敵ヴェーリン・アル・ソーナをご紹介します」

わたしは長身の男に礼儀正しく会釈しながら、その名前が脳裏に谺《こだま》するのを抑えられなかった。〈望みを絶つ者〉、〈望みを絶つ者〉……「はじめまして」その一言を口に出すのもやっとだった。

彼の黒い瞳がこちらへ向けられた瞬間、わたしは射抜かれたかのような、見透かされたかのような錯覚に捉われた。ふと、さらに奇異な物語さえも真実なのではないかと思えてくる——この男の視線には魔力が宿っているというものだ。彼は本当に人の魂から真実を削ぎ取ることができるのか？　戦争を経て、〈望みを絶つ者〉の神秘的な能力にまつわる多くの逸話が広まっていた。曰く、動物たちと言葉を交わし、〈名無し〉を配下に従え、天候さえも意のままにできる。曰く、彼の剣には敵の血によって鍛えた鋼が使われ、どんな戦いにも折れることはない。それどころか、彼とその仲間が死を崇めており、先祖の霊を呼び覚ますための邪法にも精通していると怖れられてもいる。もちろん、わたしはそんな与太話を信じるつもりはない。北方人たちがそこまでの魔術を操るとしたら、我が軍はそれを相手にどうやって勝利を収めたというのだ？

「お会いできて光栄です、閣下」ヴェーリン・アル・ソーナの声はざらついており、きつい訛もあった。獄中で学んだというアルピラ語、剣の交わる響きや負傷兵たちの悲鳴に負けじと号令を叫びつづけた長年の戦場生活でつぶれたにちがいない喉。そして、それらの戦場のどこかで、わたしの無二の親友が斃れ、帝国の未来も失われてしまった。

わたしは隊長に向きなおった。「なぜ、彼は枷をかけられているのです？　くれぐれも敬意をもって処遇するようにと、皇帝陛下からのお達しがあったはずですが」

「何の縛《いまし》めもなしで騎乗させておいたところ、それを見た民衆から不安の声が上がりましてね」隊長が説明する。「無用の悶着を避けるために枷をかけてくれと、捕虜みずから提案したのです」彼はアル・ソーナに歩み寄り、拘束具をはずした。長身の男は古傷だらけの手を広げ、縛めの痕が残る両手首をさすった。

「閣下！」人垣の中で叫ぶ声があった。そちらに視線を向けてみると、白いローブに身を包んだ恰幅の良い男がわたしたちのほうへ駆け寄ってくる。慣れない運動をしたせいか、その顔はびっしょりと汗に濡れていた。「しばしのお待ちを！」

隊長がサーベルの柄に手を伸ばしかけた隣で、アル・ソーナはおちつきはらったまま、その男の登場に顔をほころばせた。「アルアン総督」

男は近くまで来たところで足を止め、レースのスカーフで顔の汗を拭った。何やら細長い布包みを左手に持っている。彼は隊長とわたしに会釈したものの、あくまでも捕虜に話しかけた。「閣下、またお会いできようとは思ってもおりませんでした。お元気でいらっしゃいましたか？」

「おかげさまで。総督、あなたのほうは？」

恰幅の良い男はスカーフを親指の付け根あたりにひっかけ、宝石のついた指輪でいっぱいの右手を広げた。「もはや、総督ではありません。しがない商人に戻ったのですよ。交易も難しい時代になってしまいましたが、細々とやっております」

「ヴェルニアーズ卿をご紹介しておきましょう」ヴェーリン・アル・ソーナはわたしにむかって片手をひるがえした。「そして、こちらがホルス・ネスター・アルアン氏、リネシュ市の前総督だった人物です」

「よろしくお見知りおきのほどを」アルアンが軽い会釈とともに声をかけてくる。

「よろしくお見知りおきのほどを」わたしも礼儀正しく挨拶を返した。なるほど、〈望みを絶つ者〉に街を奪われた総督とは、こういう男だったか。そこで死を選ぶことをしなかったアルアンの不面目に批判が集まる戦後社会にあって、皇帝陛下は〈神々よ、賢明にして慈愛に満ちた彼へのご加護を〉くだんの街が〈望みを絶つ者〉の支配下にあった時期のきわめて特殊な事情をふまえ、赦免が妥当であるとの判断を下された。とはいえ、もちろん、そのまま総督の地位を任せておけるはずもなかったが。

アルアンはアル・ソーナに向きなおった。「お元気そうで何よりです。皇帝陛下にあなたへの寛大な措置をいただけるよう上申した甲斐がありました」

「その折はありがとうございました――裁判の過程で全文が読み上げられました」

アルアン自身の生命を賭けるほどの上申書によって明らかにされた、〈望みを絶つ者〉が仁徳をもって戦時支配をおこなっていたという意外な事実は、わたしも裁判録から知ることができた。皇帝陛下はその善行ではなく罪状によってのみ判決を下すべく、最後まで辛抱強く耳を傾けておられたという。

「娘さんはお元気ですか？」アル・ソーナがアルアンに尋ねた。

「えぇ、とても。この夏に結婚することも決まりました。相手は船大工のろくでなし息子なのですが、哀れな父親に何ができるというのでしょう？　ともあれ、こんなふうに胸が痛くなるのもあの子が生きていればこそ、あなたのおかげですよ」

「それは良かった。あなたは胸が痛いでしょうが、娘さんにとってはおめでたいことです。あいにく、お祝いの品にできるような持ち合わせが何もないので、この言葉だけでお許しください」

「むしろ、こちらから進呈したいものがありましてね」

アルアンは細長い布包みを両掌の上に載せると、奇妙なほど重々しい表情になり、それを〈望みを絶つ者〉のほうへさしのべた。「遠からず必要になるはずだと聞き及んでおります」

北国生まれの捕虜はほんの一瞬だが明らかに躊躇《ちゅうちょ》の色を見せたあと、その包みを受け取り、古傷だらけの手で覆い布の結び目をほどいた。その中から現われたのは、見たこともない造形の剣だった——鞘に収められた刃は長さ一ヤードほどの直線的なもので、アルピラの軍人たちが提げている反りのあるサーベルとはまるで違う。鍔《つば》の一端が角《つの》のように丸く伸びて柄を囲み、その柄頭だけがせめてもの装飾性を感じさせる。柄や鞘には無数の細かい傷があり、長年にわたって使いこまれてきたことを物語っている。儀仗用の佩刀《はいとう》などではない、彼の愛刀なのだ——その事実に気がついて、わたしは眩暈《めまい》に襲われた。その剣によって、我が国は侵略されたのだ。その剣によって、彼は〈望みを絶つ者〉となったのだ。

「そんなものを、あなたは保管していたのですか？」わたしは愕然とするあまり、アルアンにくってかかった。

恰幅の良い男はうってかわったように冷ややかな表情でふりかえった。「自分の名を穢す真似をするつもりはありませんよ、閣下」

「ありがとう」アル・ソーナの言葉に、わたしはその先の反駁をさえぎられてしまった。

彼が剣を取り、一インチほど鞘を滑らせたとたん、護送隊長はとっさに身構える様子を見せた。アル・ソーナは親指で刃の具合を確かめた。「切れ味も変わっていませんね」

「手入れを怠りませんでしたから。定期的に砥ぎ、油も与えておきました。もうひとつ、これもお持ちになってください」アルアンが片掌を開いてみせると、そこには一粒のルビーがあった。中程度の大きさで、みごとなカットが施されており、彼の家宝のうちでも価値の高いものであることは疑う余地もない。アルアンがこれほどの恩義を感じるようになった事情はわたしも知っているが、野蛮人にどこまで尽くすつもりなのか、よりによって剣まで返してしまうとは、心穏やかでいられるはずがない。

アル・ソーナは途方に暮れたような表情になり、首を振った。「総督、そのようなことを……」

わたしは彼のわきへ寄り、ささやきかけた。「きみにはもったいないほどの栄誉だよ、北の人。あまり無下に断わっては失礼だし、きみの品格も疑われてしまうだろう」

彼は黒い瞳でわたしを一瞥してから、アルアンに笑顔を向けた。「ご厚意を受け取らないわけにはいきませんね」彼はその宝石を手にした。「いつまでも大切にします」

「そんな必要はありませんよ」アルアンは笑いながら応えた。「男が宝石を手許に置いておくのは、金に困っていないときだけです」

「おい、そこ！」桟橋の少し先に繋留されている船の上から呼びかける声があった。メルデニアの大型ガレーだが、幅の広い船体とそこに並ぶオールの数を見るに、その国名を広く知らしめてきた軍艦ではなく、一般の輸送船なのだろう。頭に巻いた赤いスカーフで船長と分かる、濃い黒髭をたくわえた逞しい男が、舳《へさき》で手を振っていた。「さっさと〈望みを絶つ者〉を乗船させやがれ、アルピラの番犬ども！」いかにもメルデニアの船乗りらしい挨拶の言葉だ。「おしゃべりはそれぐらいにしねぇと、潮目が変わっちまうんだよ」

「あの船で島へ渡る」わたしは捕虜に告げながら、自分の手荷物を持った。「船長の機嫌を損ねないほうが身のためだ」

「すると、噂は本当だったのですね」アルアンが言った。「島へ渡れば、彼女のための戦いが待ち受けているのでしょう？」

わたしはその口調に不快感がこみあげてきた――畏敬の念を隠そうともしないのか。

「そのとおり」彼はアルアンと短い握手を交わし、護送隊長にも小さく会釈してから、わたしのほうをふりかえった。「さぁ、閣下――参りましょうか？」

「あんたがただの物書きじゃなく、いつでも皇帝の足を舐められるほどの近侍だってことは知ってる――」船長は人差指でわたしの胸をつつきながら、「――が、この船はおれの王国だ。ここで寝起きするのが気に入らなきゃ、メインマストに身体をくくりつけておくしかないんだぜ」

わたしたちに提供された居場所は、最前部にある船倉の一画をカーテンで仕切っただけのものだった。潮と汚水の臭いがしみついたところへ、帝国の特産品として積みこまれた船荷である果物や干し魚やさまざまな香辛料の匂いも入り混じっており、鼻がおかしくなってしまいそうだ。わたしは呼吸をするのもやっとだった。

「わたしはヴェルニアーズ・アリシェ・ソメレン卿、陛下のご信頼も篤い国誌編纂者だ」ハンカチで口許を押さえているせいで、わたしの声はこもっていた。「海運王たちへの表敬を一任された特使でもあるし、帝敵であるこの捕虜を護送する役目もおおせつかっている。それ相応の礼節はわきまえてもらいたいものだな、海賊め――さもないと、すぐにでも二十名の近衛兵たちを突入させ、乗組員たちの目の前できさまを鞭打ちにしてくれるぞ」

船長がひときわ顔を近寄せてくる。なんともはや、彼の吐息はこの船倉よりもなお悪臭に満ちていた。「そっちがその気なら、二十一の死体を鯱《しゃち》の餌にしてから出港することになるだろうぜ」

アル・ソーナが寝袋のひとつを足元の甲板に投げ出し、周囲をちらりと見回した。「ここで充分だと思うがね。あとは、食糧と水が必要だな」

わたしは慄然としてしまった。「鼠の巣穴も同然のこんな場所で寝起きするつもりか？　冗談じゃない」

「牢獄につながれてみれば納得できるようになるさ。ここと同じような鼠の巣穴だ」彼は船長のほうをふりかえった。「水樽は前部甲板かな？」

船長は太い指先で髭をさすりながら、その長身の男をしげしげと眺め、相手が自分をからかっているのか、必要とあらば殺してしまえるかどうか、思案をめぐらせているようだった。アルピラ北部の沿岸地方にある諺《ことわざ》どおりだ――〝コブラに背を向けても、メルデニア人には背を向けるな〟。

「あぁ、〈護りの手〉とやりあおうとしてる野郎ってのは、おめぇのことだな？　イルデラじゃ二十対一の賭け率になってるぜ。おれだって、銅貨の一枚もおめぇに賭けようとは思わねぇよ。剣を持った〈護りの手〉は島で最強だ。その早業ときたら、飛んでるハエをまっぷたつにできるほどさ」

「そうまで言われる彼の実力を疑うつもりはないよ」ヴェーリン・アル・ソーナが笑顔で

応える。「で、水樽は？」

「前部甲板だよ。一日の配給量は瓢《ひさご》一杯まで、それ以上は一滴もやれねぇ。おめぇらなんぞのせいで乗組員たちが干乾《ひぼ》しになっちまうなんざ、まっぴらごめんだ。食い物は厨房で調達できるが、おれたちと一緒だからって文句を言うなよ」

「ひどい食事には慣れてるさ。漕ぎ手が足りないときは声をかけてくれ、力を貸すよ」

「経験はあるのか？」

「一度だけ」

船長は唸るように「まぁ、憶えておこう」と言った。そして、その場を去りかけながら、肩ごしにかろうじて聞こえるほどの声で「一時間以内に出帆する。港を離れるまで、邪魔にならねぇようにしてくれや」

「島の蛮族め！」わたしは憤然と鼻を鳴らすと、自分の荷をほどき、羽ペンとインクを取り出した。寝袋の下に鼠が潜んでいないことを確かめてから、そこへ座りこみ、皇帝陛下への手紙を書く準備をととのえる。ここまでの侮辱を受けてしまったとお伝えしないわけにはいかない。「アルピラのすべての港から、あの男を締め出してやらなければ」

ヴェーリン・アル・ソーナも船腹にもたれかかって座りこんだ。「こちらの言葉でも通じるのかな？」彼は自分の母語で話しかけてきた。

「さまざまな言語を学んできたのでね」わたしも流暢に答える。「帝国の公用語となっている主要七言語は何の不自由もないし、ほかにも五つの言語を使うことができる」

「すばらしい。セオルダー語は分かるか?」

わたしは紙面から顔を上げた。「セオルダー?」

「〈北の深き森〉に暮らすセオルダー・シルだよ。噂ぐらいは聞いたことがあるだろう?」

「北方の蛮族については何も知らないようなものだ。理解を深める必要性を感じたこともない」

「学者のわりに見識が狭いようだな」

「本音を言わせてもらえば、きみのことなど何も知らないままでいたかったところだ」

彼は首をかしげ、わたしの表情を観察した。「ずいぶんと憎まれたもんだな」

わたしは無視を決めこみ、紙面にペン先を走らせ、皇帝陛下への手紙にふさわしい挨拶でその冒頭を飾った。

「知り合いだったのかい?」ヴェーリン・アル・ソーナは言葉を続けた。

わたしの羽ペンの動きが止まった。わたしは彼と視線を合わせまいとした。

「〈望まれし者〉のことだよ」

わたしは羽ペンを置き、立ち上がった。船倉の臭気も、この男が近くにいることも、一気に耐えがたくなってしまった。「あぁ、知り合いだったとも」わたしは絞り出すように答えた。「これ以上はないというほどの人物だった。史上最高の皇帝にもなれるはずだった。しかし、わたしがきみを憎んでいる理由は別にある。〈望まれし者〉はわたしの親友だったのに、その彼をきみが殺したからだ」

わたしは船倉を出ると、主甲板につながる階段を昇りながら、生まれて初めて、自分が戦士だったならと思わずにいられなかった。腕は逞しく、心は石のように固く、剣によって復讐を遂げることができたはずなのに。しかし、現実のわたしには無理な望みだ。健全ではあるが決して剛健とはいえない肉体、冷静ではあるが決して冷酷にはなりきれない心性。わたしは戦士ではない。復讐はわたしの持ち分ではない。殺された親友のために何ができるかといえば、彼の生命を奪った相手の最期をしっかりと見届け、あるべき結末を迎えた一冊の物語として皇帝陛下に捧げ、将来への記録として文書館に収めることだ。

甲板に出て数時間、わたしが手摺にもたれかかったまま、緑色に波立つアルピラ北岸の海が次第に深さを増し、エリネア地中海の青へと移ろっていくのを眺めているあいだに、水夫長が太鼓を叩いて漕ぎ手たちを配置につかせ、本格的な船旅が始まっていた。陸地から充分に離れたところで、船長の号令一下、メインスルが張られて風をはらみ、船脚はたちまち速くなった。鋭角に切り立った舳が波を切るにつれ、さまざまな海神のひとつである翼のある蛇をかたどったメルデニア彫刻の船首像がその飛沫を浴び、無数の歯がぎっしりと並んでいる頭部からとめどもなく雫を滴らせる。漕ぎ手たちが二時間ほどもオールを動かしつづけたところで、水夫長はようやく休息を告げ、彼らを食事に行かせた。当直員は甲板に残り、索具の点検やら何やら、船上のさまざまな雑用を黙々とこなしている。わたしに胡乱《うろん》そうな視線を向けてくる者もいないわけではなかったが、誰もそれ以上は干渉しようとはせず、わたしにとってはありがたいかぎりだった。

港から何リーグも離れたころ、波間を切るように動く黒い鰭がいくつも現われたかと思うと、マストのてっぺんから歓声にも似た叫びが降ってきた。「鯱だぞぉ！」

どれほどの数がいるのか、わたしには見当もつかなかった。泳ぐ姿はひたすら速く滑らかで、ときおり水面から頭を覗かせて潮を噴き、すぐにまた潜っていく。船の間近まで寄ってきたおかげで、ようやくその身体の大きさが分かった――鼻先から尻尾まで、二十フィート以上はあるだろう。南の海で出会ったイルカは銀色に輝いており、遊び好きで、ちょっとした芸当なら簡単に覚えこむらしい。だが、目の前にいる黒い巨体の群れはまったくの別物で、水中を突き進むその翳は自然界の無頓着なまでの残酷さを体現しており、わたしには凶兆としか感じられなかった。もっとも、船乗りたちの思いはそれと正反対なのだろう、索具のそこかしこから旧友との再会を喜ぶかのように快哉を叫んでいる。渋面を崩したことのない船長でさえ、いくぶん表情が和らいでいるではないか。

一頭の鯱が水泡の輝きに包まれながら跳び上がり、虚空に身を躍らせたかと思うと、海面を割らんばかりの勢いで倒れこみ、その衝撃は船を激しく揺さぶるほどだった。メルデニア人たちは大歓声を上げた。（おぉ、セリーセンよ）わたしは心の中で呟いた。（あなたがこんな場面に遭遇したら、さぞかし麗しい詩を詠んだことだろう）

「彼らにとって、鯱は聖なる動物なんだそうだ」いつのまにやら、〈望みを絶つ者〉がわたしの隣に立っていた。「メルデニア人が海で死ぬと、鯱の群れがその魂を拾い上げ、世界の涯のさらに先まで続く大海原の彼方へ運んでいってくれるらしい」

「迷信だよ」わたしは鼻で笑った。

「おたくの帝国でも彼らと同じ神々が崇められているんじゃなかったか？」

「信者は少なくないが、わたしは違う。神などというものは実在しない。いるとすれば、子供の頃に聞いたお伽話の中だけさ」

「わたしの同胞たちを大喜びさせそうな見解だな」

「知ったことか。北の連中なんぞに用はない」

別の鯱が十フィートあまりの高さにまで跳び上がり、これまた海面に巨体を叩きつけた。

「奇妙なものだな」アル・ソーナがひとりごちた。「我が国の艦船がここを渡ったときには一頭も姿を見せなかったのに、相手がメルデニア人ならこうなるのか。鯱たちも彼らと同じことを信じているのかもしれないな」

「ありえなくはない」わたしも相槌を打った。「もっとも、単に餌付けされているだけのことかもしれんが」わたしは舳のほうへ顎をしゃくってみせた。船長がサケの切身を波間へ投げると、鯱たちは目にも留まらぬ早業でかっさらっていく。

「あなたはなぜここにいる、ヴェルニアーズ卿？」アル・ソーナが尋ねた。「皇帝があなたを派遣した理由は？　獄吏の仕事だろうに」

「きみの決闘の立会人になりたいというわたしの願いを、かたじけなくも皇帝陛下が叶えてくださったのだ。もちろん、本国へお戻りになるレディ・エメレンのお供という役割も申し付かっている」

「わたしの死を見届けたいということか」

「歴史に残るであろう出来事を正しく記録し、いずれ帝立文書館に収めるためだ。国誌編纂者としての職務だよ」

「あなたはその仕事で名を上げたらしいな。ゲリッシュという獄吏がいて、あなたの書いた我が国との戦記はアルピラ文学の最高傑作だと言っていた。世間に触れることも稀な暮らしを送っているにしては博識な男でね。わたしの独房の前に座りこみ、何時間も延々と朗読してくれたよ。会戦の場面がとりわけお気に入りだったな」

「歴史家として大成するには、念入りな調査が欠かせない」

「それにしては間違いが多かったのが残念ではある」

わたしはあらためて戦士の強さを欲せずにいられなかった。「間違い？」

「いろいろと、ね」

「そうか。では、きみの野蛮な脳を働かせて、どこにどれほどの間違いがあったのかを教えてもらいたいものだな」

「まぁ、細部はとりたてて指摘するところもなかったと思うがね。挙げるなら、わたしが〈オオカミ軍団〉とやらを率いていたという点だ。実際のところは第三十五歩兵連隊、王国軍関係者のあいだで〝オオカミ使い〟と通称される組織さ」

「帝都へ戻ったら修正版の刊行を急ぐとしよう」わたしは抑揚のない声で応えた。

彼は目をつぶり、記憶をたどっていた。「〝ジャヌス王による北岸への侵攻はさらに大きな野望のための第一歩にすぎず、帝国全土の併合こそが真の狙いであった〟」

暗誦か。驚くべき記憶力だ。もっとも、それを褒めてやるつもりなど微塵もないが。

「事実を述べているにすぎん。きみたちは力ずくで帝国を奪おうとしていた。成功を信じて疑わなかったジャヌスは狂っていたのだろう」

アル・ソーナは首を振った。「われわれは北岸の港に用があっただけさ。エリネア経由の交易路を確保することがジャヌスの意図だった。それに、彼は狂ってなどいなかった。老いて目先も狭くなっていたとはいえ、頭の中はまともだったよ」

とりつくろったところのない口調に、わたしは驚きを禁じ得なかった――ジャヌスの途方もない裏切りは、それ自体が〈望みを絶つ者〉にまつわる伝説のひとつになっているのだ。「彼が何を考えていたのか、どうして分かるのかね？」

「当人が話してくれたからさ」

「話して？」わたしは一笑に付した。「各国大使から地方の役人にいたるまで、思いつくかぎりの当局者たちに何百通もの手紙を出したのだよ。返事をくれた相手はごく一部にすぎなかったが、そこにはひとつの共通点があった――ジャヌスは自分の計画を決して他人に明かさなかったということだ。家族でさえ何も聞いていなかったらしい」

「それなのに、あなたは彼が帝国全土を征服するつもりだったと断言したわけか」

「ありったけの傍証にもとづく論理的推察だ」

「理屈はそうかもしれないが、間違いは間違いさ。ジャヌスは一国の王にふさわしい心魂の持ち主で、必要とあらば冷徹無比になりきることができた。しかし、強欲なところはなかったし、夢想家でもなかった。王国じゅうの人手と資財をそっくり徴用しても帝国を征服するには足りないと分かっていたのさ。われわれの目的はあくまでも港の確保だった。それこそが王国の将来を守る唯一の方法だと聞かされたよ」

「なぜ、きみにだけ肚《はら》を割ったのだろうな？」

「われわれのあいだには……ひとつの約束事があってね。ほかの誰も知らない多くの話を、ふたりで共有していたんだ。彼から受けた命令のなかには、事前の説明がなければ遂行が難しいものもあった。まぁ、もっと単純に、ひとりぐらいは聞き手が欲しかったということなのかもしれない。国王も孤独には勝てないだろうからな」

わたしは奇妙な誘惑に駆られた――この北方人はわたしが追い求めてきた情報をつかんでいる。憎むべき相手とはいえ、彼に対する敬意が生じてきたことも否定できない。彼はわたしを利用しようとしている。自分の言葉をわたしに書き取らせようとしている。その理由はまったくもって分からない。彼とジャヌスとのあいだに何らかの事情があり、島で待ち受けている決闘もその因果なのだろうということは見当がつく。ひょっとしたら、彼はそこで最期を迎えるにあたり、重荷を降ろしたがっているのかもしれない。〈望みを絶つ者〉がただそれだけの存在だったわけではないのだと、真実を後世に伝えたがっているのかもしれない。彼自身の魂を救済するため、そして、亡き王のためにも。

長い沈黙の中に佇むわたしの目の前で、鯱の群れは切身の餌をすっかり食べ尽くすと、東のほうへ泳ぎ去っていった。やがて、あらゆるものの影が長くなり、夕陽が水平線に接する頃、わたしはようやく口を開いた。「聞かせてくれ」

1

ヴェーリンの父親がまだ幼い息子を第六騎士団の領館へと連れていったのは、深い霧が地表にまで垂れこめた朝のことだった。父の前に乗せられたヴェーリンは両手で鞍の縁をつかみ、大喜びだった。父の乗馬に同行させてもらう機会など、めったになかったからである。

「どこへ行くのですか、父上？」屋敷の厩舎までの道すがら、彼はそう尋ねたものだ。

長身の男は無言のままだったが、愛馬に鞍を置こうとしている手がほんの一瞬だけ止まった。もっとも、答えが返ってこないことなど珍しくもないので、ヴェーリンはそれを気にも留めなかった。

石畳を打つ蹄鉄の鋭い音を響かせ、父子は屋敷を発った。北門を出るところで、晒し柱に吊るされた檻の中の死体がいくつも目に入り、そこらじゅうに漂っている腐臭が鼻をつく。彼らが何の罪でそんな罰を受けることになったのか、ヴェーリンはあえて尋ねるべきではないと思い知らされていた。その質問にならば父も積極的に答えてくれたものだが、それを聞いたヴェーリンは冷汗と涙が止まらず、窓の外から聞こえてくる物音のひとつひとつが気になってしまい、盗人が来たか暴動が起こったか、それとも〈拒絶者〉たちが闇に蠢《うごめ》いているのかと、夜も眠れなかったのである。

胸壁までの石畳が終わり、地面が剝き出しになっている道にさしかかると、父は愛馬の脚を速め、まずは駆歩、さらには全力で走らせた。ヴェーリンは興奮にはしゃいでしまい、ふと、そんな自分が恥ずかしくなった。母が亡くなって二カ月、父の悲しみは黒雲のように屋敷を覆っており、従僕たちのあいだにも不安が漂い、来客も稀になってしまっている。しかし、ヴェーリンはまだ十歳で、死についても子供なりの解釈しか持ち合わせていなかった――母がいないという寂しさはあるのだが、その不在の理由はまるで分からず、おとなの世界に隠された究極の秘密としか思えなかった。わけもなく涙がこぼれるのを奇妙に思いながら、彼はあいかわらず調理場から菓子をくすね、木剣を手に中庭で遊びまわっていた。

数分ばかりも馬を走らせたところで、父が手綱を引いた。遠乗りを期待していたヴェーリンにとっては拍子抜けだった。彼らの目の前には大きな鉄の門があった。格子は見上げるほどのところ、おとなを頭のてっぺんから爪先まで三人重ねたよりも高く、その上には鋭い尖刃がずらりと並んでいる。アーチの頂点には戦士の鉄像があり、胸の前で下向きに剣を構え、髑髏の面相でこちらを睥睨《へいげい》している。門の両脇に連なる壁も同じぐらいの高さで、やや左寄りに組みつけられた横木に真鍮製の呼鈴が吊ってあった。

ヴェーリンの父は馬から降り、彼を抱き下ろした。

「ここに何があるのですか、父上？」彼が尋ねた。囁き声のつもりが、やたらと大きく響いてしまったように感じられる。静寂と霧に包まれているせいで気分がおちつかないし、門の造りもその上に鎮座している像も好きになれない。髑髏のうつろな眼窩に騙されてはいけないと、彼は子供心に強く疑っていた。ふたりが門をくぐるのを待ち受けているかのような視線が突き刺さってくる。

父は答えることなく呼鈴に歩み寄ると、腰の剣を取り、柄頭で打ち鳴らした。けたたましい音が静寂を引き裂いた。ヴェーリンは両手で耳を塞ぎ、反響が収まるのを待った。しばらくしてから視線を上げると、目の前に父が立ちはだかっていた。

「ヴェーリン」戦士のかすれた声が呼びかける。「座右の銘にせよと教えた言葉は憶えているか？　我が一族の家訓だ」

「はい、父上」

「言ってみろ」

「〝忠誠心こそ力なり〟」

「よし。忠誠心こそ力なり。それを忘れるな。わしの息子として、わしにここへ連れてこられたことを忘れるな。おまえはここで多くを学び、第六騎士団の一員となるだろう。だが、どんなときでも、おまえはわしの息子にふさわしく、わしの期待に応えてくれると信じているぞ」

門のむこうから砂利を踏みしめる音がしたので、ヴェーリンはとっさに視線をひるがえし、マントに身を包んだ長身の人物が佇んでいるのを格子ごしに見て取った。彼らがここへ来るよりも早くから待っていたにちがいない。霧にさえぎられて目鼻立ちまでは分からなかったが、値踏みするかのような視線を感じたヴェーリンはすくみあがってしまった。

彼は父を見上げた。大きくて逞しい身体、白いものが混じりはじめた髭、頬や額に刻まれた深い皺。そして、ヴェーリンには一度たりとも見せたことのない、どんな心の動きともつかない表情。後年、彼はそれと同じような表情を何百という人々の顔に見るうち、何がそうさせるのかを知り尽くすに至るのだ――恐怖。父の瞳はかつてないほど暗く、その暗さは生前の母をも凌いでいたので、ヴェーリンは愕然としてしまった。やがて、彼は父のことを思い出すたび、この瞬間の印象ばかりが脳裏に浮かぶようになる。世間一般の人々にとって、父は元帥であり、王国随一の戦士であり、ベルトリアンの英雄であり、国王の救い手であり、将来を嘱望された息子を持つ父親なのだろう。しかし、当の息子であるヴェーリンにとっては、自分を第六騎士団の門前に置き去りにした腑甲斐ない父親ということになったのだ。

父の大きな手が彼の背中を押した。「さぁ、行け、ヴェーリン。あの人のところへ行くのだ。何も心配することはないぞ」

(嘘だ!)ヴェーリンは心の中で叫びながら、門のほうへ押しやろうとする力に抵抗しきれずに重い足をひきずるばかりだった。そちらへ進むにつれ、マント姿の人物の顔もはっきりと見えるようになってくる――面長でのっぺりとしており、唇は薄く、瞳は薄青色。ヴェーリンは思わずその目鼻立ちに見入ってしまった。面長の男もまっすぐな視線を返してくる。彼の父の存在などまったく眼中にないらしい。

「きみの名は何というのかな、少年よ?」その声はどこまでも静かで、霧の中の微風のようだった。

不思議なことに、ヴェーリンの声はまったく震えていなかった。「ヴェーリンです、閣下。ヴェーリン・アル・ソーナです」

相手の薄い唇に笑みが浮かんだ。「わたしは〝閣下〟と呼ばれるほどのものではないのだ、少年よ。ガイニル・アーリン、第六騎士団の管長を務めている」

ヴェーリンは母から教わってきた礼儀作法を思い出した。「失礼しました、管長さま」

背後から荒い鼻息が聞こえた。ヴェーリンがふりかえってみると、父を乗せた馬はすでに霧の中へ消えかけており、柔らかい地面を蹴る蹄《ひづめ》の音もたちまち聞こえなくなってしまった。

「永の別れになるぞ、ヴェーリン」管長はのっぺりとした顔から笑みを消した。「ここへ連れてこられた理由を知っているかね？」

「多くのことを学び、第六騎士団の一員になるためです」

「よろしい。ただし、老若にかかわらず、それが自分自身の意志でないかぎり、この門をくぐることはできんのだよ」

ふと、ヴェーリンは霧の彼方へと逃げ去りたくなってしまった。どこか遠くへ。無法者たちの仲間に入れてもらい、森で暮らし、大冒険の数々をくりひろげ、両親とは死に別れたつもりで……忠誠心こそ力なり。

管長の視線は穏やかだったものの、ヴェーリンは自分の頭の中をそっくり見透かされているにちがいないと悟った。時を経てから疑問に思ったことだが、はたして幾人の少年たちが性悪な父親に力ずくで、あるいは騙されてここへ連れてこられ、逃げたら逃げたで、それを悔やむような目に遭ったのだろうか？

（忠誠心こそ力なり）

「門を開けてください、お願いします」彼は管長に言った。涙がこみあげてきたものの、それを必死で抑えこむ。「多くのことを学びたいと、心の底から思っています」

管長が閂《かんぬき》を外す。ヴェーリンはその手に無数の傷痕があることを見て取った。管長は門を開け、手招きをした。「入りたまえ、小さき鷹よ。今この瞬間から、われわれは兄弟同士だ」

第六騎士団の領館は単なる館というよりも要塞のようなものだと、ヴェーリンはすぐに気付いた。管長に導かれて歩く正面玄関までの小径も、断崖さながらに花崗岩を積み上げた胸壁に囲まれている。大弓をたずさえた黒っぽい人影がそこかしこで警備にあたっており、濃霧をも見通すような鋭い視線を彼に向けてくる。玄関前には高い迫持《せりもち》をそなえた通廊があり、中へ入るには吊門を引き上げてもらわなければならない。槍を手にした歩哨が二名、どちらも十七歳の上級研修生で、最敬礼をもって管長を迎え入れた。管長は彼らに返礼するでもなく通り過ぎ、そのままヴェーリンを連れて中庭をつっきる。そこにも研修生たちの姿があり、石畳の上に散らばった藁屑を掃き取っていた。鍛冶場からの槌音《つちおと》が響きわたる。ヴェーリンはいくつかの城を見たことがあるし、両親に連れられて王宮を訪れた経験もある――いちばん上等な服を着せられ、第一騎士団の管長が国王の心の広さを称える長広舌を並べ立てているあいだじゅう、必死にあくびを噛み殺していたものだ。しかし、王宮は光に満ち、さまざまな彫像やタペストリで飾られ、大理石の床にせよ兵士たちの胸甲にせよ傷ひとつなく磨いてあり、覗きこめば顔が映るほどだった。悪臭や煙も漂っておらず、薄闇に閉ざされた何十という扉のむこうには、年端もいかない子供が知ってはいけないような暗い秘密が隠されていたにちがいない。

「この騎士団について知っていることを話してみたまえ、ヴェーリン」本館への道すがら、管長は彼に言った。

ヴェーリンは母の教えをそっくりそのまま復唱した。「第六騎士団は正義の剣を持ち、背教者や王敵を討伐するのです」

「そのとおりだ」管長は驚いたような口調になった。「良い教育を受けてきたようだな。ところで、ほかの騎士団にはない、われわれだけの務めがあるのだが、それも知っているかね？」

ヴェーリンは答えを探したまま、管長につづいて本館へ入ると、十二歳ぐらいの少年ふたりが木剣で打ち合いの稽古をしているところに遭遇した。突き、払い、薙ぎ、いずれの動きも非常に速い。少年たちは白いチョークで描かれた輪の内側で戦っており、その足が白線に触れそうになるたび、髪を完全に剃り落とした教官が笞《むち》の一振りで中央へと戻らせる。ふたりは笞に怯える様子もなく、ひたすら稽古に集中していた。片方の少年が攻めを急いで姿勢を崩し、相手の一撃を頭に受けた。彼はよろめき、血を流しながら倒れこんだが、その身体が白線を越えたとたん、教官は容赦なく笞を浴びせた。

「戦いです」ヴェーリンはようやく管長に言った。暴力と血を目のあたりにして、心臓が早鐘を打っている。

「そうだ」管長が立ち止まり、彼を見下ろした。「戦う。殺す。火矢をかいくぐって城壁を駆け登る。突撃してくる槍騎兵の前に立ちはだかる。敵の本陣のまっただなかに血路を開いて旗幟を奪い取る。戦いこそが第六騎士団の務めだが、さて、何のために戦う？」

「王国のために」

管長はその場にひざまずき、視線の高さをヴェーリンと同じくした。「そう、王国のためもある。しかし、王国以上に大切なものはないかね？」

「信仰、ですか？」

「自信が欠けているようだな、小さき鷹よ。わたしが期待するほどの教育を受けてきたわけではないのかもしれん」

彼の背後では、教官が倒れた少年の襟首をつかんで立ち上がらせ、侮蔑的な言葉の数々を叩きつけているところだった。「うすのろ、ぼんくら、できんぼの糞喰らいめ！　さっさと稽古に戻れ。もういっぺん倒れたら、本当に起き上がれなくなるほどの目に遭わせてやるぞ」

「〝歴史と精神との積み重ねが信仰である〟」ヴェーリンが暗誦した。「〝人が〈遠世〉へと旅立つとき、その真髄は〈逝きし者〉の魂と出会い、今を生きる者たちの案内役となってくれる。それに応えるべく、彼らを敬い信じることが必要なのだ〟」

管長は片眉を上げた。「教理問答を知っているのか」

「はい、管長さま。母のおかげです」

管長の顔色が曇った。「お母上の……」彼は一言だけ呟くと、それまでの平淡な表情を取り戻した。「今後、お母上のことを口にしてはいけない。お父上のことも、どんな親戚縁者についても同様だ。今や、きみが家族と呼ぶべきは騎士団の兄弟だけだ。騎士団に属するとは、そういうことだ。わかったかね？」

頭に傷を負った少年がふたたび倒れ、そこへ教官の笞が幾度となく振り下ろされる。教官は殴打をくりかえしたが、骸骨さながらの顔に喜怒哀楽の色は浮かんでいない。ヴェーリンはそれと似たような父の表情を思い出した――猟犬に引き綱をつけるときの顔だ。

〝騎士団に属するとは、そういうことだ〟

奇妙なもので、彼は心臓の早鐘も収まり、管長の最後の問いかけに答える声もまったく震えていなかった。「わかりました」


その教官はソリスという名前だった。歳月に鍛えられた痩身、山羊のような眼――灰色の瞳を冷たく光らせ、凝然と見据えてくる。彼はヴェーリンを一瞥して尋ねた。「屍肉とは何だと思う？」

「分かりません」

ソリス教官は彼のほうへ歩を進め、目の前に立ちはだかった。ヴェーリンの心臓はここでも早鐘を打つに至らなかった。あのとき、本館の床に倒れた少年が笞で殴打されるのを見た記憶ゆえに、骸骨のような顔をしたこの教官に対する恐怖よりも憤怒のほうが強くなっていたのだ。

「腐った死体だよ、ぼうず」ソリス教官が言った。「戦場に取り残された肉の塊で、烏や鼠の胃袋に収まるしかない。きさまもそうなる運命だ。死んで、腐り果てる」

ヴェーリンは黙っていた。山羊を思わせるソリスの眼は彼の胸中を無遠慮に覗きこもうとしているかのようだったが、恐怖のかけらもないことが分かるだろう。不安感を煽ろうとして、むしろ怒りに火をつけたというわけだ。

そこは北の塔の屋根裏で、ヴェーリン以外にも十人の少年たちがいた。いずれも彼と同じぐらいの歳で、家へ帰れない寂しさのあまり泣いている者もいれば、親許を離れた解放感に笑みの絶えない者もいる。ソリスは彼らを整列させ、ぐずぐずしていた固太りの少年を笞で叩いた。「さっさと動け、肥溜め小僧」

教官は少年たちの列に近寄ると、ひとりひとりを品定めするように睥睨した。「名前は？」彼は背の高い金髪の少年に尋ねた。

「ノルター・アル・センダールです、サー」

「〝マスター〟と〝サー〟の違いを知らんのか、ぼけなす」彼はその隣へと移動した。

「名前は？」

「バルカス・ジェシュアです、マスター」笞の洗礼を受けた固太りの少年が答える。

「今も昔も、ニルセールは駄馬の特産地というわけか」

そんな調子で、ソリス教官は少年たち全員に嘲りの一言を投げかけた。やがて、彼は列から離れ、短い講話を行なった。「きさまらの家族がきさまらをここへ来させたのは、それぞれに理由があってのことだろう」彼はそう切り出した。「英雄になってほしい、家名を高めてほしい、町の酒場や売春宿で息子の自慢話を吹聴したい、あるいは、もっと単純に、うるさいだけの小童《こわっぱ》を厄介払いしたかったにすぎないのかもしれん。とにかく、家族のことは忘れろ。きさまらと一緒にいたいと思っていたのであれば、きさまらはここにいなかったはずだ。今や、きさまらの身柄はわれわれが握っている。きさまらはこの騎士団に属している。きさまらは戦い方を学び、その生命が尽きるときまで、王敵や背教者どもを殺しつづけるのだ。それ以外のことは何の意味もない。それ以外のことを気にする余裕もない。家族を思い出すな、夢を見るな、騎士団とは無縁の野心を持つな」

それから、ソリスの号令一下、少年たちは各自のベッドにあった粗末な木綿の袋をひっつかみ、どこまで続くのかと思いたくなるような塔の階段を駆け降り、中庭をつっきったところにある厩舎へ行き、そこにある藁を袋に詰めこんだ。少しでも遅い者には容赦なく笞が飛んだ。ヴェーリンは自分がいちばん頻繁に笞を浴びているという確信があったし、自分にあてがわれた藁の山がひときわ古くて水気を含んだものではないかとさえ疑っていた。袋がいっぱいになると、彼らはまた笞に追われながら塔へと駆け戻り、ベッドとは名ばかりの木枠にそれを置いた。つづいて、なおも駆け足で、本館の地下にある貯蔵庫へ。教官が彼らを整列させると、全員の荒い吐息にその場の冷気が白く曇り、収まる暇のない喘ぎが響きわたる。底知れぬ悪意を感じさせる深い翳に、ヴェーリンもとうとう恐怖心が蘇ってきた。

「前を向け！」ソリスの笞が彼の腕に一筋のみみず腫れを残す。彼は痛みのあまり泣き声が洩れそうになるのを必死で嚙み殺した。

「新入りかい、マスター・ソリス？」快活な声が聞こえてきた。暗闇の中から現われたのは見る者の度胆を抜くほどの巨漢で、ハムの塊を思わせるいかつい手に油灯をたずさえている。その胴回りは身長を超えているのではないだろうか——そんな姿の人物を見たのは、ヴェーリンにとって初めての経験だった。太い腹をすっぽりと覆う特大のマントはほかの教官たちと同じく濃紺のものだが、胸許にひとつ赤い薔薇の刺繡があしらわれている。ソリスのそれには何の装飾もない。

「いつもながらの糞袋だよ、マスター・グリーリン」彼はうんざりしたような口調でその巨漢に答えた。

グリーリンの丸々とした顔に小さな笑みがよぎった。「きみの指導を受けられるとは、幸運な連中だな」

しばしの沈黙が訪れ、ヴェーリンは両者のあいだに緊張が漂うのを感じ取った。ほどなく、彼にとっては意外なことに、ソリスが会話を再開させた。「装備品を出してやってくれ」

「もちろんだとも」グリーリンは少年たちの列に近寄ると、巨体に似合わぬ軽い歩調で横へ移動していきながら、ひとりひとりの背恰好を観察した。「小さくとも戦士たる者、来《きた》るべき戦いのための武具を揃えておかないとな」彼は笑顔のままだったが、ヴェーリンの目に映るその表情からはまるで本心が窺えなかった。またしても父の顔が脳裏をよぎる——馬商たちの共進会に顔を出し、若駒を売りこもうとする畜産業者に呼び止められたときのことだ。父はその馬のまわりを一周しながら、軍馬としての良し悪しを判別するために注目すべき点はどこか、ヴェーリンに説明したものだ。筋肉の厚みがあれば混戦の中で強さを発揮するとはいえ速駆けで不利になる場合もあるとか、調教後でも多少の野性を残している馬がもっとも理想的だとか。「目で分かるのだよ、ヴェーリン」父はそう教えてくれた。「瞳の奥にきらめく炎がある馬を探しなさい」

グリーリンも同じなのだろうか、彼らの瞳の奥にきらめく炎があるかどうかを見極めようとしているのか？　先々の可能性を秘めているのは誰か、戦いのさまざまな場面でどれほどの働きを見せられるか。

グリーリンは痩せた少年の前で足を止めた——ケーニスと名乗った彼に対して、ソリスの嘲りの言葉はひときわ痛烈だった。グリーリンにじろじろと観察され、彼は居心地が悪そうに身をよじった。「小さな戦士、おまえさんの名前は？」グリーリンが尋ねた。

ケーニスは唾を呑みこみ、やっとのことで口を開いた。「ケーニス・アル・ナイサです、マスター」

「アル・ナイサか」グリーリンは思案顔になった。「わしの記憶違いでなけりゃ、決して貧しくはない貴族の姓だ。南部にいくつかの領地を持っていて、ハーニッシュ家と姻戚関係にある。ずいぶん遠くから来たじゃないか」

「はい、マスター」

「まぁ、心配しなさんな。騎士団がおまえさんの新しい家族だ」彼がケーニスの肩を軽く三回叩いたので、その少年はとっさに身をこわばらせた。ソリスの笞のせいで、何の害もないはずの接触さえ安心できなくなってしまったにちがいない。グリーリンはなおも列に沿って進み、ひとりずつ異なる質問をしては、彼らの不安を取り除くための言葉をかけていく。そのあいだにも、ソリスは笞で拍子を取るようにブーツの脛のあたりを弾き、パシッ、パシッ、パシッと乾いた音が貯蔵庫の隅々にまで谺していた。

「小さな戦士、おまえさんの名前を当ててみせよう」グリーリンの巨体がヴェーリンの視界いっぱいに立ちはだかった。「アル・ソーナだ。お父上とはメルデニア戦争でご一緒させていただいたよ。すばらしい人物だった。顔を見ただけで親子だと分かったよ」

ヴェーリンはそれが罠だと直感し、躊躇なく言葉を返した。「ぼくに家族はいません、マスター。騎士団の門をくぐったのですから」

「おいおい、騎士団は家族だぞ、小さな戦士」グリーリンは列を離れかけながら笑い混じりに諭した。「だから、マスター・ソリスやわしのことは叔父だとでも思ってくれ」彼は巧いことを言ったとばかりに破顔一笑した。ヴェーリンが横目でソリスのほうを盗み見ると、彼はもはや憎悪を隠そうともせずにグリーリンを睨みつけていた。

「ついてこい、未来の勇者たち！」グリーリンは声を上げ、油灯を高々と掲げながら、貯蔵庫の奥へ入りこんでいった。「はぐれるなよ。ここの鼠どもは客を歓迎してくれんし、おまえさんたちより身体のでっかいやつもおるんでね」彼はまたしても笑った。無限とも思えるほどの暗闇を目の前にして、ヴェーリンの隣にいるケーニスが小さな泣き声を洩らした。

「本気にしないで」ヴェーリンは彼に囁いた。「鼠なんかいないさ。ちゃんと掃除が行き届いてるはずだし、餌もない場所に棲みついてるわけがないよ」自分自身もそこまでの確信はなかったものの、それらしい理屈で勇気づけようとする。

「私語は慎め、ソーナ！」ソリスの答が彼の頭上の空気を切り裂いた。「口よりも足を動かせ」

彼らはグリーリンの油灯を追いかけ、何もない闇の中をどこまでも進んでいく。そんなところに太った男の足音と笑い声が響きわたっているのは非現実的な感じで、そこへときおりソリスの答も唸るのだから、なおさら異様な雰囲気にもなろうというものだ。ケーニスはおちつかなげに視線を左右させており、巨大な鼠に怯えていることは一目瞭然だった。はてしない時間が経過したのではないかと思えてきた頃、彼らはようやく煉瓦の壁に囲まれた重そうな樫板の扉に到達した。グリーリンは彼らをしばし待たせ、腰につけている鍵束を手に取り、扉を解錠した。

「ほれ、ちびども」彼は扉を大開きにしながら、「来るべき戦いのための身支度だ」

洞窟のような広い部屋いっぱいに設置された棚という棚には、剣、槍、弓、それ以外にも何十という種類の武器が揃っており、松明《たいまつ》の光の下で鈍い輝きをたたえている。四方を囲む壁際には樽がずらりと並び、さらに、小麦粉や穀粒などの袋も山積みの状態で数えきれないほどだ。「わしのささやかな自治領だよ」グリーリンが言った。「わしはこの騎士団の物資管理責任者で、武器類の手配も託されている。豆一粒、鏃《やじり》一個に至るまで、わしの勘定から何かが抜け落ちることなど決してない。おまえさんたちも、必要なものがある場合はわしに言え。ただし、失くそうものなら簡単には済まされんぞ」そう告げる彼の顔からいつしか笑みが消えていたことに、ヴェーリンは気が付いた。

少年たちの列がその部屋の外で待っているうち、グリーリンはあれやこれやの装備品を詰めこんだモスリン地の袋を十個まとめて持ち出してきた。「騎士団からの贈り物だ、ちびども」グリーリンは明るい口調で言いながら、各自の足元に一包ずつ置いていく。「中身を挙げておくぞ——アスレール様式の木剣が一本、刃渡り十二インチの狩猟用ナイフが一本、ブーツが一足、トルーズが一着、木綿のシャツが二着、マントが一枚、尾錠が一個、財布がひとつ……もちろん、銭は入ってない。あとは、これだ——」グリーリンが高々とかざしたものは鎖の下でゆっくりと揺れながら、油灯の光に輝いている。ヴェーリンが見たところ、それは銀製のメダリオンで、そこに彫りこまれた髑髏の戦士はまさしく領館の門の上から外を睥睨していた像と同じだった。「この騎士団の紋章だ」グリーリンの説明が続く。「サルトロス・アル・ジェンリアル初代管長のお姿をかたどってある。これをいつも身に着けておけ。寝るときも身体を洗うときも例外じゃないぞ。迂《う》闊《かつ》にも忘れたやつはマスター・ソリスの罰を受けることになるから、覚悟しておくように」

　当のソリスは無言のままだったが、ブーツを弾きつづける笞の乾いた音がすべてを物語っていた。

「贈り物のついでに、忠告しておこう」グリーリンが言葉を継いだ。「騎士団での暮らしは苛酷だし、あえなく終わりを迎えることも珍しくない。おまえさんたちの大半、ひょっとしたら全員が、最後の試練を待たずに追い出されてしまうかもしれん。よしんば、騎士団に留まる資格があると認められたところで、遠い僻地の警備に駆り出され、蛮族だの無法者だの異教徒だのと戦うことになりゃ、運の良いやつは簡単に死ねるが、そうでないやつは壊れた身体で生き地獄を見るだろう。満十五年を無事に勤めあげるのは至難の業だが、それができりゃ指揮官に昇進するか、教官としてここへ戻り、今のおまえさんたちみたいな新入りを鍛えることになる。おまえさんたちが家族から与えられた人生はそういうものだ。今はまだ分かるはずもないだろうが、これを栄誉と考え、教官たちに従い、できるかぎり多くのことを習得し、決して信仰をおろそかにするな。わしが言ったことを心に刻みつけておけば、この騎士団の一員として長くやっていけるだろう」彼はあらためて笑みを浮かべ、分厚い両手を大きく広げてみせた。「わしからの忠告はここまでだ、小さな戦士たち。ほれ、立ち止まっている暇はないぞ——いずれ、それらの贈り物を失くす日が来るにちがいないから、そのときにまた会おう」彼が笑い声とともに部屋の奥へと姿を消し、その谺がまだ貯蔵庫を駆け巡っているあいだに、ソリスの答がまたしても少年たちを追いたてた。

高さ六フィートの柱は上から順に赤、青、緑と塗り分けられていた。全部で二十本ほどが屋外訓練場の端にぐるりと並び、そこで行なわれる責苦に立ち会うのだ。ソリスの号令一下、少年たちは木剣を持ってそれぞれの柱に向かい、彼が色名を言うとおりに打ちこみをくりかえさなければならない。

「緑！　赤！　緑！　青！　赤！　青！　赤！　緑！　緑——」

ヴェーリンは数分もしないうちに腕が重くなってしまったものの、必死に木剣を振りつづけた。ほんのわずかに腕の振りをゆるめかけたバルガスはたちまち雨霰《あられ》とばかりに笞を浴び、額から垂れ落ちる血に濡れたその顔からはいつもの笑みがすっかり失われていた。

「赤！　赤！　青！　緑！　赤！　青！　青――」

木剣をただ柱に叩きつけると腕の痛みを増幅させるだけだが、ぎりぎりのところで切先を滑らせるように角度を変えれば多少は楽だということに、ヴェーリンはやがて気付いた。ソリスが背後に立ったので、彼は自分も笞の戒めを受けるのかと焦燥を抑えられなかった。しかし、ソリスはひとしきり観察したあと、小さく唸っただけで次の柱へと移動し、赤と言われたところで青を打ってしまったノルターをどやしつけた。「きさまの耳はただの飾りか、たわけ！」ノルターは襟許を一撃され、痛みに涙を浮かべたものの、手を休めるわけにはいかなかった。

打ちこみは数時間にわたり、笞の音もそのあいだじゅう途絶えることがなかった。やがて、ソリスは少年たちに木剣を持つ手を替えさせた。「利き手でなくとも戦えてこそ、この騎士団では一人前だ」彼はそう告げた。「片腕を斬り落とされたぐらいで負けを認めるようなやつは臆病者にすぎん」

さらに一時間あまりもそれが続いたところで、ソリスはようやく打ちこみをやめさせ、少年たちを一列に並べ、自分も笞から木剣へと持ち換えた。彼らのものと同じく、アスレール様式である——まっすぐな刀身、長さ一握り半ほどの柄、構えた手指を護るために柄頭から弧を描いて伸びる金属製の輪。ヴェーリンは剣というものについて多少の知識があった。父の屋敷の食堂にある暖炉の上の壁面にさまざまな剣が飾られ、彼はそれらに触れてみたいと思いながらも実際には手を伸ばせずじまいだった。もちろん、玩具のようなこの木剣より大きなものばかりで、刃渡りは一ヤードかそれ以上、一目でそうと分かるほどに使いこまれ、歪んでも欠けてもまた戦いに耐えるようにと砥ぎ直した跡が刀身のそこかしこに残っていた。とりわけ彼の心を惹きつけたのは、どうやっても届かないほどの高さから切先を下向きにして吊るされた一本だった。とりたてて何の特徴もない、ありきたりのアスレール様式で、彫金師による装飾も施されていないのだが、一度たりとも再加工の手が入っておらず、刃の鋭さを保ちつつも歪みや欠けがそのまま残されているというのは珍しい。ヴェーリンはその剣の由来について父に尋ねるだけの勇気がなく、母から話を聞かせてもらうことにしたのだが、緊張の度合はどちらも大差なかった——父が剣を蒐集していることに対し、母が決して良い気分でいるわけではないというのは、彼もすでに重々承知していたからである。あのとき、母は応接間にいて、いつものように読書中だった。病気はまだ初期段階だったが、顔はやつれはじめており、ヴェーリンはどうしても視線を奪われてしまった。おずおずと覗きこんだ彼を、母はにこやかに迎え入れ、自分と並んで座るようにと手招きした。彼女は自分の本を彼に紹介するのが好きで、信仰や王国をめぐる物語を朗読し、彼は挿絵を眺めながら耳を傾けたものだ。背信者ケルリスが〈逝きし者〉の導きを拒み、それゆえに死すべき運命という呪いを受けるところまで、ヴェーリンはおとなしく聞き入っていたが、そこで母がひとしきり間《ま》を置いた隙を逃さずに問いかけた――「母上、なぜ父上はご自分の剣を修理なさらないのですか？」

彼女は読み進めるのを中断したものの、彼と視線を合わせようとはしなかった。沈黙が長くなるにつれ、ヴェーリンとしては、母も父と同じく無視を決めこむつもりなのだろうかと思わずにいられなかった。これはもう謝って退去するしかないと肚をくくりかけたとたん、彼女はようやく口を開き、「あの剣は父上が陛下の軍勢に馳せ参じた記念として賜ったものよ。王国誕生までの長い戦いに片時も手離すことのなかった剣で、終戦後、父上は陛下から〝我が剣〟と呼ばれるようになったわ。だからこそ、あなたもただのヴェーリン・ソーナでなく、ヴェーリン・アル・ソーナという名前なの。今の父上が在るのは、あの剣の傷ひとつひとつに歴史が積み重なってきたおかげよ。それを忘れないために、当時のままの状態で置いてあるの」

「何を寝呆けている、ソーナ！」ソリスの怒声が彼を現実へと引き戻した。「きさまから始めるとしようか、鼠小僧」教官はケーニスを呼びつけ、その痩せた少年を手招きして、自分から二フィートほどの位置で正対させた。「おれが攻撃、きさまらが防御だ。誰かが一本止めるまで続けるぞ」

次の瞬間、彼の姿がまるで蜃気楼のごとく、目にも留まらぬ速さで動き出したかと思うや、少年は構える暇もないままに胸を一撃され、その場にひっくりかえってしまった。

「ぶざまなものだな、ナイサ」ソリスは吐き捨てるように言った。「次のやつ、きさまは誰だ――デントス」

デントスは髪も手足もひょろりとした、いかつい顔の少年である。西レンフェール地方の訛がきつく、ソリスはそんなことさえも気に入らないようだった。「まともに口も利けん、剣も使えんか」トネリコ材の木剣でしたたかにデントスの肋骨を捉え、これまた一撃で打ち倒したところで、彼はばっさりと酷評した。「次、ジェシュア」

バルカスは最初の突きこそ跳びすさって避けたが、受け太刀が空振りに終わったせいで、そのまま足元を薙ぎ払われてしまった。

それに続くふたりも瞬時に片付けられ、さらに次のノルターも、横へ跳ぼうとしたものの、その程度でソリスの意表をつくことはできなかった。「下手の考えというやつだな」教官はヴェーリンに視線を向けた。「どうにかしてみせろ、ソーナ」

ヴェーリンはソリスの前に立ち、いつでも来いとばかりに木剣を構えた。おたがいの視線が交錯した……というより、ソリスの冷徹な眼に吸い寄せられ、絡め取られたような感じだった。ヴェーリンは頭をからっぽにして、ただ身体が動くに任せ、横へ跳びながら木剣を持つ手を上げると、それがちょうどソリスの突きを払いのける恰好になった。

ヴェーリンは一歩後退して間合を取り、次の攻めにそなえて木剣を構え直した。息を呑んだまま凍りついている周囲の眼など気にしている余裕はない、初手で恥をかかされた教官がなお強烈な一撃を浴びせてくるはずだと神経を集中しておかなければ。しかし、そうはならなかった。ソリスはそのまま木剣を収め、少年たちに各自の荷を持たせ、彼らを食堂へと連れていった。訓練場から中庭へと歩いていくあいだ、ヴェーリンは注意深く教官を観察し、どこでまた笞が飛んでくるかと徴候を探ってみたが、ソリスはひたすら黙然と足を運ぶばかりだった。それでも、ヴェーリンとしては、彼がさきほどの屈辱を呑んだとは信じられず、いずれ報復は避けられないのだから気を抜くまいと心に誓った。

食事の時間はちょっとした驚きだった。食堂内は大勢の少年たちで賑わっており、おたがいに周囲を憚ることなく冗談や噂話を交わしている。テーブルは年代ごとに分けられ、外からの風が吹きこむ出入口の近くは最年少組、いちばん奥に陣取っている教官たちの隣が最年長組といった具合だ。教官たちは三十人ほど、いずれも眼光鋭く、言葉少なで、向う傷ぐらいは珍しくもないし、ひどい火傷の痕が残っている顔もいくつかある。いちばん端の席で静かにパンとチーズを食べている人物に至っては、頭皮全体が萎びたようになってしまっている。そんな中でもグリーリンだけは上機嫌で、分厚い手に鶏の骨付き腿肉を握りしめ、屈託のない笑い声を響かせていた。同僚たちはもっぱら聞き流すだけだったが、気の利いた言葉に対しては幾人かがうなずくこともあった。

ソリスは食堂に入ってすぐのテーブルに彼らを連れていき、着席させた。そこでは、同じ歳頃の少年たちがすでに一角を占めていた。彼らよりもやや早く領館へ来た少年たちで、別の教官による鍛錬を受けて数週間になる。自分たちのほうが格上だという態度を隠さない者もおり、ヴェーリンは不快感を拭えなかった。

「ここでの雑談は自由だ」ソリスが告げた。「食べ物は口に入れろ、玩具がわりに投げて遊ぶなよ。一時間の猶予をやる」それから、彼はヴェーリンのほうへ身をかがめ、耳許で囁いた。「喧嘩するときは、誰の骨も折らないようにするんだぞ」そう言い残して、同僚たちのいる教官席へと歩み去っていく。

テーブルの上には皿がいっぱいで、ローストチキン、パイ、果物、パン、チーズ、ケーキまでもが満載になっている。宴会さながらの様相は、さきほどまでの荒稽古の苛酷さがまるで嘘だったかのように思えてくるほどだ。ヴェーリンがこんなにも大量の食べ物を見たのは過去にただ一度だけ、それは王宮でのことだったし、あのときは何でも好きなものを自由に食べることなど許されなかったのである。しばらくのあいだ、彼らは声もなく座っているばかりだった。テーブルを埋め尽くすほどの食べ物に圧倒されてしまったせいもあるが、それにもまして居心地の悪さがたまらなかった──新参者としては。

「どうして、あんなふうにできたんだ？」

ヴェーリンが視線を上げると、山積みにされた焼き菓子のむこうにいる声の主はバルカス、ニルセールから来たという固太りの少年だった。「何の話だい？」

「さっき、突きをうまく払いのけたじゃないか？」

ほかの少年たちも彼の顔をしげしげと眺めている。ソリスの一撃でまだ血の滲みつづけている口許をナプキンで押さえたノルターも例外ではない。羨望ゆえか嫉妬ゆえか、ヴェーリンはどちらとも判別がつかなかった。「視線だよ」彼は水差しをつかむと、自分の取り皿のわきに用意されていた地味な錫製のゴブレットに適量を注ぎこんだ。

「視線がどうかしたとね？」ロールパンを口いっぱいに頰張ったデントスが、食べこぼしなど意に介する様子もなく尋ねる。「闇の技を使ったとかじゃなかろ？」

ノルターとバルカスはそれを一笑に付したものの、ほかの少年たちは慄然としたような表情を隠せなかった。ただひとり、ケーニスだけは彼らの会話に興味を示す様子もなく、鶏肉とジャガイモを少しずつ取り分け、それを静かに食べている。

ヴェーリンは注目されてしまったことに困惑し、椅子の上で身をよじった。「きみたちは眼力に負けたんだよ」彼はそう説明した。「視線を向けられたとき、こっちも視線を返せば、それでもう動けなくなる。相手がどう攻めてくるつもりなのか分からずに悩んでるうち、その隙を狙われて終わりさ。視線を合わせるんじゃなく、足と剣だけを見ておけば良かったんだ」

丸のままのリンゴを一齧りしたバルカスが唸るように言った。「そういうことか。あのとき、催眠術にかかったみたいな感じだったよな」

「サイミンジュツとね？」デントスが尋ねる。

「知らない人にとっちゃ魔術みたいに思えるけど、実際はむしろ手品の一種でさ」バルカスが答える。「去年の夏至祭で、相手が誰でも豚の真似をさせることができるっていう芸を披露してる男がいたんだ。鼻を地面にこすりつけるとか、フゴフゴ鳴くとか、肥溜めの中を転げ回るとか、何でもござれって感じだったな」

「どうやって？」

「何かの仕掛けがあるんだろうけど、分からなかった。相手の目の前で安っぽい小道具を振ってみせながら小声でしばらく話しかけると、あとは完全にそいつの言いなりさ」

「マスター・ソリスもその術を使えるのかな？」ジェンニスが訊いた。ソリスの〝見た目からして駄馬にも劣る〟という痛罵を頂戴してしまった少年である。

「そんなの、おれが知るかっての。世間の噂じゃ、騎士団の教官が務まるほどの人物なら闇についても詳しいはずだとか聞くけどさ。とりわけ、この第六騎士団はそう思われてるんだぜ」バルカスは骨付き肉を取ると、嬉しげに目を細め、大きくかぶりついた。「門外不出の秘密があるとすりゃ、料理が最高だってこともそのひとつだろうな。夜は藁布団一枚だけで寝なきゃいけないし、昼間はひっきりなしに殴られるけど、食べる楽しみがあるんなら文句はないさ」

「だぁね」デントスも相槌を打つ。「シム伯父さんの犬もそう思っとったんかな」

その一言で話の流れが途切れてしまった。「……シム伯父さんの犬？」おもむろに、ノルターがつっこんだ。

デントスはうなずき、口いっぱいに頬張ったパイを必死に呑みこもうとした。「グロウラーって名前でな。西部一の猟犬さね。競技会で十回も優勝したけんど、去年の冬に喉を嚙み切られよってな。シム伯父さんのお気に入りで、そいつが三頭の雌に産ませた仔犬もあわせて四頭おるけんど、餌をやるときゃグロウラーが最初と決まっとんね。それがまた豪勢で、仔犬たちの餌はごった煮なんが、あいつだけは犬用のステーキさぁ」彼はあきれたように笑った。「えれぇ幸せなやつだわ」

ノルターは憮然としていた。「レンフェールあたりの田吾作に飼われてる犬の餌がどうのこうの、それとこれと何の関係があるってんだ？」

「どっちも、戦うときに力を発揮できるかどうかってことさ」ヴェーリンが言った。「食事が良ければ、身体も逞しくなる。軍馬にそこらへんの牧草を食べさせないで、わざわざ最高級のトウモロコシとオーツ麦を与えるのも、理由はまったく同じだよ」彼はテーブルいっぱいの食べ物を眺めた。「戦いで勝つには、良いものをたくさん食べておくことが大切なんだ」彼はそこでノルターに視線を向けた。「それと、田吾作だなんて、他人を見下すような呼び方はいけないと思うな。ぼくたち全員が田吾作みたいなものなんだし」ノルターが冷たい視線を返す。「偉そうな口を叩く権利があるのかよ、アル・ソーナ。元帥の息子だからって――」

「ぼくは誰の息子でもない。きみだって同じだろ」ヴェーリンは腹の虫が鳴くのを感じ、ロールパンに手を伸ばした。「もう、昨日までとは違うんだ」

言葉を失った少年たちは黙って食べるしかなかった。しばらくすると、別のテーブルで喧嘩が始まり、殴る蹴るの騒ぎで何枚もの皿がひっくりかえった。僚友の幾人かは加勢したり、その場を囲んで囃したてたりしているが、それ以外は誰も自分の席から腰を浮かそうとしないし、完全に知らん顔を決めこんでいる者たちも少なくない。乱闘が数分間も続くうち、頭皮の萎びたようなあの大柄な教官が席を立ち、太い棍棒をそこへ突き入れるようにして双方を退らせた。当事者たちは怪我の度合を調べられ、鼻や唇から垂れ落ちている血を拭い、各自の席へと追い返された。ひとりが意識を失っていたので、仲間ふたりが彼を医務室へ連れていくよう命じられた。しばらくすると、まるで何事もなかったかのように、食堂内のおしゃべりは耳を聾するほどの状態に戻った。

「おれたち、いくつぐらいの戦場を踏むことになるんだろ」バルカスが口を開いた。

「数えきれんほどさぁ」デントスが答える。「太っちょの教官もそう言っとったがな」

「王国の内戦はもうすっかり過去の出来事だけどね」とケーニス。彼が話に加わるのは初めてのことで、なるべく自己主張を控えようとしている様子も窺える。「ぼくたちの出番はないかもしれないよ」

「ひとつの戦争が終われば、すぐに次が始まるさ」ヴェーリンが言った。それは母からの受け売りだった――いや、本当のところ、両親のあいだで口論があったとき、父に投げつけられた叫びが洩れ聞こえてきたにすぎなかったのだが。父が最後に出征する直前のこと、母が発病する直前のことだった。あの朝、王宮からの急使が玉印入りの勅書を届けてきた。それを読んだ父は手早く武器や装備をまとめ、馬丁を呼び、いちばんの駿馬に鞍を付けさせた。母が泣き出したので、父は彼女を応接間へと連れていき、ヴェーリンを遠ざけた状態で話し合うことにした。どうにか説得しようと声を抑えていた父の言葉はまったく聞こえてこなかったものの、母のほうは何の遠慮もなかった。〝無事に帰ってきても、同じベッドで寝られるとは思わないでちょうだい！〟彼女は金切声を上げた。〝あなたの身体に沁みついた血の臭いに耐えられないのよ〟

父はなおも静かな口調で説得を試みていたようだった。

〝それ、このあいだも聞いた台詞よね。その前のときもそう〟母が反駁した。〝決まり文句はもうたくさん。ひとつの戦争が終わっても、すぐに次が始まるんでしょ〟

やがて、彼女はまた泣き出し、屋敷全体が息を潜めたかのような静寂に包まれるうち、父はヴェーリンの頭を軽く撫でると、すでに出発を待つばかりとなっていた馬に跨り、新たな戦場へと旅立っていった。たいそう長く感じられた四カ月を経て、父は無事に帰還したわけだが、もはや別々の部屋で寝るようになってしまった両親の姿を、ヴェーリンはただ眺めているしかなかったのである。

食事が済んだら遵奉《じゅんぽう》の時間だった。皿が片付けられ、少年たちは静かに座ったまま、教義を唱える管長の凛とした声に聞き入った。ヴェーリンはまだ暗い気分をひきずっていたものの、管長の言葉になぜか心が晴れてきて、母のこと、彼女の揺るぎない信念、長い闘病生活を支えた強さを想い出した。母が存命だったら今の自分はここにいるだろうかという疑問がふと頭をよぎる。いや、彼女は決してそれを許さなかったにちがいない。

管長は教義を唱え終えると、全員にしばしの瞑想を求め、〈逝きし者〉への感謝を捧げさせた。ヴェーリンは母への愛を胸に、今後訪れるであろう多くの試練に必ずや導きを与えたまえと祈りながら、こみあげてくる涙と戦っていた。

騎士団における第一則として、日々の雑用のうちでも難儀なものほど年少者の役目ということになっているらしい。そんなわけで、遵奉が終わるや、彼らはソリスに追いたてられるようにして厩舎へ行き、何時間も異臭にまみれながら馬房の掃除をしなければならなかった。つづいて、庭師のスメンティルを手伝って肥溜めに屎尿《しにょう》を運ぶ仕事が待っていた。この庭師はたいそう背が高く、言葉が不自由なようで、土に汚れた両手をしきりに振り回しては奇妙な唸り声を洩らし、その抑揚だけをたよりに作業の良し悪しを伝えようとしていた。もっとも、ソリスとのやりとりは大違いで、手話を自在に操り、ソリスもそれを瞬時に読み取っていく。庭園は胸壁の外、少なくとも二エーカーはありそうな広さで、整然と連なる畝にはキャベツやら蕪やら、さまざまな野菜が育っていた。くわえて、石垣に囲まれた小規模な果樹園もある。晩冬は枝落としの時期ということで、彼らはそれを拾い集め、焚きつけに使える程度の大きさに束ねていくのだが、その労力もかなりのものだった。

それらを満載した籠をいくつも抱えた彼らが本館へと戻る途中、ヴェーリンは意を決してソリスに尋ねた。「マスター・スメンティルはなぜ口が利けないのですか、マスター？」

笞打ちも覚悟の上での質問だったが、ソリスは突き刺すような視線を返しただけだった。誰もが無言のままで歩を進めるうち、彼は低い声で呟いた。「ロナクに舌を切られたせいだ」

ヴェーリンは思わず身震いした。ロナクのことなら話には聞いたことがある。誰でもそうだろう。父が蒐集した剣のうちの少なくとも一本は対ロナク討伐戦のときに使ったものだったはずだ。極北の山岳地帯に棲む野人で、レンフェールの農村を襲い、盗み、殺し、陵虐の限りを尽くすことに悦楽を感じる連中なのだとか。体毛の濃さや敵の肉を貪ることから、人狼説もあるほどだ。

「そんな状況から生きて帰られましたか、マスター？」デントスがたたみかける。「タム叔父もロナクと戦った経験があって、捕虜は必ず殺されると言っとりましたが」

デントスに向けられたソリスの視線は、ヴェーリンへのそれよりもなお鋭かった。「逃げ出したのさ。勇気と機智に恵まれた男で、騎士団を想う気持も強い。おれとしたことが、しゃべりすぎたな」彼はノルターの脚めがけて笞を一閃させた。「足を止めるな、センダール」

雑用から帰ったかと思うと、すぐさま剣の稽古が再開された。今回の内容は、ソリスが一連の動きの手本を示し、それを少年たちが真似るというものだった。ひとりでも失敗すれば、みんなが訓練場の外周を全力疾走させられる。最初のうちは動きのひとつごとに必ず誰かが失敗し、うんざりするほどの距離を走らなければならなかったものだが、時間が進むにつれて成功率のほうが高くなっていった。

暗くなりかけた空の下、ソリスが終わりを告げたので、彼らは食堂へ戻り、パンと牛乳が供される夕食の席に着いた。会話らしい会話はほとんどなかった——それほどまでに疲れきっていたのである。バルカスがささやかな冗談を言い、デントスがまたもや自分の伯父について話そうとしたものの、応じる者はいなかった。食後、ソリスは例によって少年たちを追い立て、彼らに与えられた部屋までの長い階段を駆け登らせると、体力も気力も使い果たして喘ぐばかりの彼らを整列させた。

「騎士団での第一日、ご苦労だった」彼が口を開く。「内規により、出ていきたい者は明朝一番に出ていくことが許されている。これから先はもっと厳しい鍛錬が待ち受けているので、今夜のうちにせいぜい頭を悩ませておけ」

教官が立ち去ったあとも、少年たちは蠟燭の灯をうっすらと浴びながら息を切らしたまま、明朝に思いを馳せていた。

「朝飯には卵料理が出るんかねぇ？」デントスが疑問を口にした。

その晩、ヴェーリンは藁敷のベッドで寝返りを打ちながら、疲労の極にもかかわらず眠れないことに気付いていた。バルカスは早々と鼾《いびき》をかきはじめていたが、それがうるさいからではない。たった一日で自分の人生がすっかり変わってしまったせいで、頭の中がどうしようもないほどに渦巻いていたのだ。父に捨てられ、いつの日か死地に赴くための鍛錬として笞打たれる羽目になろうとは。これで、自分が父の憎しみを買っていたことは疑う余地もなくなった。亡くなった妻を思い出させてしまうから、目の届かないところへ遠ざけておきたかったにちがいない。自分も父を憎むべきだろうか。憎悪をふくらませるのは簡単なことだし、母の愛だけでは足りないであろう心の支えにもなるはずだ。〝忠誠心こそ力なり〟。ヴェーリンはこっそりと鼻で笑った。（父上、あなたは忠誠心だろうと何だろうと、お好きなものから力を得てください。ぼくにとっては、あなたへの憎しみこそが力となるでしょう）

暗闇の中で、誰かが藁の枕に顔を埋めたまま泣いていた。ノルター？　デントス？　ケーニス？　声だけでは分からない。よるべない身の上になってしまった深い孤独を訴える啜り泣きは、ゆったりと押しては引く鋸の刃音にも似たバルカスの鼾とは対照的だ。ヴェーリン自身も泣きたい気分ではあり、涙とともに自己憐憫の情を吐き出してしまいたいところだったが、どういうわけか、その涙が湧いてこないのだ。彼はまんじりともせずに身体を横たえたまま、収まりのつかない憎しみと怒りのせいで早鐘を打つ心臓がいずれ張り裂けてしまうのではないかと感じていた。それが動揺を呼び、ますます鼓動が乱れ、額や胸にじっとりと汗が滲みはじめる。怖い、耐えられない、こんなところにいられるか……

〝ヴェーリン〟

声。夜闇の中から、たった一言。彼の名前を、聞き違えようもなく、はっきりと。彼はそれまでの早鐘がたちまち鎮まり、上体を起こすと、暗い室内に目を凝らした。怯える必要はない――耳に馴染んだ声なのだから。そう、母の声だ。慰めと救いをもたらすために、彼女の霊魂が訪ねてきてくれたのだ。

それから一時間ばかり、彼はずっと耳を澄ましていたが、二言目が聞こえてくることはなかった。しかし、最初の呼びかけまで錯覚だったわけではない。あのとき、母は本当に近くまで来ていたのだ。

針のような藁が全身に突き刺さってくるベッドにあらためて寝転がると、ようやく疲労ゆえの眠気が襲ってきた。いつのまにか啜り泣きはやみ、バルカスの鼾もいくぶん穏やかになっている。ヴェーリンはそのまま深い眠りに落ち、どんな夢も見なかった。

2

騎士団の一員となって二年目を迎えた頃、ヴェーリンは初めて他人の生命を奪った。一年目は厳しい教官たちによる厳しい鍛錬に明け暮れ、何かにつけて体罰を受ける日々のくりかえしだった。起床は毎朝五時で、すぐに剣の稽古が始まる。屋外訓練場の柱めがけて木剣を打ちこむ、ソリス教官の攻撃をかわす、彼の実演する複雑な剣捌きを寸分の乱れもなく模倣する——それだけで数時間だ。同期のうちでもっとも受け太刀の技術が高いのはヴェーリンだと誰もが認めていたが、その彼でさえ、ソリスにはおよそ当然とばかりに間合を見切られ、痣ができるわ土埃にまみれるわの目に遭ってばかりだった。相手の眼力に囚われないようにするところまでは良かったものの、ソリスはそれ以外にも多くの隠し技を使いこなしたのである。

フェルドリアン曜はいつも剣の鍛錬だったが、イルドリアン曜はもっぱら弓矢だった。チェックリン教官はニルセール出身、筋骨隆々たる肉体に柔らかい物腰をそなえた人物で、彼らに子供用の弓を与え、大きな空樽めがけて矢を射掛けさせた。「拍子を取っていこう、少年たちよ。ひとつひとつの動作を拍子に合わせるんだ」彼はいつもそう言っていた。

「番《つが》え、引き、放つ……番え、引き、放つ……」

ヴェーリンにとって、弓術はまさしく難関だった。弦を引くだけでも一苦労、その状態でぴたりと狙いが定まるはずもない。指先の皮は剥け、まだ発達途上の両腕はたちまち筋肉痛になってしまう。彼の矢は標的の縁にでも当たれば良いほうで、かすりもしないことが多かった。いずれは〈弓の試練〉を受けなければならないのだが、すでに先が思いやられてしまう。虚空に投げ上げられたスカーフが地面に落ちるまでのあいだに、二十ペースも離れた標的の小さな黒丸に少なくとも四本の矢を命中させるなど、彼の腕前では不可能としか思えない。

ほどなく頭角を現わしたのはデントスで、彼の矢はほぼ確実に黒丸を捉えた。「きみは経験者なのかね、少年？」チェックリン教官が尋ねた。

「はい、マスター。教えてくれたんはドレルト叔父です。近場の封領に忍びこんで鹿を密猟しとったところを捕まって指を切り落とされ、今はもう弓を持てんようになってしまったんですけども」

ヴェーリンの癪の種はノルターが第二位ということで、こちらも的中率はかなり高かった。最初の食事の席で生じた両者のあいだの緊張は徐々に高まるばかりで、金髪の少年が見せる尊大な態度もそこに拍車を掛けていた。誰かが何かで失敗すると、ノルターはその背後にいるときにかぎって鼻で笑うのだ。それに、家族の話ばかりで周囲をげんなりさせていることにも気付いていない。領地がどうの、屋敷や別荘がどうの、父親に連れていってもらった狩りがどうの、そして、その父親というのが王国の宰相であるがゆえの自慢まで。曰く、父親に弓を教わったが、そこで使っていた弓は動物の角とトネリコ材でこしらえた普及品などではなく、カンブレールの特産であるイチイ材の長弓だったとか。あらゆる武器のうちで長弓こそが最強であるというノルターの主張は、それもまた父親からの受け売りだった。おそらく、ノルターは自分の父親がすべてに長けた人物だと信じて疑わないのだろう。

オプリアン曜の杖術を担当するのはハウンリン教官――初日に食堂で見た、ひどい火傷の痕の残るあの人物だ。まずは長さ四フィートほどの棍棒で手を慣らし、それから、騎士団が密集戦で使う五フィートの柄付き斧に持ち換える。ハウンリンは陽気な男で、屈託のない笑みを浮かべ、歌をこよなく愛していた。訓練中でも歌い出すことがあり、その曲目も軍歌から恋歌までと幅広く、朗々と響きわたるその歌声は、ヴェーリンが思うに、王宮で聴いた吟遊詩人を彷彿させるものだった。

ヴェーリンはすぐ杖術に慣れ、振り回すときの風切音や触感も気に入った。ひょっとしたら剣より魅力的かもしれないとさえ思えるほどだった。扱いやすく、しっかりとした手応えもある。ノルターがまるで苦手にしているのを見るにつけ、彼はますます杖術が好きになった。なにしろ、練習試合で敵の一撃を受け止めようとするだけで自分の武器を取り落とし、痺れた指を舐めるばかりなのだから。

キグリアン曜はたちまち誰からも疎まれるようになった——なぜなら、厩舎の整備という重労働が待ち受けており、馬糞の掃除はもちろん、蹴りや噛みつきをかいくぐりながら馬具の手入れもしなければならないのだ。厩舎の管理責任者はレンシャルという名前で、ソリスでさえ足元にも及ばないほど情け知らずの笞使いだった。「磨きあげろと言われて、撫でるだけで済むと思うのか、うすらぼけ！」彼はケーニスをどやしつけ、鐙《あぶみ》をこするので前屈みになっていた少年の肩口に笞を浴びせた。レンシャルが少年たちに厳しく当たるのは馬たちに対する愛情の裏返しであり、自分の手でブラシをかけてやるときは慈しむように、語りかけるときも耳許でそっと囁くのだ。ヴェーリンは彼が嫌いだったし、彼の瞳の奥に見え隠れする虚無感もまた不気味だった。人間よりも馬を大切にするところ、両手をいつも小刻みに震わせているところ、誰かを罵倒している途中でいきなり絶句したかと思うと、およそ無関係なことを口の中で呟きはじめるところ——何がレンシャルをそうさせるのか、その瞳を見れば容易に想像がつく。狂気だ。

大半の少年たちがもっとも喜ぶのはレトリアン曜、ヒュトリル教官による野外活動の訓練だった。森や丘をひたすら歩き、食べられる植物はどれか、鏃に塗るための毒はどの植物から採取するのかといった知識を学ぶのである。また、燧石《ひうちいし》がないときの火の起こし方や、兎を獲る罠の仕掛け方なども教わった。それから、彼らは木陰に身を潜めるのだが、ヒュトリルにかかれば数分間のうちに発見されてしまうことがほとんどだった。ヴェーリンはかなり長く隠れていられたが、一位の座はもっぱらケーニスが占めていた。幼い頃に森や草原で遊び慣れたという者も少なくない中で、彼は野外活動への適性がもっとも高く、とりわけ、方向感覚は抜群だった。夜の森に連れ出されても、夕食の待つ領館へ最初に帰り着くのはケーニスなのである。

教官としては珍しく、ヒュトリルは笞を持たないが、彼の与える罰は決して甘くなかった。一度など、罠を仕掛けるのに適した場所をめぐって罵り合いをやらかしたノルターとヴェーリンに対し、イラクサの茂みの中を全裸で走らせたこともある。彼の言葉は静かだが自信に満ちており、無用に多くを語ろうとせず、声に出すより手話のほうが良いという考えもあるらしい。舌を切られたというスメンティルがソリスとのやりとりで使ったものと似ているが、より簡略化され、敵や獲物が近くにいる場面で役立つようになっている。ヴェーリンは覚えが早く、バルカスもそうだったが、またもやケーニスには及ばなかった。その少年はあっというまに繊細な動きを会得し、ほっそりとした指を寸分の狂いもなく操れるようになったのだ。

さぞかし教え甲斐があるだろうと思いきや、ヒュトリルはどういうわけかケーニスによそよそしく、褒め言葉も控えめか、そもそも口を開こうとさえしないこともあった。ときおり、夜歩きの途中など、何ともつかない表情でケーニスの姿を注視しているヒュトリルに、ヴェーリンはひっかかるものを感じていた。

ヘルドリアン曜はもっとも苛酷で、重い石を持って屋外練習場を何時間も走らされたり、凍りそうなほど冷たい川を泳がされたり、イントリス教官の徒手格闘訓練でいやというほど痛い目に遭わされたりする。小柄だが稲妻のように敏捷な男で、鼻が一方に曲がっており、歯も何本か抜け落ちていた。彼は殴ったり蹴ったりの秘訣を熟知していた――拳が敵を捉える瞬間の捻りこみ、足技での膝の使い方、効果的な防御、当て身や背負い投げにいたるまで。全身が痣だらけになり、夕食もおよそ喉を通らないほどになってしまうので、ほとんどの少年たちはヘルドリアンの日を迎えるたびに陰鬱としていた。彼らのうちバルカスだけが意欲満々だったのは、がっしりとしている分だけ痛みを感じにくいからであり、ほかの少年たちが練習試合で彼の相手にだけはなりたくないと思っていたのも同じ理由によるものだった。

エルトリアン曜は休息と遵奉のためにあるというのが建前なのだが、最年少の者たちを待っているのは洗濯場や厨房での煩雑な肉体労働だった。運が良ければ、スメンティルの庭仕事の手伝いに呼ばれ、そこでリンゴの一個や二個はくすねることができるかもしれないのだが。信仰に明け暮れるべき一日にふさわしく、夜はさらなる遵奉と教理問答、そして、一時間におよぶ瞑想が命じられる。彼らは静座して頭を垂れ、とりとめのない物思いに耽りながら、忍び寄ってくる睡魔とも戦わなければならない。居眠りしている姿を見られようものなら、いやというほど笞打たれたあげくマントなしで夜の胸壁を歩かされる羽目になるのだ。

そんな毎日の中でヴェーリンが心待ちにしているのは消灯前の一時間ほどだった。そのときばかりは厳しい規律もどこへやら、誰もが子供らしさを取り戻し、はしゃぎまわる。デントスが伯父の思い出を語り、バルカスは冗談や教官たちの物真似で笑わせ、およそ口数の少ないケーニスも本で読んだという昔話を暗誦し、ほかの面々はそれを聞きながら、教わったばかりの手話や剣捌きを復習する。ヴェーリンはいつの頃からかケーニスと親しくなり、彼と一緒に過ごす時間が長くなっていた。その少年の華奢な造りと知性の高さが、亡き母をそこはかとなく思い出させるのだ。ケーニスのほうも、自分に声をかけてくる者がいるのかと驚きつつ、やはり、話し相手ができたことは嬉しそうだった。ヴェーリンが見たところ、彼は仲間同士のつきあいに慣れていないようで、この領館へ来るまでは孤独を友としていたのかもしれない。もっとも、彼にかぎらず、ほかの少年たちも以前の暮しについては何も言うまいとしていた。唯一の例外はノルターで、周囲の顰蹙《ひんしゅく》を買おうと教官たちに笞打たれようと、いつになっても家族の自慢話という悪癖から抜け出せずにいるのだ。〝今や、きみが家族と呼ぶべきは騎士団の兄弟だけだ〟——管長がその一言にこめた意味を、ヴェーリンもようやく本当に理解できるようになっていた。ここで兄弟としての絆を深めてきた彼らに、ほかの家族はいない。

最初の試練はスンテリン月、ヴェーリンが領館の門前で置き去りにされてからほぼ一年後のこと、〈走りの試練〉であった。毎年、ほかのどんな試練よりも脱落者が多いそうだが、事前の説明はそこまでだった。中庭へ呼び集められたのは彼らだけでなく、同世代の少年たちがおよそ二百名ほどもいた。携行品は弓、矢筒一杯、狩猟用ナイフ、水瓶だけだった。

管長は教理問答から短い一節を引用したあと、彼らのやるべきことを告げた。「〈走りの試練〉とは、騎士団の一員として真にふさわしい者たちを見極めるためにある。一年間、きみたちは神の恩寵を受けてきたわけだが、第六騎士団ではそれに報いることを是としている。このあと、きみたちは川を遡るボートに乗り、ひとりずつ別の地点で岸に降りる。明日の深夜までにここへ戻ってきなさい。間に合わなかった者には手持ちの装備がそのまま与えられ、さらに金貨三クラウンが支払われる」

彼は教官たちにうなずいてみせ、その場を離れた。少年たちのあいだに不安や疑念が広がり、それはヴェーリンにも伝わってきたが、彼自身はそんな感情とは無縁だった。合格できないはずがないと思っていたし、合格しなければならないのだ——ここを追い出されてしまったら、ほかに身を置く場所などないのだから。

「川まで走れ！」ソリスが号令をかけた。「ぐずぐずしている暇はないぞ。しっかりと足を動かせ、センダール、糞踊りと間違えているのか」

川辺の突堤には三隻のバージが少年たちを待っていた。大型だが喫水は浅く、黒い船体に赤い帆をかけている。コルヴィーン川の河口付近ではおなじみの存在で、南部地域の炭鉱からヴァリンズホルドの家々へと石炭を送り届けるべく海岸沿いを往来しているのだ。バージを操る男たちは一目でそれと分かり、首に黒いスカーフ、左耳に紐状の銀細工という装いで、仕事が終われば酒を飲んで大騒ぎする厄介者でもある。アスレールでは、遊びたい歳頃の娘を持つ母親たちが〝良い子にしてないとバージ乗りしか嫁の貰い手がなくなるよ〟と叱ることも珍しくない。

三隻の所有者は細身の男で、静かに整列した少年たちに疑わしげな視線を向けている。ソリスは彼に短い言葉をかけ、硬貨の入った巾着を手渡すと、少年たちをバージに乗せ、甲板の中央付近に集合させた。「いいか、そこいらのものに触れるんじゃないぞ、脳足りんども！」

「海は知らんでねぇ」デントスが甲板に腰を下ろしながら言った。

「ここだって海じゃないぜ」ノルターが指摘した。「川だってば」

「ジムノス叔父は海へ行ったさ」デントスも周囲の少年たちも、ノルターの言葉には耳を貸そうとしなかった。「それっきり帰ってきよらん。うちの母ちゃんが言うにゃ、鯨にでも食われたんじゃろうとな」

「クジラって何だい?」ミケールというレンフェール出身の少年が訊き返す。丸々とした体格で、もう何カ月も厳しい鍛錬を受けてきたにもかかわらず、いっこうに胴回りが細くならない。

「海に棲む大型動物さ」ケーニスがいつものように博識を披露した。それから、彼はデントスを肘で小突くと、「鯨は人間を餌にしないよ。たぶん、きみの叔父さんを食ったやつは鮫だと思う。鯨と同じぐらい大きくなることもあるからね」

「何でもご存知なんだな、えぇ?」ノルターが鼻を鳴らした。ケーニスが口を開くたび、彼は敵愾心《てきがいしん》を剝き出しにするのだ。「実際に見たことがあるってのかよ?」

「うん」

ノルターはたちまち顔を紅潮させて声を失い、狩猟用ナイフで甲板のささくれを削りはじめた。

「いつのことだい、ケーニス?」ヴェーリンが水を向ける。「鮫なんて、いつでも見られるようなものじゃないだろ?」

人前ではめったに笑わないケーニスがわずかに口許をほころばせた。「一年ぐらい前、エリネア海でね。父……っと、ある親切な人が連れていってくれたんだ。海には多くの生き物たちがいて、海豹《あざらし》とか鯱とか、数えきれないほどの魚たちも泳いでたよ。鮫もそうで、ぼくたちの船に近寄ってくるやつもいた。鼻先から尻尾まで三十フィート以上はあったと思う。鯱や鯨もそいつらの餌になるって、乗組員のひとりが言ってたな。人間だって、そんなところで運悪く海に落ちたら一巻の終わりだね。船に体当たりして転覆させて、溺れた人たちを食い散らすなんていう言い伝えもあるほどさ」

ノルターがふたたび鼻を鳴らしたものの、ほかの面々はその話に聞き入っていた。

「海賊は？」デントスが興味津々で尋ねた。「エリネア海のあちこちに出没するとか聞くがね」

ケーニスは首を振った。「海賊には遭わなかったな。戦争以来、王国の船には手を出さないようになったはずだし」

「どの戦争のことさ？」バルカスがつっこむ。

「メルデニア戦争だよ。マスター・グリーリンがいつも話してるだろ？　国王が派遣した艦隊によって、メルデニア最大の都市は灰と化した。海賊たちもみんなメルデニア出身だから、襲う相手を選ぶようになったわけさ」

「どうせなら、海賊船もかたっぱしから焼き討ちにするほうが良かったんじゃないのか？」バルカスが意見を述べた。「そうすりゃ、もう誰も海賊に悩まされなくて済むようになるんだから」

「船はいつでも新調できるよ」ヴェーリンが言った。「でも、大都市ひとつが火に包まれたとなれば、その怖ろしさは親から子へと語り伝えられて、人々の記憶に長く留まるんだ」

「いっそ、海賊なんか皆殺しにしちまえ」ノルターが吐き捨てるように言った。「それがいちばん根本的な解決法だろ」

ソリスの笞がどこからともなく襲来し、彼の手を打ち、甲板を削りつづけていたナイフを取り落とさせた。「そこいらのものに触れるなと言っておいたはずだぞ、センダール」それから、おもむろにケーニスのほうへ視線を移すと、「船旅の経験があるのか、ナイサ？」

ケーニスはうつむいた。「一度だけです、マスター」

「ほぅ？　どこだ？」

「ウェンセル島です。えぇと——身近にいた人が仕事でそこへ行くことになったので、連れていってもらいました」

ソリスは短く喉を鳴らすと、甲板に転がっていたナイフを拾い上げ、持ち主であるノルターに投げ渡した。「くだらんことで鞘を抜くな、たわけ。鋭い刃がどれほど大切か、じきに思い知るはずだ」

「メルデニアへ行かれたことがあるのですか、マスター？」ヴェーリンが口を開いた。かねてから、笞打たれるのを覚悟の上でソリスに質問をぶつける度胸があるのは彼だけだった。怒りを買うこともあるが、答えてもらえることもある。今回がどちらなのかは見当もつかない。「燃える街をごらんになったのですか？」

ソリスがふりかえり、くすんだような視線でヴェーリンを捉えた。その瞳の奥には無言の反問があった——何のつもりで訊くのかと。そこでようやく、彼は自分が知る必要のないことまで知っているのかもしれないという印象を与えてしまったことを悟った。戦争の何たるかを父親から聞かされてきたはずの小僧がずいぶん不躾な質問をするものだと思われてしまったにちがいない。

「いいや」ソリスが答える。「当時、おれは北の国境地帯にいた。くだんの戦争について尋ねるなら、マスター・グリーリンのほうが適任だろうよ」彼はそれだけ言うと踵《きびす》を返し、丸く束ねてあるロープのすぐそばに手を置いていた少年めがけて答を一閃した。

三隻のバージが北へと帆走し、蛇行する川の流れをどこまでも遡っていくうち、ヴェーリンはただ川沿いに下れば良いだろうという甘い考えを捨てた——どうやら、かなりの行程になりそうだ。時間内に領館へ帰り着くためには、森をつっきるしかない。彼は黒々とした木々の塊を眺め、憂鬱な気分になった。ヒュトリル教官のおかげで森の歩き方が分かってきたとはいえ、暗い中で右往左往するのは決して愉快なことではない。森に迷いこんだ子供が何時間もひたすら同じところを歩き回るばかりだったという話も聞いたことがある。

「南にまっすぐ」ケーニスが彼の耳許で囁いた。「〈北ヶ星〉に背を向けて歩くのさ。そのうち川にぶつかるから、突堤が見えるまで下って、最後は泳いで渡るんだ」

ヴェーリンがふりかえると、ケーニスは何も言わなかったようなふりで虚空を眺めていた。周囲にいる少年たちはすっかり退屈しており、ケーニスの声が耳に届いた様子もない。どうやら、唯一の友人である彼にだけ力を貸したということだろう。

三時間ほども川を遡ったあたりから、少年たちはひとりずつ試練の開始を告げられた。もっとも、それらしい区切りがあるわけではなく、ソリスがただ適当に指名し、船縁から川に跳びこんで岸まで泳げと命じるだけだった。同期のうちで最初に呼ばれたのはデントスだった。

「領館でまた会おうぜ、デントス」ヴェーリンが勇気づけるように声をかけた。

デントスはいつになく無口で、弱々しい笑みを浮かべてみせ、大弓をきっちりと背負い直し、船縁の手摺を跳び越えた。そして、岸まで一直線に泳ぎ着くと、濡れた服を絞り、短く手を振りながら森の中へと走り去っていく。次に呼ばれたバルカスは手摺の上でまっすぐに立ち、川面めがけて宙返りを決めてみせた。幾人かの少年たちが拍手を送った。三番手はミケールだったが、すんなりと水に入ることはできないようだった。「あんなに遠くまで泳げるかどうか分かりません、マスター」彼は舌をもつれさせながら、黒々とした川面を見下ろした。

「頑張っても無理なら、おとなしく溺れるまでだ」ソリスはそう答えるや、彼を突き落とした。ミケールは派手な飛沫とともに落ち、そのまま沈んでしまったかと思われるほど長く水中に消えていた。やがて、少し離れたところに浮き上がり、しばらく手足をばたつかせていたが、それでもどうにか泳ぎはじめたので、様子を窺っていた少年たちはとりあえず胸を撫でおろした。

ケーニスがそれに続き、幸運の祈りを囁いたヴェーリンに頷いてみせ、無言のまま川面へと跳んだ。そのあとすぐにノルターも呼ばれたが、恐怖心を隠したくても隠しきれないのだろう、彼はソリスに訴えかけるように、「マスター、ぼくが無事に戻れなかった場合は、どうか父に――」

「きさまには父親など存在しないはずだろう、センダール。さっさと行け」

ノルターは怒りの反駁を噛み殺すと、一瞬だけ躊躇してから跳びこんだ。

「ソーナ、きさまの番だ」

最後のひとり、もっとも長い距離を与えられ、ヴェーリンはそこに作為が働いているのではないかと疑わずにいられなかった。彼は船縁に立ち、背負った弓の弦が胸許をきつく締めつけていることを確かめ、矢筒も流れの中でどこかへいってしまわないよう腰紐を縛り直した。それから、しっかりと手摺をつかみ、心の準備を整える。

「あいつらへの手助けは無用だぞ、ソーナ」ソリスが声をかけた。ほかの少年たちには何も言わなかったというのに。「よけいな干渉は許さん。どんな問題があっても自力で解決させろ」

ヴェーリンは眉根を寄せた。「マスター？」

「何度も言わせるな。あいつらの運命はあいつら自身のもので、きさまには何の関係もない」彼は川面にむかって顎をしゃくった。「行け」

それ以上の説明は望むべくもないということがはっきりしたので、ヴェーリンは手摺を握り直して身を躍らせ、足から入水した。とたんに、驚くほどの冷たさが襲ってきた。彼は頭のてっぺんまで水中に没してしまったせいで平常心を失いかけたものの、必死に水を蹴って川面に戻り、息を継ぎ、バージから眺めていたよりもはるかに遠く感じられる岸へと泳ぎはじめた。砂利だらけの川辺にようやく立つことができた頃には、バージはずっと上流まで遠ざかっていた。その船縁にソリスが佇んだまま、ヴェーリンの姿を視線で追いつづけているようにも感じられたが、実際のところは分からない。

ヴェーリンは弓を肩から下ろすと、その弦を親指と人差指でしごき、溜まった水滴を絞り落とした。弦の濡れた弓、脚を失った犬、どちらもまるで役に立たないものだと、チェックリン教官は口癖のように言っていた。つづいて、ヴェーリンは矢筒を点検し、油を塗った皮の覆いのおかげで水が入りこんでいないことを確かめた。狩猟用ナイフも腰の鞘に収まったままだ。彼は頭にへばりついた髪を両手で払いながら森を眺めたが、目に映るのは一塊の大きな翳ばかりだった。今は間違いなく南を向いているにしても、夜の森をまっすぐ歩きつづける自信はない。ケーニスは良い忠告を与えてくれたが、〈北ヶ星〉の位置を知るには高い木に登る必要があるし、それもまた暗闇の中で簡単にできることではない。

今が夏なのは幸いだったが、川を泳ぎ渡ったことによる寒さが忍び寄っていた。ヒュトリル教官によれば、火を使えないところで身体を乾かすには走るのが最善の方法だという。体内の熱気が水を蒸発させるというわけだ。ヴェーリンはゆったりとした駆け足で出発した――この先まだ何時間もかかる行程なのだから、なるべく体力の消耗を抑えなければいけない。ほどなく、彼は涼気に満ちた鬱蒼たる森へと足を踏み入れ、そこかしこの物陰に知らず知らず目を配っている自分自身に気付いた。狩りや隠れ鬼などの訓練をくりかえしてきた成果として、考えるまでもなく神経が働くようになっていたのだ。ヒュトリル教官の言葉が脳裏をよぎる――〝頭の良い敵ほど身の丈に合った物陰を選び、不用意に動くこともしない〟。ヴェーリンはこみあげてくる震えを押し殺し、ひたすらに走りつづけた。

一時間あまりも走るうち、彼は両脚が痛くなってきたものの、足の運びを弛めようとはしなかった。身体を濡らしていた川の水はたちまち汗へと替わり、寒さも感じなくなっている。彼はときおり太陽をふりかえって進行方向を確かめ、時間が飛ぶように過ぎ去っていくような錯覚がもたらす焦りとも戦っていた。ほんのわずかな金貨を手渡されて領館の門から追い出され、唯一の居場所を失ってしまうというのは、およそ想像もできないほど怖ろしいことだった。その金貨を必死に握りしめたまま父の屋敷の玄関前に立ち尽くし、どうか中へ入らせてくださいと泣きすがる自分自身の姿も垣間見えたが、それもまた悪夢にほかならない。彼はそんな不安を振り払うように、とにかく走った。

五マイルほども進んだあたりで、ヴェーリンは少し休むことに決め、倒木に腰を下ろすと、水瓶を傾けて喉を潤し、呼吸を整えた。同期の仲間たちはどうしているだろう——自分と同じように駆け足で行程をこなしているかもしれないし、木々に囲まれて行先を見失ってしまったかもしれない。〝あいつらへの手助けは無用だぞ〟。あの一言は警告か、それとも脅しだったのだろうか？　もちろん、森の中にはさまざまな危険が潜んでいるが、まだ数カ月とはいえ厳しい鍛錬を受けてきた騎士団の少年たちが対処できないほどの事態があるとは思えなかった。

しばらく思案に耽っていたが、答えは分からずじまいだった。彼は水瓶に栓をすると、立ち上がろうとしながら、例によって物陰に目を配り……そのまま凍りついたように動けなくなってしまった。

ほんの十ヤードほど先に一頭の狼が座っており、輝くような緑色の瞳に静かな好奇心をたたえてヴェーリンを凝視している。彼にとって、こんなにも近くで狼と遭遇したのは初めてのことで、これまでは朝霧の中を駆け抜けていく淡い影がときおり視界をかすめたにすぎなかったのだが、街の近くではその程度でさえも珍しかった。彼は目の前にいる獣の大きさに圧倒され、毛皮に包まれた筋肉が秘めている力をひしひしと感じた。ヴェーリンがまっすぐに視線を返すと、狼は首をかしげるような仕種を見せた。恐怖はまったくない――狼は赤ん坊を連れ去ったり羊飼いの少年を食い殺したりすると言われているが、ヒュトリルによれば、どれも作り話にすぎないらしい。〝狼に会ったら敬遠しろ、そうすれば狼もおまえたちを敬遠してくれる〟というのが彼の教えだった。しかし、そうだとしても、この狼は大きいし、こちらへ向けてくる視線も……

狼は微動だにせず座りこんだまま、灰色と銀色の毛を微風になびかせている。ヴェーリンの子供心がざわめいた。「きれいだね」彼はこっそりと狼に声をかけた。

そのとたん、狼は身をひるがえし、視線でさえ追えないほどの速さで木々のあいだに姿を消した。わずかな葉擦れの音も残さずに。

彼はめったに笑うこともなくなっていた自分の口許がふと緩むのを感じながら、狼の姿をしっかりと脳裏に刻みつけ、この記憶は決して消えないであろうことを確信した。

この森はウルリシュと呼ばれ、ヴァリンズホルドの北壁からレンフェール地方との境界域まで、幅にして二十マイル、奥行きは七十マイルほどもある。一説によれば、国王はここがお気に入りだそうで、何らかのきっかけで魅了されてしまったらしい。勅令なしにウルリシュで木を伐ることはたとえ一本でも固く禁じられており、また、少なくとも三世代にわたってこの森に暮らしつづけてきた家族を除いては住処を置くこともできない。王国史にはおよそ詳しくないヴェーリンだが、ここにも一度だけ戦火が広がったということは知っていた。鬱蒼たる木々をかいくぐるようにして、レンフェールとアスレールの両陣営が一昼夜の激戦をくりひろげたのである。アスレールが勝利を収め、レンフェール侯はジャヌス王に対して文字どおり膝を屈しなければならなかった。現在、その息子たちは地方長官となり、王の要請があれば資財や兵力を提供するよう求められる。ヴェーリンにこういった史実を教えたのは母であり、父が遠征で家を空けるたびに詳しい話を聞きたがった彼のしつこさに根負けしたというのが実情だった。父の勲功がジャヌス王に認められ、〈王国の剣〉の称号を与えられたところも、まさにこの森だったそうだ。もっとも、具体的にどんな勲功があったのかは母の口から語られることなく、ただ〝お父さまはいつだって勇猛果敢に戦う人だから〟という一言だけで終わりだった。

いつのまにか、ヴェーリンは走りながら林床に視線を巡らせ、往時の戦いで使われた鏃や剣の欠片《かけら》などが今もどこかに残っていないかと、金属のきらめきを探していた。もちろん、何かを拾うことができたとしても、ソリスがそれを手許に置かせてくれるかどうかは疑わしい――というより、期待する余地もないので、領館のどこかに隠し場所を……

ヒュン！

彼はとっさに身を低くすると、目の前にあった樫の木陰に転がりこんだ。間一髪、乾いた風切音とともに飛んできた矢がシダの茂みを切り裂く。騎士団での鍛錬を受けてきた者にとって、弓の弦が弾かれた音は警戒の対象にほかならない。彼は高鳴る鼓動を必死に抑えようとしながら、次の兆候を確実に捉えようと全神経を集中した。

猟師だろうか？　鹿と間違えられたのかもしれない。だが、彼は即座にそれを否定した。人間と鹿を区別できない猟師がいるものか。彼を殺そうとしているやつがいるのだ。彼は自分が肩にひっかけていた弓をいつのまにか降ろし、矢も番えていることに気が付いた。意識するまでもなく手が動いていたのだ。彼は木の幹にもたれかかり、耳を澄まし、森が敵の様子を教えてくれるのを待った。〝自然界はひとつの声を持っている〟とヒュトリルは言っていた。〝その聞き方を覚えれば、道に迷うこともなくなるし、奇襲に驚くこともなくなる〟。

ヴェーリンは森の声に聞き入った。風が囁き、木々の葉がざわざわと応え、枝も軋む。鳥たちは黙りこくっている。つまり、危険な存在がこのあたりにいるということだ。ひとりだけか、複数か。枯枝の一本も踏み折ってくれたら必ず分かるし、ブーツの底革がぬかるみに少し触れる程度でも耳に届くはずだが、それらしい物音は何もない。敵が迫りつつあるとすれば、完璧な忍び足を心得ているということか。しかし、こちらも聴覚だけに頼っているわけではないし、森はもっと多くの情報を与えてくれる。彼は目を閉じると、鼻からゆっくりと息を吸いこんだ。〝餌箱に顔をつっこむ豚みたいに呼吸が荒くちゃ、この技は使えないぞ〟というヒュトリルの言葉が思い出される。〝時間をかけて、空気を嗅ぎ分けるんだ。焦るなよ〟

彼はそのように鼻を働かせた。ホタルブクロの花、腐りかけた枯草、動物の糞……そして、汗。人間のような汗の臭いだ。それを運んでくる風は、彼の左側から吹いていた。ただし、弓矢で狙ってきた相手の動静までは分からない。

かすかな衣擦れの音が、ヴェーリンには叫び声さながらに感じられた。彼は樫の木陰から低い姿勢で躍り出るや、一瞬の動きで矢を放つと、すぐにまた元の場所へと逃げこむよりも早く、抑えきれなかったような短い呻きが聞こえてきた。

彼はとっさに思案を巡らせた。（様子を見ようか、逃げようか？）さっさとこの場を離れたいという欲求は強く、森を覆う夜の闇もそれを誘っているかのようだった。しかし、彼は自分がそうできないことを知っていた。〝この騎士団では決して敵に背を見せない〟

――ソリスの言葉だ。

ヴェーリンは樫の木陰から覗き見て、ものの数秒もかからず、鷗の羽をつけた自分の矢が十五フィートほど先のシダの茂みに突き立っていることに気付いた。彼は二の矢を番え、ほかの敵はいないかと周囲に視線を配り、森の声に耳を澄まし、鼻も利かせながら、這うようにしてそちらへ近寄っていった。

くすんだ緑色のトルーズとチュニックに身を包んだ男が、トネリコの弓を左手に、烏の羽をつけた矢を右手に持ち、背中には剣を斜めに担ぎ、ブーツにはナイフを忍ばせ、ヴェーリンの矢で喉許を貫かれていた。まごうかたなき死体である。ヴェーリンがさらに歩を進めると、その矢傷から大量の血が流れ、地面に赤黒い池を作っていた。（太い血管を射抜いたんだな）ヴェーリンは心の中で呟いた。（ぼくは弓矢が苦手だったはずなのに）

彼はひきつったように甲高い笑い声を洩らしたが、たちまち身体を震わせ、その場に這いつくばり、悶絶とともに嘔吐した。

眩暈がするほどの不快感がいくらかでも治まり、まともな思考力を取り戻すまで、しばしの時間を要した。この男は、ここで死を迎える寸前まで、ヴェーリンを殺そうとしていた。なぜ？　顔も知らない相手なのに。無法者か？　ひとりぼっちの子供なら簡単に襲えると考えた追剝《おいはぎ》かもしれない。

ヴェーリンは意を決し、あらためてその死体を直視した。ブーツは上等だし、衣服の縫製も悪くない。彼は躊躇を振り払い、弓の弦にひっかかったままの男の右手を広げさせてみた。いかにも弓矢を使い慣れた者の手だ——掌の皮は分厚く、人差指と中指の先端には胼胝《たこ》もある。これで生計を立ててきたにちがいない。ただの無法者がそこまで腕を磨くだろうか、こんなに良い恰好をしているだろうか、ヴェーリンはどうにも違和感が拭えなかった。

ふと、考えたくもないような想像が脳裏をよぎる――これも試練の一環だとしたら？

ひょっとしたら、そうなのかもしれない。合否を判断するには最適の方法ではないか？刺客の待ち伏せる森から生還できてこそ騎士団にふさわしいだろう。それに、節約できる金貨もかなりの額になるはずだ。しかし、おいそれと決めつけるわけにはいかない。騎士団は苛酷な組織だが、残忍ではない。

だとしたら、どういうことだ？

彼は首を振った。この場に留まっていても謎は解けない。答えを求めるべき場所はただひとつ。領館へ戻り、ソリスに教えを乞うしかない……途中で殺されなければの話だが。

彼は震える脚で立ち上がると、口の中にへばりついていた嘔吐物の残りを吐き捨て、最後にもういっぺん男の死体をふりかえり、剣やナイフを持ち去ろうかどうか迷ったあげく、それは良くないと決断した。自分が人殺しになってしまったという事実を誰にも知られたくなければ、きっと、よけいなことはしないほうがいいはずだ。そこから、男の喉に突き刺さった矢を回収しようかという考えも浮かんだものの、肉体を抉った鏃を引き抜くなど、想像するだに耐えられなかった。そのかわり、彼は自分の狩猟用ナイフで矢羽を切り取ることにした。鴎の羽から騎士団の関与が分かってしまうため、それだけでも回収しなければと思ったのである。しかし、矢軸に刃を走らせるたび、血肉に沈む鏃が濡れた音を立て、柔らかく蠢くような感触を伝えてくるので、彼はふたたび不快感に襲われた。作業はすぐに終わったものの、彼にとっては永劫の時間とさえ感じられるほどだった。
彼は矢羽をポケットにしまいこんで死体のそばを離れ、ブーツの底を地面にこすりつけて足跡を消し、すぐにその場から走り去った。両脚は鉛のように重く感じられ、何カ月もの鍛錬で体得した滑らかな走りをどうにか取り戻すまで、つまずきそうになってしまったことも一度や二度ではなかった。ぐったりとした男の死体はどこまでも彼の記憶を追いかけてくるが、彼はそれを振り払い、断ち切ろうとした。(あの男はぼくを殺すつもりだったんだ。子供を殺そうとするようなやつ、逆にやっつけることができて良かったじゃないか)彼はそんなふうに自分自身を説得してみたが、かつて父を責めた母の叫びが耳の奥で谺するのを封じることはできなかった――〃あなたの身体に沁みついた血の臭いに耐えられないのよ〃。

夜はあっというまに闇を深くした。森の暗さに対する彼自身の恐怖心がなおさらそれを強く感じさせたのかもしれない。彼は通りすがりの木陰ひとつひとつを覗きこみ、弓矢を手にした刺客の姿を捜し、怪しい影が目につくたびに逃げ隠れするのだが、少し観察すれば灌木や切株にすぎないと分かることばかりだった。あの男を殺してから、彼は一度しか休憩を取っていない――それも、椈《ぶな》の大樹に身を寄せ、しきりに周囲を見回しつつ、あわただしく水を飲んで終わりだった。動いている標的は捉えにくいということで、走っているほうが無難だろうと思えたのだ。しかし、そんな漠然たる安心感も夜闇の訪れとともに雲散霧消してしまい、今の彼はまるで断崖絶壁を走っているかのごとく、次の一歩が身の破滅かもしれないと怯えるばかりだった。実際に転んだのは二度で、装備をぶちまけてしまったあげく嗚咽もこぼれ、とうとう駆け足を諦めるしかなくなった。

林冠の切れたところで空を仰ぎ、あるいは木に登って、彼はこまめに〈北ヶ星〉の位置を確かめ、間違いなく南に向かってはいたが、どの程度まで踏破したのか、どれだけの距離が残っているのかといったことは分かるはずもなかった。必死の思いで前方に目を凝らしてみても、木々のあいだに見え隠れする川面のきらめきはおよそ変化がない。やがて、どこかの地点で方角を測ったとき、彼は小さな灯を見た。紫紺を帯びた黒い闇の中にぽつねんと、橙色の光の粒が揺れている。

（とにかく、先を急ごう）彼はそれまでと同じように、南へのさらなる一歩を踏み出しかけたものの、ふと足を止めた。この試練に際して、騎士団の少年たちが火を使うことは考えにくい――誰もそんな余裕はないのだ。ひょっとしたら、王命を受けた森林管理官がたまたま夜営しているだけかもしれない。しかし、彼はそこはかとない違和感を拭えなかった。意識の奥底で、何かがおかしいと囁く声がする。その不可思議な抑揚はどこか音楽的でさえあった。

彼はその場で回れ右をすると、担いでいた弓を降ろし、矢を番えてから、来た道を慎重に戻りはじめた。二重の意味で危険だということは重々承知の上だった——あの灯が誰のものか探るとなれば無事では済まないかもしれないし、そちらがどうあれ、領館に帰り着くべき刻限が決められているにもかかわらず時間を浪費しようとしているのだ。それでも、彼は知る必要があると考えていた。

光の粒は徐々にふくらみ、広大な闇を照らす金と赤の炎になった。ヴェーリンは立ち止まり、あらためて森の歌に耳を澄まし、夜気を伝わってくる物音を捉えようとした。聞こえた——人の声だ。男。おとな。ふたり。言い争い。

彼はヒュトリルに教わったとおり、地面すれすれに足を運ぶ〈猟師の歩み〉でその二人組のほうへと忍び寄っていき、踏み折れば生命にかかわる枯枝が一本たりとも落ちていない場所をすばやく見極め、静かに身を伏せた。そこから這い進んでいくにつれ、声は少しずつ言葉として聞こえるようになり、彼の疑念を裏付けた。ふたりの男が激しく口論している。

「……っても血が止まりゃしねぇ！」姿はまだ見えないものの、その口調には自己憐憫の情がはっきりと聞き取れた。「ほれ、ざっくりと切れちまって……」

「それぐらいにしとけ、糞頭！」いらついたような囁き声がそれを遮る。その声の主はヴェーリンも視界に捉えることができた——焚火の右寄りに座っている逞しい男で、剣を背負い弓を手許に置いている姿は彼を慄然とさせるに充分すぎるほどだった。やはり、単なる偶然ではなかったのだ。その男は両足で挟みつけるようにした袋を開け、中身を確かめながら、相棒にうっとうしげな視線を向けた。

「いまいましい小僧め！」姿が見えないほうの男はそれでも泣き言をやめようとしない。

「死んだふりから反撃してきやがって、油断も隙もありゃしねぇ」

「甘く見るなと忠告されたのを忘れるやつが悪い」逞しい男が言葉を返す。「不用意に近寄らないで、確実に頭を叩き割っておくべきだったな」

「最初の一発もきっちり後頭部だったんだぜ？　普通ならあれで終わりだろうが。大の男だって簡単に倒せるってことは、もう何度も実証済みなんだ。小僧ごときに驚かされるとは思わなかったぜ。いっそ、しばらく生かしておいたまま……」

「人間の風上にも置けん野郎だな」逞しい男はべつだん毒気の感じられない口調で言った。彼はいよいよ袋の中身だけを注視したまま、広い額に皺を寄せた。「どうも、狙いとは違う小僧だったような気がしてならないんだが」

　ヴェーリンは動悸を抑えながら、その袋に視線を移した。丸みを帯びた物体がわずかに見えており、下半分は黒っぽく濡れているようだ。ふと、彼はそれが何であるかを悟り、悍《おぞ》ましさで気が遠くなってしまいそうになるのを必死で堪えた。少しでも物音を立てようものなら死を招くことになる。

「どれどれ」泣き言ばかりだった男が身を乗りだしたので、ヴェーリンはようやくその姿も見ることができた。背が低くて痩せ型、尖った顎にうっすらと鬚を生やしている。左腕に巻いた包帯は血染めで、それをかかえこむように押さえた右手の細い指の隙間からも血が溢れているのが分かるほどだ。「狙いどおりだって。間違いねぇよ」そうあってほしいという願いのこもったような口調だった。「やっこさんが言ってたじゃねぇか」

やっこさん？　ヴェーリンはなおも耳を澄ましながら、あいかわらずの不快感の中でも鼓動だけは収まってきたのを自覚していた。こみあげてくる怒りがそうさせたのである。「おれとしたことが、やっこさんには完全にびびらされちまったからな」逞しい男も身を震わせた。「あれほどのやつでなかったら、たとえ空が青いと言われたって信用する気にはならなかったところだが」彼はあらためて袋に渋面を向けると、手を伸ばし、中身を取り出した。つかんでいるのは髪の毛で、その下には死相にゆがんだ顔があり、斬られた首からは血の雫がひっきりなしに垂れ落ちている。ヴェーリンはまたもや吐き気に襲われたが、幸いなことに、胃の中にはもう何も残っていなかった。（ミケール！　あいつら、ミケールを殺すなんて）

「まぁ、こいつで間違いないんだろうさ」逞しい男が言った。「死んだやつは別人みたいに顔が変わっちまうからな。あるいは、親とあまり似てないのかもしれん」

「ブラクに見てもらえば分かるさ。こいつとは会ったことがあるって話だろ」もうひとりの男は元の場所へと戻ったようだ。「それにしても、どこをうろついてやがる？　いつまで待たせるつもりだっての」

「まったくだ」逞しい男も相槌を打ち、生首を袋に詰め直した。「しくじるようなやつじゃないだろうに」

しばしの沈黙があってから、もうひとりが声を落とす。「騎士団の小僧どもめ」

(ブラク……あの男の名前か)ひょっとしたら、ブラクにもその死を悼んでくれる相手がいたのかもしれない。妻、母親、あるいは兄弟が、彼と暮らした日々を思い出し、生前の彼はたいそう人柄も頭も良かったと懐かしむのかもしれない。とはいうものの、年端もいかない子供を狙って森の中で待ち伏せするような殺し屋にそんな相手がいるなど、ヴェーリンには思えなかった。誰も、ブラクのために涙は流さないだろう――あるいは、あそこにいる二人組のためにも。彼は弓を握りしめ、逞しい男の喉許に狙いを定めた。あいつを殺し、もうひとりのほうは脚か腹に深傷《ふかで》を負わせてやる。そして、あらいざらい白状したところで止めを刺す。(この手でミケールの仇を討つんだ)

木々のあいだから唸り声が聞こえた。姿は見えないが、危険な雰囲気がありありと伝わってくる。

ヴェーリンはとっさにふりかえり、弓を引こうとした――が、遅すぎた。筋肉の塊がぶつかってきて、彼の手から弓を叩き落とした。彼はとっさに狩猟用ナイフをつかもうとしながら、本能のままに蹴りで応じたものの、それも空振りに終わった。彼が立ち上がるよりも早く、男たちが苦痛とも恐怖ともつかない叫び声を上げ、そちらから飛んできた液体が彼の顔を濡らし、目の中に流れこんで痛みをもたらした。彼はよろめき、鉄のような血の味を舌先で感じ取り、あわてて目許をこすると、すっかり静かになってしまった男たちの夜営地を凝視した。一対の瞳が焚火に照らされて金色に輝き、赤黒く染まった鼻面がその下に伸びている。

とりとめのない考えがヴェーリンの脳裏を駆け巡った。（あいつ、ぼくを追いかけてきたんだ……きれいだね……あの男たちを殺しに来たのか……本当にきれいな狼だ……あいつら、ミケールを殺すなんて……親とあまり似てない……）

そこまで！

彼は自分自身に規律を取り戻させ、夜気をたっぷりと肺に吸いこみ、充分におちついたところで夜営地へと歩み寄った。逞しい男は仰向けに倒れ、深々と噛み抉られた喉を両手で押さえ、その表情は恐怖に凍っている。泣き言ばかりだった男は元の場所から何歩か逃げかけたところで生命を絶たれていた。首から上が不自然な角度に折れ曲がっている。そいつが漂わせたままの便臭は、死の恐怖に押しつぶされてから最期を迎えたという証拠だろう。狼はすでに影も形もなく、風にくすぐられる下草の囁きが聞こえるばかりだった。

ヴェーリンは萎える心をどうにか奮い立たせ、逞しい男の足元に置かれたままの袋をふりかえった。（何をどうすれば、ミケールのためになるんだろう？）

んです」

「ミケールが死にました」ヴェーリンは頭のてっぺんから水を滴らせたまま、ソリスに報告した。残り数マイルのところで雨が落ちてきて、彼は領館の門に至る丘を登るあいだに濡れ鼠となり、それですっかり体力を消耗してしまい、森で遭遇した事件の衝撃とあいまって、ごく簡単な語句しか口にできないほどのありさまだった。「森の中に殺し屋がいたんです」

よろめく彼の身体をソリスが支えると、彼はそのまま膝から崩れ落ちそうになった。

「何人いた？」

「三人です。ぼくが見たかぎりでは。そいつらも死にました」彼は自分の矢から切り取ってきた鷗の羽をソリスに手渡した。

ソリスは門前での待機をヒュトリルに代わってもらい、ヴェーリンに肩を貸して領館の中へ入った。北の塔にある少年たちの部屋へは行かず、南面の胸壁の一角にあるこぢんまりとした自分の私室へと連れていく。そして、暖炉に火を入れ、濡れた服を脱ぐようヴェーリンに声をかけ、薪にしっかりと火が回るまで身体に巻いておけと毛布を貸し与えた。

「飲め」彼はマグに一杯の牛乳を温め、ヴェーリンに手渡した。「一部始終を話してみろ。思い出せることは全部だ。何も隠すんじゃないぞ」

そんなわけで、ヴェーリンは狼との出会いを話し、自分が殺した男のことを話し、二人組のやりとりを話し……ミケールのことも話した。

「で、どこだ？」

「何がですか、マスター？」

「ミケールの……生首をどうしたのかと訊いとるんだ」

「埋めました」ヴェーリンは激しい震えがこみあげてくるのを押し殺し、牛乳を飲み、体内の熱が蘇ってくるのを感じた。「ナイフで地面を掘って。それ以上のことは考えられませんでした」

ソリスはうなずき、掌の上の矢羽を眺めた。その灰色の瞳から彼の考えを窺い知ることはできない。ヴェーリンは室内を見回し、想像していたほどには殺風景でないという印象を受けた。いくつもの武器が壁に飾ってある――戦斧、鉄の穂先をそなえた長槍、一端に石塊を嵌めこんだ棍棒、そして、さまざまな型のナイフや剣も。棚には本もずらりと並んでおり、そこに埃が積もっていないのを見れば、ソリスが実際にそれらを読みつけているということも分かる。反対側の壁には木枠に収められた山羊皮のタペストリがあり、棒線で描かれた人や動物の姿とともに見慣れない記号があれこれと並んでいる。

「ロナクの戦旗だ」ソリスが言った。ヴェーリンは彼の秘密を盗み見てしまったような気分になり、あわてて目をそらした。意外にも、ソリスはそのまま言葉を続けた。「ロナクの少年たちは幼くして軍団に加わる。どの軍団にも独自の旗があり、誰もが生命を捨てる覚悟でそれを守り抜くという血の誓いを立てるのさ」「これらの記号はどんな意味があるのですか、マスター？」

ヴェーリンは鼻の水滴を拭き取った。

「先祖代々、どれほどの戦場を踏んできたか、どれほどの敵の首級を獲ってきたか、どれほどの栄誉を巫女姫から賜ってきたか。ロナクは歴史をとても大切にしている。氏族ごとに叙事詩が伝わっており、それを暗誦できない子供たちは罰を受ける。聞くところによれば、彼らの図書館は世界最大だそうだ――もっとも、他所者《よそもの》がそこを訪れる機会はまだ一度たりとも与えられていないが。彼らの物語に対する愛は深く、焚火を囲んで何時間も導師たちの説話に耳を傾ける。とりわけ人気が高いのは英雄譚で、多勢に無勢の戦いを挑んだ軍団が逆転勝利を収めたとか、勇敢なる孤高の戦士が失われた秘宝を探し求めて地下世界を長征したとか……あるいは、森の中で殺し屋どもに狙われた少年たちが一頭の狼に救われたとか」

ヴェーリンは思わず鋭い視線を返した。「一緒にしないでください、マスター」

ソリスが暖炉の薪を足すと、炎の勢いが激しくなった。彼はそれを火掻き棒でおとなしくさせながら、ヴェーリンをふりかえることなく話しつづけた。「ロナクは〝秘密〟という意味にあたる語彙を持たない。知っていたか？　彼らにとって、すべての物事はひとしく重要であり、書き記し、語り伝え、長く後世に引き継いでいかなければならない。騎士団にそんな考え方はない。幾多の戦場を踏み、何百という死者を出しながら、何も語りはしない。騎士団には戦いがつきものだが、裏舞台での戦いがほとんどで、栄誉や褒賞などはおよそ望むべくもない。ゆえに、われわれは旗を持たない」彼はヴェーリンの矢羽を暖炉に投げこんだ。濡れたそれは炎に触れたとたんにシュッと音を立て、丸く縮まり、ほどなく跡形もなくなった。「ミケールは熊に襲われた。ウルリシュではめったにないことだが、森の奥深くには今もまだ数頭が棲息しているはずだ。きさまは食い散らされた遺体を発見し、おれに報告した。明日、マスター・ヒュトリルが回収してくるのを待って、われわれは志半ばで斃れた兄弟の骸を焼いて葬り、尊い犠牲に感謝の祈りを捧げる」

その言葉に、ヴェーリンは何の驚きもなかった。彼のまだ知らない何かがあることは明白だ。

「なぜ、ほかのみんなに手を貸すなとおっしゃったのですか、マスター?」

ソリスは無言のまま炎を眺めていた。あまりにも長くその状態が続いたので、ヴェーリンが答えを諦めかけたところへ、彼はようやく口を開いた。「騎士団に人生を捧げると決意した時点で、われわれは血縁を捨て去った。われわれ自身はそのことを正しく理解しているが、世間の連中は違う。胸壁の外でどこぞの家々が争っているとき、騎士団がきさまらを必ず護ってやれるわけではない。つねに目が届くとはかぎらんし、誰彼かまわず矛先を向けることもできんのだからな」そのあいだにも、彼は手の甲が白くなるほど強く火掻き棒を握りしめ、隠しきれない怒りに頬の筋肉をこわばらせていた。「おれの失態だ。その代償をミケールに払わせてしまった」

（父上だ）ヴェーリンは心の中で呟いた。（あいつら、ぼくを殺すことで父上に思い知らせるつもりだったんだろう。その程度で動じるような人じゃないのに、何も分かっちゃいない）

「マスター、あの狼については？　なぜ、ぼくは狼に助けてもらえたのでしょうか？」

　ソリスは火掻き棒を置き、顎をさすりながら考えこんだ。「おれにも分からん。あちこちを渡り歩き、見聞も広めてきたつもりだが、人食い狼に遭遇したことはないし、獲物を殺しておいて食わないというのも奇妙な話だ」彼は首を振った。「狼の習性からは説明がつかんな。それとは異なる何かが作用していたのだろう。闇の仕業かもしれん」

　一瞬、ヴェーリンはひときわ強く身震いした。闇の仕業。父の屋敷で働く従僕たちも、誰かに聞き咎められる心配のないとき、声を忍ばせてその言葉を口にすることがあった。ありえない事態を目の前にすると、人々はそう囁かずにいられないのだ——顔に痣のある赤ん坊、犬から生まれた仔猫たち、波間を漂う無人船。闇の仕業。

「きさまよりも早く、ふたりの兄弟がすでに帰り着いている」ソリスが言った。「ミケールのこと、きさまから報せておくが良かろうよ」

　この件はこれで終わりというわけか。ソリスはもう何も話してくれないだろう。当然ではあるが、残念だ。語るべき経験は豊かだし、洞察力も深いのだから、ただ剣を握って敵の眉間を狙うことを教えるだけではもったいない。しかし、それらのわずか一部なりとも聞く機会に恵まれた者がいるとは思えなかった。ヴェーリンはもっとロナクについて――その軍団や巫女姫のこともふくめ――知りたかった。あるいは、闇の何たるかも教わっておきたいところだったが、ソリスは暖炉の炎に視線を落としたまま、物思いに耽るばかりだった。ヴェーリンの父もそのような佇まいを見せることが少なくなかったものだ。そこで、彼は立ち上がり、「はい、マスター」と答えた。そして、牛乳の残りを飲み干すと、借りた毛布をしっかりと身体に巻きつけ、濡れた服をつかみ、扉のほうへと歩きかけた。

「他言無用だぞ、ソーナ」そう釘を刺したソリスの声には、笞を使う直前と同じ響きがあった。「誰にも知られないようにしろ。この秘密が洩れたら、次はきさまが死ぬ番かもしれんのだからな」

「はい、マスター」ヴェーリンはふたたび答えた。彼はすっかり空気の冷えきった廊下へ出ると、歯の根も合わないほどに震えながら、北の塔めざして歩きはじめた。長い階段の途中で動けなくなってしまうのではないかとも思ったものの、ソリスが飲ませてくれた牛乳のおかげで、どうにか部屋まで到達するだけの体力と気力は保つことができた。

よろめくようにして扉を開けると、デントスとバルカスが疲れきった様子でそれぞれのベッドにひっくりかえっていた。それでも、彼の顔を見たことで多少なりとも元気が出たのか、起き上がって彼を迎え、背中を叩き、せいいっぱいの軽口で雰囲気を明るくしようとする。

「道に迷ってたんじゃないのか、えぇ？」バルカスが笑った。「急流にさえ捕まらなきゃ、おれが一番乗りだったはずなんだけどな」

「急流？」ヴェーリンは訊き返しながら、彼らの歓待ぶりに驚いていた。

「川を渡るのが早すぎたのさ」バルカスが説明する。「対岸まで近いほうが簡単だろうと思ったのが大失敗だったよ。全身びっしょりで門をくぐろうとしたら、一歩先にデントスがいやがった」

ヴェーリンは手にしていた服をベッドの縁にひっかけ、暖炉のそばへ行った。「一番乗りはきみかい、デントス？」

「おぉ。ケーニスには勝てやせんと思っとったから、びっくりさぁ」

ヴェーリンにとっても意外な結果だった。森を歩くときのケーニスは誰もが自分の未熟さを恥じるほどだった。とはいえ、そんな彼もバルカスほどの体力はないし、デントスほどの走力もないのだが。

「とりあえず、団体戦ならおれたちの勝ちってことだ」バルカスはそう言って、ほかの班に対する競争意識をあらわにした。「よそはまだ誰も帰ってきてないぜ。うすのろどもめ」

「だぁね」デントスも相槌を打つ。「途中で何人か追い越してやったっけよ。ぶざまなぐらい右も左も分からんで、娼館の生娘かっちゅうの」

ヴェーリンが眉間に皺を寄せた。「ショウカン？」

ふたりは愉悦の視線を交わすと、バルカスが話題を変えた。「厨房からリンゴをくすねてきたんだ」彼はベッドの上掛けを剝ぎ、戦利品を披露した。「パイもあるぜ。みんなが帰ってきたら、これでお祝いだ」彼はリンゴをひとつ取り、そのままかぶりついた。少年たちは今や誰もが盗みを覚え、いつでもどこでも、厳重に隠してあるわけでない品々には遠慮なく手を伸ばすようになっていた。マットレスの中身はもはや藁束でなく、さまざまな布地や柔らかな毛皮の切れ端がたっぷりと詰まっている。もちろん、それに対しては厳罰が待ち受けていたが、嘘や不品行を諫めるような説教は一度たりとも聞かされず、彼らとしては、盗んでも捕まらなければ大丈夫なのだと理解するに至っていた。いちばんの凄腕はバルカスで、とりわけ食べ物にかけては右に出る者がいない。彼に次ぐのはミケールで、衣類なら何でもござれという感じだった……ミ、ケ、ー、ル。

ヴェーリンは暖炉の炎を凝視しながら唇を嚙み、どんな言い回しで嘘をつこうかと頭を悩ませていた。（やっぱり、どうかしてるよ――友達を騙さなきゃいけないなんて）それでも、彼は肚をくくった。「ミケールは死んだ」彼はやっとのことで口を開いた。ぶっきらぼうな言い方しかできず、それがもたらした突然の沈黙に顔をしかめる。「く……熊に襲われたんだと思う。ぼくが発見したとき――ほんの一部しか残ってなかったから」彼の背後で、バルカスが食べかけのリンゴを吐き捨てたようだった。デントスは自分のベッドに潜りこんでしまった。ヴェーリンは必死の思いで言葉を続けた。「明日にでもマスター・ヒュトリルが遺体を回収してくれるはずだから、みんなで弔ってあげないと」薪の爆ぜる音がした。彼は寒さもどこへやら、全身が痒くなるほどの火照《ほて》りを感じていた。「短い期間ではあったけど会えて良かったと、感謝の祈りを捧げよう」

どちらからも返事はない。おそらく、デントスは泣いているのだろうが、ふりかえって確かめるほどの図太さはヴェーリンも持ち合わせていなかった。やがて、彼は暖炉の前を離れ、まだ濡れている服を自分のベッドに並べて干し、弓の弦を外し、矢筒も片付けた。

扉が開き、ノルターが入ってきた。ぐっしょりと雨に濡れてはいるが、意気揚々としている。「四番目か！」彼は嬉しそうに声を上げた。「最後のひとりじゃないかと思ってたよ」彼がこんなにも上機嫌なのは初めてのことで、ヴェーリンはすっかり面食らってしまった。くわえて、ノルターは室内の暗い雰囲気をまったく察していないようだった。「二回も道に迷っちまってさ」彼は笑いながら、自分のベッドに装備一式を放り投げた。「狼も見たぜ」暖炉の前へ行き、炎にむかって両手をかざす。「そりゃもう怖くて、身動きもできなかったよ」

「狼を見たって？」ヴェーリンが訊いた。

「あぁ、そうさ。かなりの大物だったたな。たぶん、どこかで餌にありついてきたばかりだったんだと思う。鼻面が血で染まってたから」

「どんな熊だったと？」デントスが訊いた。

「はぁ？」

「黒いやつか、茶色いやつか？　茶色いやつのほうが大きくて凶暴さね。黒いやつはまず人間に近寄ってこん」

「どうして熊の話になるんだよ」ノルターは当惑したように言い返した。「おれが見たのは狼だってば」

「ぼくだって、実際のところは知らないよ」ヴェーリンがデントスに釈明する。「その場面を見たわけじゃないから」

「そんでも熊じゃと言いきれるんかね？」

「ミケールが熊に襲われたらしいぜ」バルカスがノルターに説明する。

「爪跡が違うだろ」ヴェーリンは答えながら、嘘をつきとおすのは想像以上に難しいものだと悟った。「つまり、そのぅ……八つ裂きにされちゃってたんだ」

「八つ裂き！」ノルターは愕然としたように叫んだ。「八つ裂きって、ミケールが!?」

「叔父の話じゃ、ウルリシュに茶色い熊はおらんはずだがねぇ」デントスが物憂げな口調になった。「北のほうにしか棲みよらんと」

「とにかく、おれが見たのは狼だった」ノルターは動揺を抑えきれずに声を落とした。

「あの狼がミケールを食っちまったんだな。あいつが満腹でなかったら、おれだって餌食だったかも」

「狼は人間を食わんとも聞いたさ」デントスが言った。

「狂ったやつなら話は別だろ」ノルターは自分のベッドにへたりこんだ。「おれ、狂い狼に食われちまうところだったのか！」

そんな調子で、少年たちは次々と帰り着き、いずれも疲労困憊の濡れ鼠ではあったが試練を無事に乗り越えたという安堵の笑みを見せたあと、この凶報を聞かされて顔色を失ってしまうのだ。デントスとノルターがいつまでも狼か熊かと議論を続けているあいだ、バルカスはくすねてきた食料を仲間たちに分け与え、彼らはそれを口に運びながら、何も言おうとはしなかった。ヴェーリンは自分のベッドで毛布をひっかぶり、ミケールの死に顔を、あの袋ごと地面に埋めたときの手触りを、忘れたくても忘れられず……

数時間後、彼は寒さに震えながら跳び起きた。夢から醒め、夜の闇にむかって目を開く。忘れてしまいたいほどの夢見の悪さだったので、眠りが途切れたのはむしろ幸いだった。ほかの少年たちは眠っており、バルカスの鼾もいつになく穏やかだ。暖炉の薪はすっかり炭と化し、小さな熾がくすぶっているにすぎない。あらためて火を点けようと、彼はベッドから抜け出した。ふと、室内の暗さが森の中よりも怖ろしいように感じられた。

「薪がもう残ってないよ、ブラザー」

その声にふりかえってみると、ケーニスが自分のベッドに座りこんでいた。濡れた服を着たままの姿が、鎧戸の隙間から洩れ入ってくる月光にうっすらと映えている。ただし、顔には翳が差しており、表情までは分からない。

「いつ戻ってきたんだい？」ヴェーリンは尋ねながら、両手をこすりあわせた。人体がこんなにも冷たくなるものだとは知らなかった。

「しばらく前にね」ケーニスの声は虚ろで、あらゆる感情を失ってしまったかのようだった。

「ミケールのことは聞いた？」ヴェーリンはそこいらを歩き回り、少しでも体内の熱を取り戻そうとした。

「うん」ケーニスが答える。「ノルターの話じゃ、狼にやられたそうだね。デントスは熊だと主張してたけど」

その言葉の端にかすかな愉悦が潜んでいるのを感じて、ヴェーリンは思わず顔をしかめたものの、すぐにそれを振り払った。どんな反応を示すかは人によって大きな違いがある。ミケールの親友だったジェンニスなどは、彼らの話を聞くなり笑い出し、いつになっても笑い止む様子がなかったので、バルカスが平手打ちで我に返らせなければならないほどだった。

「熊だろうな」ヴェーリンが言った。

「そうなのかい？」ケーニスはまったく身動きせずに座っている気配だったが、ヴェーリンは彼が意味ありげに首をかしげるところを想像した。「デントスが言ってたけど、第一発見者はきみだったんだってね。ひどいありさまだったんだろうな」

（そう、袋の底に溜まったミケールの血がひっきりなしに滲み出てきて、ぼくの手を真赤に染めて……）ヴェーリンは毛布をぴったりと身体に巻きつけた。「きみのほうが先に戻ってるんだろうとばかり思ってたよ。このあいだの庭仕事のときにバルカスと賭けをして、そこでも、きみが一着になるっていう予想を立ててたんだ」

「まぁ、自分でもそのつもりだったんだけど、途中でしばらく足が止まっちゃってさ。ちょっとした事件だよ。せっかくだし、きみにも謎解きに協力してもらおうかな。喉を矢で射抜かれた死体が森の中にあったら、何が起こったと考えられるだろうね？　しかも、その矢には羽がついてないんだ」

ヴェーリンは震えが止まらなくなってしまい、身体に巻きつけておいた毛布を落としてしまった。「深い森の奥には無法者たちも多いそうじゃないか」

「たしかに。で、その深い森をもっと奥へ進むと、また死体がふたつだ。ただし、そいつらは矢で殺されたわけじゃなく、熊にでも襲われたみたいだった。ミケールと同じだね。ひょっとしたら、ミケールを食い殺したのと同じやつかもしれない」

「そ……そうかもね」ヴェーリンは相槌を打ちながら、ひきつったように震えつづけている指先を凝視した。(どうしちゃったんだ? 寒さのせいじゃない。もっと……)だしぬけに、彼はすべてをケーニスに打ち明けてしまいたいという衝動に駆られた。独りで背負っている重荷を降ろし、こっそりと慰めてほしかった。何はさておき、ケーニスは友達なのだ。ましてや、無二の親友だ。ほかの誰よりも、秘密を打ち明けるにふさわしい相手ではないか？ 自分が殺し屋たちに追われているとしたら、背中を預けることのできる仲間も必要だろう。力を合わせて戦えば……

〝他言無用だぞ……この秘密が洩れたら、次はきさまが死ぬ番かもしれん〟ソリスの言葉が彼の舌を縛り、決意を固くさせた。ケーニスが親友だからといって、打ち明けてはいけない真実もある。まだ幼さの残る少年同士で共有するにはあまりにも大きく、あまりにも重い秘密なのだ。

そう思い直したとたん、彼は震えが収まってくるのを感じた。まさしく、それは寒さのせいではなかった。夜の森での怖ろしく悍ましい経験が彼の心に残した傷はおそらく消えることのないものだろうが、彼はそれを直視し、克服してみせるつもりだった。それ以外の選択肢はないのだ。

彼は落ちたままになっていた自分の毛布を拾い直し、ベッドへと戻った。「まったく、ウルリシュは危険な場所だね」彼はあらためて口を開いた。「濡れた服はさっさと脱ぎなよ、ブラザー。明日も訓練があるのに風邪をひいたりしたら、マスター・ソリスの笞が飛んでくるだろ」

ケーニスはじっとしたまま言葉も返さず、静かな溜息を洩らした。それから、立ち上がって服を脱ぎ、几帳面な性格どおり整然と並べ干し、装備品も所定の置き場所にきっちりと戻し、そのあとでようやくベッドに入る。

ヴェーリンは仰向けの姿勢で、眠りの訪れをひたすらに待ち望んでいた。どんなに夢見が悪かろうと、そのときはそのときだ。とにかく、こんな夜は一刻も早く過ぎ去ってほしい、曙光の暖かさを感じたい、血と恐怖の記憶に曇ってしまった魂もそれで浄化できれば良いのにと願うばかりだった。（戦士の宿命なんだろうか？）彼は心の中で自問した。（日陰者として震えながら生きていかなきゃいけないのか？）

ケーニスの押し殺したような囁きを、ヴェーリンの耳はしっかりと捉えた。「きみが生きていてくれたのが嬉しいよ、ブラザー。あの森を無事に通り抜けることができて、本当に良かった」

（仲間としての想いだ）ヴェーリンはそう悟った。（これも戦士の宿命だ。おたがい、相手のために生命を捨てなきゃならなくなるかもしれない間柄だからこそ、今日の無事を喜び合うんだ）そこに恐怖心や不快感が入りこむ余地はなく、彼はむしろ胸のつかえが取れたような気分だった。「きみも無事でいてくれて良かったよ、ケーニス」彼はそう囁き返した。「さっきの話だけど、謎解きの役に立ってあげられなくてごめん。マスター・ソリスなら答えが分かるんじゃないかな」

そこでケーニスが喉を鳴らしたのは笑いだったのか溜息だったのか、ヴェーリンには知る由もなかった。やがて、何年も経ってからのことだが、彼は自分がその違いをどうにも聞き分けられないせいで自分自身と他人をひどく苦しめてしまうと考えるようになっていくのである。しかし、このときの彼はそれを溜息として受け取り、次の一言もまた単なる事実の表明だろうとしか思わなかった。「あぁ、まったく、ぼくたちの将来は謎だらけだよ」

彼らはソリスの指示に従い、近くの森から何本もの丸太を伐り出し、屋外訓練場でそれらを組み上げ、火葬の準備を整えた。訓練が免除されたとはいえ、一連の作業はいずれも重労働で、ヴェーリンはまだ瑞々しさの残る木の幹を荷車に積みこむだけの数時間ですっかり筋肉痛になってしまった。それでも、彼は弱音を吐きたくなるのを必死で堪《こら》えた。せめて今日ぐらいは、ミケールのために頑張らなければ。ヒュトリルが戻ってきたのは昼過ぎで、彼が牽くポニーの背には大切な包みがくくりつけられている。領館めざして進むその姿が見えると、少年たちは仕事の手をしばし休め、布に巻かれた遺体を凝視した。

（これからも同じようなことが起こるはずだ）ヴェーリンはそう理解していた。（最初のひとりがミケールだったにすぎない。次は誰だろう？　デントス？　ケーニス？　ぼく自身か?)

「質問してみるべきだったかな」ノルターが口を開いたのは、ヒュトリルが門のむこうへと姿を消したあとのことだった。

「何の質問さ?」デントスが尋ねる。

「狼か熊か――」とたんに、バルカスが木切れを投げつけたので、ノルターはあわてて身を屈めた。

日が沈む頃、四百名あまりの少年たちが屋外練習場に全員整列し、直立不動の姿勢で見守る前で、ソリスとヒュトリルが丸太の壇のてっぺんに遺体を静置した。彼らが降りてくると、管長が進み出て、傷痕だらけの骨張った手で高々と松明をかざす。壇のかたわらに立った彼はいつもながらの超然たる表情で、居並ぶ教え子たちの顔を眺めた。「われわれは今ここに、器としての役割を終えたひとりの兄弟と対面している」その声音もやはり朗々と、彼はわずか一言で聞く者すべてを惹きつけた。

「善良かつ勇敢であった彼に感謝の意を捧げ、また、ときに弱さを隠せなかった彼を赦そう。彼はわれわれの兄弟として、騎士団の務めを果たそうとするうちに不慮の死を遂げた。今や、彼は〈逝きし者〉の許に在り、その魂がいずれあちらに加われば、信仰をもって務めるわれわれを導いてくれるだろう。さぁ、彼を偲び、彼への感謝と赦しを胸に、今日から永く記憶に留めよう」

管長は壇にむかって松明をさしのべ、丸太同士の隙間に詰めこんであるリンゴの枝の焚付に押し当てた。ほどなく、壇全体が燃え上がり、激しい炎と煙に包まれ、人体の焼け焦げる臭気が訓練場を覆い、ついさっきまで漂っていたリンゴの甘やかな芳香はどこかへ消えてしまった。

ヴェーリンは炎を眺めながら、ミケールがどれほど善良かつ勇敢であったかを思い出そうとしていた。その清廉潔白ぶりを長く記憶に留めるつもりだったのだが、脳裏に蘇ってきたミケールの姿といえば、バルカスと共謀して厩舎の飼葉袋のひとつにコショウをぶちこんでいるところだった。新しい牡馬を手に入れたばかりのレンシャルがその餌を与えてしまい、馬の猛烈なくしゃみとともに蹴り殺されそうになったほどの悪戯《いたずら》である。あのときの彼は勇敢だったか？　厳罰に値すると承知の上でやったことにはちがいないが、ミケールもバルカスも平謝りだったし、レンシャルはそれからしばらく人事不省の状態に陥り、結局、そのあいだの記憶が飛んでしまったままなのだ。

躍る炎に肉も骨も舐め尽くされていく昨日までの仲間に、ヴェーリンは心の中で囁きかけた。（ごめんよ、ミケール。ぼくのせいで死ぬ羽目になっちゃって、ごめんよ。助けに駆けつけることもできなくて、ごめんよ。機会があれば、いつかきっと、あの男たちを森へ送りこんだ黒幕をつきとめて、きみの仇を討ってやる。せめてもの償いとして、それを叶えさせてくれ）

彼はおもむろに周囲をふりかえり、ほとんどの少年たちが夕食の席へと移動してしまったことにようやく気付いた。ただし、同じ班の面々はまだ全員が残っている——愁嘆そっちのけで退屈をあらわにしているノルターもふくめて。かたや、嗚咽を抑えきれないのはジェンニスで、自分自身を抱きすくめるようにしながら、幾筋もの涙で頬を濡らしていた。

ケーニスがヴェーリンの肩に手を置いた。「腹が減っては何とやら、だね。ほかのブラザーたちはもう先に行っちゃったよ」

ヴェーリンもうなずいた。「厩舎での一件を思い出してたのさ。きみも憶えてるだろ？ほら、飼葉袋」

ケーニスはわずかに口許をほころばせる。「あぁ、憶えてるとも。あんな悪戯を思いつくなんて、うらやましかったよ」彼らは食堂にむかって歩きはじめた。ジェンニスはなおも泣きながら、バルカスにひきずられていく。ほかの者たちも口々にミケールの思い出を語り合っていたが、弔いの炎のそばに留まろうとはしなかった。明朝にはすべてが片付けられ、黒々とした焼け跡を地面に残すだけとなるだろう。そして、歳月とともに、それもすっかり消え失せるのだ。

3

来る日も来る日も、彼らは鍛錬に勤《いそ》しみ、模擬戦をくりかえし、学びつづけた。夏はたちまち秋になり、やがて、冷たく激しい風雨をはさんで冬を迎えると、そのままブリザードが襲ってくる——アスレールにおけるオラナスル月はこういうものだ。火葬を境に、ミケールの名前はおよそ誰も口に出さなくなった。忘れてしまったわけではないが、死んだ者のことを話題にしたくなかったのだ。冬の初めに門をくぐった新入生たちの姿を眺めながら、彼らは自分たちが最年少でなくなったこと、すなわち、いちばん難儀な雑用から解放されたことに気付き、奇妙な感慨がこみあげてきた。ヴェーリンもその後輩たちを見て、あんなふうに幼くて孤独そうなのは自分も同じだったのだろうかと思わずにいられなかった。今や、彼には子供らしさの影さえもなく、それを当人も自覚していた。同期の面々もそうだ。みな、別人のように成長を遂げていたのである。世間一般の少年とはまったく違うのだ。そして、ヴェーリンだけは仲間たちよりも深い意味でなお異質な存在かもしれない——すでに人殺しを経験したことによって。

森での一件をきっかけに、彼は満足に眠ることができなくなってしまっていた。虚ろな死相と化したミケールが夢に現われ、なぜ助けてくれなかったのかと訴えかけてくるので、暗闇の中で跳び起きることも珍しくない。あるいは、あの大きな狼が鼻面を染める血を黙然と舐め取りながら、何か問いたげな視線を向けてくる。ときには、血の池に倒れた刺客たちから憎悪に満ちた罵詈雑言を浴びせられ、彼も眠りの中で必死に叫び返す――「うるさい、殺し屋ども！　人間の屑め！　さっさと腐り果てろ！」

「ヴェーリン？」眠りを破られてしまったケーニスが声をかける。ほかの面々も目を覚ますことはあるが、たいていはケーニスだった。

ヴェーリンは嘘でごまかすしかなく、母が死んだ頃のことを夢に見たと釈明しながら、彼女に対しても罪の意識を禁じ得なかった。この親友が怒りもせず話につきあってくれるうち、ヴェーリンはやがてまた眠気に誘われる。ケーニスはとにかく話題が豊富で、有名無名の信徒たちをめぐる物語なら完全に網羅しているようだったし、それ以外にも、とりわけ国王についても多くの逸話を知っていた。

「ジャヌス国王陛下は偉大な人物だよ」それが彼の口癖だった。「剣と信仰によって、この王国を築き上げられたんだからね」彼は幾度となく、ジャヌス王に謁見したヴェーリンの貴重な体験談を、赤毛の偉丈夫がその大きな手で幼い少年の頭を撫でながら〝そなたが父上の右腕となって働くようになる日を楽しみにしておるよ〟と笑いかけたときのことを聞きたがった。実際のところ、当時のヴェーリンはまだ八歳で、父に背中を押されて国王の御前に進み出たまでは良かったが、彼の容貌さえもほとんど記憶に残っていないのだ。そのかわり、王宮がどれほど壮麗だったか、貴族たちの装束がどれほど上等だったかは今もはっきりと瞼の裏に灼きついている。ジャヌス王には男女ひとりずつの子があり、王子は十七歳ぐらいになるだろうか、まじめくさった表情を決して崩そうとせず、王女はヴェーリンと同じような歳頃で、オコジョの毛皮の縁飾りがついた父王の長いマントの陰からしきりに彼を睨みつけていた。彼女はヴェーリンの姿をためつすがめつ、冷たく言い放った。〝わたし、あなたとなんか結婚したくないわ。見栄えが悪いんだもの〟そう鼻を鳴らすと、彼女はふたたび父王の背後にひっこんでしまった。ヴェーリンの父はめったに聞かせることのない笑い混じりの声で〝心配するな、息子よ。おまえの未来をそんなふうに縛ろうとする企みなど何もない〟となだめてくれたものだ。

「陛下のお姿はどんなふうだった？」ケーニスは嬉々として尋ねた。「身長が六フィートもあるって噂だけど、本当にそうなのかい？」

ヴェーリンは肩をすくめた。「まぁ、背はすごく高かったね。具体的にどの程度かは分からないな。それと、首のあたりに火傷みたいな赤い痕があったっけ」

「七歳のときに〈赤き手〉を患われてね」ケーニスは語り部よろしく声を落とした。「十日間も悶え苦しみ、血の汗も止まらず、おとなであっても死を覚悟しなきゃいけないほどの重体に陥ったあと、高熱が治まり、ふたたび元気になられたのさ。すべての家から死者が出ると言われた〈赤き手〉の猛威も、ジャヌス陛下の強さには及ばなかったというわけだ。まだ幼子であらせられたとはいえ、その魂は容易に打ち砕かれるものではなかった」

ヴェーリンが思うに、ケーニスは彼の父についても多くの逸話を知っているのだろう――元帥がどれほど人望を集めているか、息子である彼だけは騎士団に入るまで何も分かっていなかった――とはいうものの、どれひとつ聞く気にはなれなかった。ケーニスにとって、ヴェーリンの父は王のかたわらで統一戦争を勝ちきった英雄、まさしく生ける伝説にほかなるまい。しかし、ヴェーリンにしてみれば、二年前に霧の彼方へと消え去った馬上の男にすぎなかった。

「陛下の御子たちについて教えてくれるかい？」今度はヴェーリンが尋ねた。どういうわけか、両親は一度たりとも王宮についての詳しい話を聞かせてくれなかったのだ。

「ご長男はマルシウス王子殿下、筆頭継承者にふさわしい学識と責任感をかねそなえた好青年でいらっしゃるとの評判だよ。そして、妹君のリルナ姫はといえば、お母上の王妃さまに優るとも劣らない美貌をお持ちだとか」

国王やその家族について語るときのケーニスの眼の輝きは、ヴェーリンの胸中をざわめかせるものだった。いつも何かを考えこんでいるような眉間の皺が消えて天真爛漫な表情になる、めったにない機会なのだ。思い出してみれば、世間の人々が〈逝きし者〉に感謝の祈りを捧げているときも同じような面持ちを見ることができる。日常の自分自身をしばし脱ぎ捨て、心底から信じる相手とひたすらに向き合えば、誰でもそうなるのだろうか。

冬が深まり、大地が一面の銀世界になると、〈在野の試練〉の準備が始まる。ヒュトリルはたっぷりと時間をかけて彼らを野外で鍛え、その内容もいよいよ本格的かつ実戦的に、身体が悲鳴を上げるまで雪の中を走り回らせ、少しでも怠けたり集中力を欠いたりする者には容赦なく罰を与えた。しかし、教わる側もそれが重要だということは充分に理解しており、学び取れることはすべて学び取ろうとしていた。騎士団での暮らしが長くなった彼らはようやく先輩たちからも相手にしてもらえるようになり、ささやかな忠告も受けていた――もっとも、いかにもそれらしい奇譚で彼らを怖がらせようとしているだけのことも多く、この季節はちょうど〈在野の試練〉が格好の題材なのだ。〝行方不明になったやつがいて、逃げ出したにちがいないと思われていたのが、一年後、立木と化した死体で発見された〟とか、〝食べ物に困ってもファイアベリーはやめておけ、うっかり口に入れたら肝が溶けるぞ〟とか、〝山猫の隠れ処に迷いこんだら戦うしかない、たとえ腹を引き裂かれても臓物は取りこぼすなよ〟といった調子である。どの話もことさらに危険が誇張されてはいたが、通底する真理はただひとつ――〈在野の試練〉では必ず誰かが生命を落とすということだ。

いよいよその時期を迎えると、彼らは数人ずつに分けられ、月内のどこかに日取りを振り当てられる。おたがいに助け合う機会が生じてしまわないようにするための措置だ。この試練はあくまでも独力で乗り越えることが求められている。彼らはバージでちょっと川を遡ったあと、荷馬車でゆるやかな丘陵地帯に入り、曲がりくねった雪道をどこまでも、ウルリシュのさらに彼方まで運ばれていった。やがて、ヒュトリルは五マイルごとに荷馬車を停め、そのたびに誰かひとりを森の中へと連れていき、しばらくすると自分だけ戻ってきて、また手綱を取った。ヴェーリンにも順番が巡ってきて、彼には渓流沿いの岩場が与えられた。

「燧石を持ってきたな?」ヒュトリルが尋ねた。

「はい、マスター」

「撚糸、新しい弦、予備の毛布も?」

「はい、マスター」

ヒュトリルはうなずくと、ひとつ大きく息をついて冷気を曇らせた。「管長からのご伝言だ」彼はややあってから言葉を継いだ。視線を合わせようとしない教官の態度に、ヴェーリンは違和感を覚えた。「おまえは領館外でいつなんどき生命を狙われるかもしれないため、このままおれと一緒に戻っても合格と認めよう、と」

ヴェーリンは絶句した。管長のそんな提案には耳を疑うばかりだったし、森での一件について教官の誰かが言及すること自体も初めてだったので、呆気に取られてしまったのだ。さまざまな試練はどれひとつとして教官たちの嗜虐欲求を満たすためのものなどではない。騎士団の設立から四百年を経てもなお変わりなく続いている、重要な課程なのだ。単なる伝統にとどまらない、彼らの信仰を支える根幹だ。それを敬遠しながら騎士団の一員でありつづけるのは正当性を欠くし、仲間たちにも顔向けできなくなるし、信仰を穢すことにもなるだろう。そんなふうに考えていくうち、ひとつの疑問が脳裏をよぎった。（提案そのものがまた別の試練だとしたら？ ほかの誰も避けて通れないところで、ぼくがどう対応するのか、管長の主眼はそれを確かめることにあるんじゃないのか？）しかし、ヒュトリルのこわばった横顔は、提案に裏はないと告げているも同然だった――屈辱感を隠しきれずに。ヒュトリルにしてみれば、そんな提案は騎士団を貶める以外の何物でもないのだ。

「管長のご懸念に異を唱えるのは不本意なのですが、マスター」ヴェーリンはようやく口を開き、「この雪の丘にわざわざ姿を晒そうとする殺し屋がいるとは思えません」

ヒュトリルはふたたびうなずき、小さな安堵の溜息を洩らし、めったに見せることのない笑みをうっすらと口許に浮かべた。「行動範囲を広げすぎるな、丘の声に耳を澄ませ、足跡を追うときは最新のものを見極めろ」それだけ言うと、彼は自分の弓を担ぎ、離れた場所に停めてある荷馬車へと戻っていった。

ヴェーリンは彼の背中を見送りながら、強烈な空腹感に襲われた。今朝もたっぷりと腹を満たしてきたというのに。出発間際になって厨房からパンをくすねてきたのは幸いだった。

ヒュトリルに習ったとおり、ヴェーリンはすぐさま隠れ処の設営にとりかかった。ふたつの大岩に挟まれた空間があったので、それらを壁に見立てれば、適当な木材で上を覆うだけで使えるはずだ。彼はまず枯枝を集めてみたものの、それだけでは用が足りず、周辺の立木をいくらか伐り出してこなければならなかった。つづいて、煉瓦状に固めた雪塊をいくつも積み重ね、岩に遮られていない奥の壁を築き上げる——これもヒュトリルに教わった方策だ。一連の作業を終えると、彼はロールパンをひとつ取り出し、自分自身をねぎらった。空腹ではあったが、衝動にまかせて貪り喰らうことはせず、少しずつ口に入れては充分に嚙みしめてから喉を通す。

次にやるべきことは火の準備だ。出入口のわきに小さめの石を丸く並べ、その輪の内側をきれいに除雪し、濡れた樹皮をあらかじめ剝ぎ落として薪にしておいた枝を敷き詰める。燧石を幾度か打って熾した炎に、彼はかじかんだ手をかざした。〝食、住、そして暖〟ヒュトリルはいつもそう説いていた。〝それだけ確保できれば、人間は生きていける。贅沢を望む必要はない〟

隠れ処での最初の晩、ヴェーリンは眠りたくても眠れなかった。吹きすさぶ風の音は咆哮のようだし、薄い毛布一枚を吊り下げたにすぎない出入口からはひっきりなしに冷気が流れこんできてしまう。夜が明けたら風除けにもっと工夫を凝らさなければと自分自身に言い聞かせたあと、彼は何時間もただひたすら風の声に聞き入った。一説によれば、風はこの世界と異界とを吹き渡っており、〈逝きし者〉がそれに乗せて篤信者たちへの忠告や慰撫を伝えるのだとか。ヴェーリンの耳にそんな声が届いたことはなく、自分にそうしてくれる相手がいるとすれば誰だろうかと思わずにいられなかった。母ならその可能性はありそうだ——彼が騎士団に入って最初の晩に呼びかけられて以降、まだ二度目はなかったが。あるいは、ミケールや殺し屋たちの恨み節かもしれない。しかし、今夜は誰の声もなく、彼は寒さに震えながら、浅い眠りの浮き沈みをくりかえした。

翌日、彼は細枝をたくさん拾い集め、それを編んで木戸をこしらえることから始めた。手間も暇もかかる作業で、もともと冷えて感覚の鈍くなっていた指がこわばりきってしまう頃、ようやく完成にこぎつけた。日中の残された時間は狩りに出る——弓の弦に矢をひっかけたまま、雪の上に残された動物の足跡を探すのだ。夜のうちに一頭の鹿がこの岩場を通りかかったようだが、足跡が薄すぎて辿ることができない。くっきりと残されている山羊の足跡もあったものの、追っていった先は断崖絶壁で、登っているあいだに日が暮れてしまうだろう。最終的に、彼は隠れ処の近くで油断していた二羽の鳥を射落としただけで良しとするしかなく、腹を空かせた兎でも捕まえることができればと罠をいくつか仕掛けたところで終わりにした。

彼は鳥の羽毛をむしり、矢羽に使えそうなものを取り分けたあと、肉を火にかけた。焼きあがったそれを食べてみると、ぱさついて硬く、世間一般で食用とされていないのも当然至極という感じだった。夜は何もすることがないので、彼は焚火のそばに座りこんで暖を取り、薪が燃え尽きたところで隠れ処にひっこんだ。木戸を立てたおかげで、前夜の毛布一枚に比べれば風除けの効果は高くなったが、冷気を防げるようなものではなく、骨まで凍りそうなほどの寒さはどうすることもできないままだった。満たされない胃袋がしきりに鳴っているが、それ以上に風の音はすさまじい——彼に呼びかけてくる声はないのに。

三日目の彼はいくらか幸運に恵まれ、兎一匹という猟果があった。巣穴めざして疾走するのを射止めたもので、弓矢での狩りに成功したことは誇らしかった。皮を剝いで内臓を取り去るのに一時間弱、それから大きな喜びを胸にじっくりと肉を炙れば、うっすらと焦げはじめた表面を脂が滴り落ちていくだけでも目が輝いてしまう。〈どうせなら〈空腹の試練〉とでも呼ぶべきだろうな〉またしても胃袋がみっともない呻きを洩らしたので、彼はそう思わずにいられなかった。ヴェーリンはその炙り肉を半分だけ食べると、ちょっとした貯蔵庫に使えそうだと目を付けておいた木の洞に残り半分をしまいこんだ。それなりの高さがある木で、登らなければ洞に手が届かないし、幹が細いので熊に横取りされる心配もない。ありったけ食べてしまいたいという欲求を抑えこむのは一苦労だったが、そうすると先々がつらくなりかねない。

そのあと、彼はもういっぺん狩りに出たものの、今度は無駄足に終わった。罠もからっぽのままだ。彼はがっかりしながら、雪に埋もれた地面を掘り、いくつかの植物の根を引き抜いた。滋養はおよそ期待できないし、どれほど茹でれば食べられるようになるのかというほどの代物だったが、とにもかくにも、空腹をごまかすだけの役には立った。しかも、この日の彼にはまだ運が残されていたようで、ヤリンの根を手に入れることができたのである——食用にはならないが、それから搾り取れる汁はすさまじい悪臭を放つため、炙り肉を隠した木の洞にも隠れ処にも狼や熊が寄りつかなくなるのだ。

彼はまったく猟果を得られないまま、雪が降りはじめたところで隠れ処へ戻ることにした。風もたちまち強まり、雪片の乱れ飛ぶブリザードとなる。深い雪で右も左も分からなくなってしまわないうち、彼はどうにかこうにか帰り着き、細枝を編んだ木戸をしっかりと閉め、襟巻として使うことにした兎の毛皮にまるで氷のような両手をつっこんだ。こんな吹雪の中では焚火もできず、隠れ処にこもって震えながら、感覚の麻痺した手指を揉みほぐすしかない。

風はますます荒れていくばかりで、轟々と鳴り響き、異界からの声など聞こえるはずも……いや、何だろう？　彼は顔を上げ、固唾を呑んで聞耳を立てた。声だ。風に運ばれた声。ほんのかすかに。ぼやくように。彼はそのまま微動だにせず、それがふたたび聞こえてくるのを待った。風は延々と叫びつづけ、その抑揚もまた謎の声の先触れであるかのようだ。

彼はじっと息を殺していたが、そこまでだった。

彼は首を振りながら横になり、毛布にくるまって身を縮め……

〝……ってられるか……〟

ヴェーリンはたちまち眠気が失せ、跳び起きた。空耳ではない。風に運ばれてきた声だ。今度はすぐに次も続き、断片的とはいえ意味のある言葉として聞き取れる。〝……まえも分かってるはずだろ？　やってられるか！　……のせいじゃないぞ！　おれの……じゃない……〟

内容は分からなくても、そこにある怒りは歴然としている。その魂の主は虚空を越えた先にいる誰かに憎悪をぶつけたがっているのだ。ヴェーリンに対してか？　彼は慄然とするあまり、目に見えない巨大な手で取り押さえられてしまったかのように感じた。（あの殺し屋たちかもしれない――ブラクと、名前の分からないふたり）彼はひときわ激しく身を震わせたが、それは寒さのせいではなかった。

〝……ない！〟その声はどこまでも猛々しい。〝何も……したからって……ないんだよ！　おまえも分かってるはずだろ？〟

ヴェーリンは恐怖というものを知っているつもりだった。森での一件によって心が鍛えられた、何事にも気後れしなくなった、そう自負していたのだ。しかし、それは勘違いだった。一部の教官たちが言うには、圧倒的な恐怖に晒されたら大の男でもちびってしまうものだとか。そんなはずがないだろうと思っていたが、今になってようやく納得できた。

「……この恨み、たとえ異界へ逝っても忘れるもんか！　おれを呪いたきゃ呪えよ、何百回でも呪い殺してみやがれってんだ……」

ふと、ヴェーリンの震えが止まった。（殺して？　生死を語るなんて、〈逝きし者〉にしちゃ奇妙だぞ？）その疑問に対する答えはたったひとつで、彼はたちまち自分自身が恥ずかしくなってしまい、こんなありさまを誰にも見られなくて助かったと思わずにいられなかった。（嵐の中にいる人の声にすっかり怯えて、みっともないったら）

彼は隠れ処から出ようとしたが、木戸の外に吹き溜まった雪が三フィートにもなっていたので、それを掻き分けなければならなかった。ひとしきり悪戦苦闘してから、彼はブリザードのまっただなかへと飛び出した。身に巻いているのはマントなのか薄紙なのか、素肌を切る風はナイフの刃を思わせ、凍った雪片が顔面に爪を立て、やっとのことで目を開いたところで何も見えない。

「お〜い！」彼は呼びかけてみたものの、その言葉は口を出るやいなや暴風に呑みこまれてしまう。彼はまとわりついてくる雪にかまわず深呼吸をすると、ひときわ声を大きくした。「**お〜い！　誰かいるのか？**」

白一色にぼやけた視界の片隅で何かが動いたような気がした。しかし、ヴェーリンがそちらをふりかえったときには、すでに捉えることができなかった。彼はふたたび深呼吸をすると、それとおぼしき場所を見定め、冷たい風に逆らって足を踏み出した。途中で幾度も転んだものの、彼はやがてそこへ辿り着き、抱き合ったまま雪に埋もれかけている大小ひとつずつの人影を発見した。

「目を覚ませ！」ヴェーリンは大柄なほうに平手打ちを浴びせ、どなりつけた。相手が呻きながら身をよじると、その顔を半ば覆っていた雪がこぼれ、瞼のむこうから一対の薄青色の瞳が現われた。とたんに、ヴェーリンはたじろいでしまった。こんなにも鋭い眼光と対峙するのは初めてのことだったのだ。ソリスの視線でさえ、こちらの魂を貫こうかというほどのものではない。無意識のうちに、彼はマントの内側に隠し持っているナイフを探り当てていた。「このままじゃ、あと一時間もせずに凍死するぞ」彼はそう叫んだ。「ちょっと行けば、ぼくの隠れ処がある」彼は来た方角を指し示した。「歩けるかい？」

相手の視線も表情も微動だにしない。（今日のぼくは運が良いのか、悪いのか）ヴェーリンは心の中でぼやいた。（ブリザードの中で行き倒れを助けてみたら、そいつは頭がいかれてたりしてさ）

「おれは歩ける」唸るような答えが返ってきた。その男はもうひとりの小柄なほうへ顎をしゃくってみせた。「そっちを運んでやらんとな」

ヴェーリンがそこへ歩み寄り、華奢な身体を抱き起こしたとたん、苦しげな喘ぎが聞こえた。まっすぐに立ち上がらせようとしたはずみでフードが外れ、妖精を思わせるような蒼白い貌と鳶《とび》色の髪があらわになる。その少女はすぐによろめき、彼のほうへ倒れかかってきた。

「ほい」男が掛け声とともに彼女の片腕を開かせ、自分の肩にひっかける。ヴェーリンも反対側から肩を貸し、そのふたりを隠れ処へと案内した。荒天はもはや現実とも思えないほどで、歩みは遅々として進まず、少しでも立ち止まればたちまち生命を落とすことになるだろう。ようやく隠れ処に帰り着くと、ヴェーリンは早くも吹き溜まっていた雪を掻き分けて木戸を開け、まず少女を入らせ、それに続けと男をうながす。しかし、男は首を振った。「おまえが先だ、若いの」

ヴェーリンはその唸り声に断固たる響きを聞き取り、言い返しても無駄だと察した。それどころか、おたがいの生死にもかかわりかねない。彼は隠れ処に転がりこみ、少女の身体をもっと奥へ押しやり、なるべく隙間を詰めた。男もすぐに入ってきて、狭い空間に巨軀を縮め、叩きつけるように木戸を閉める。

三人はそろって横になり、頭上がすっかり曇るほどに息を弾ませていた。決死の雪中行軍を終えたばかりのヴェーリンは肺が燃えるように熱く、両手もひどく震えている。凍傷はまっぴらごめんなので、彼はそれをマントの中にしまいこんだ。耐えがたいほどの疲労感がこみあげてきて瞼も重くなり、彼はそのまま意識の底へと滑り落ちていった。ぼやけた視界が最後に捉えたのは、木戸の隙間から外の嵐を覗き見ている男の姿だった。そして、眠りに呑みこまれる寸前、男の呟きが耳に届く――「もう少しだけ時間をくれ。ほんの少しだけでも」

彼が割れるような頭痛とともに深い眠りから浮かび上がると、陽光の細い筋が屋根のわずかな隙間から洩れ、彼の目許をまともに照らしており、そのまぶしさが不快感の元凶だった。隣には少女がまだ眠ったままで、寝返りを打った拍子に彼の脛を蹴ったのだろう、そこが痣になっている。男のほうは姿が見えず、木戸のむこうからは食欲に強く訴えかける芳香が漂ってきていた。ヴェーリンは外へ出てみることにした。

男はさっさと焚火を熾し、鉄鍋でオートケーキをこしらえているところだった。その匂いが鼻孔をくすぐり、どうしようもないほどに空腹感を刺激する。雪や氷のへばりついていない彼の顔は肉付きが薄く、深い皺が刻まれていた。嵐の中での狂気を思わせる眼光はすっかり消え失せ、いかにも陽気で親しみやすそうな雰囲気へと一変したことで、ヴェーリンはいささか混乱してしまった。見たところは三十代の半ばという印象だが、表情には計り知れない奥深さもあるし、広い世界に接してきたことを無言のうちに物語る視線もあるので、実際の年齢は分からない。ヴェーリンはあえて一定以上の距離を保つことにした。さもないと、あのケーキについ手が伸びてしまうにちがいない。

「自分たちの荷物を回収してきたのさ」男が口を開き、近くに置いてある雪まみれの背嚢ふたつに顎をしゃくってみせた。「昨夜のありさまじゃ、途中で放り出すしかなくてね。ああいうときは、できるかぎり身軽な状態で動かなきゃならん」彼はケーキの焼けた鉄鍋を火から降ろすと、ヴェーリンに勧めた。

ヴェーリンは口の中いっぱいに唾が湧いていたものの、首を振った。「もらうわけにはいきません」

「あぁ、騎士団の子だもんな？」

ヴェーリンはうなずいたものの、意表をつかれて声が出なかった。

「年端もいかない小僧がこんなところで暮らしてるんだ、ほかに考えられる理由があると思うか？」彼は悲しげに首を振ってみせた。「もっとも、きみがいてくれなかったら、セラもおれも雪の中で凍りついてたにちがいないけどな」彼は立ち上がると、右手をさしのべた。「感謝しますよ、若き騎士どの」

ヴェーリンはその手を握ったとたん、掌が胼胝だらけだということに気付いた。（戦士なのかな？）しかし、男の佇まいから察するに、そうではなさそうだ。教官たちは立居振舞のひとつひとつに戦いへの意識が感じられる。この男は違う。強き者ではあるにせよ、それが表に出てこないのだ。

「エルリン・イルニスだ」男が自己紹介した。

「ヴェーリン・アル・ソーナです」

男は片眉を上げた。「元帥と同じ苗字だな」

「えぇ、そうらしいですね」

エルリン・イルニスはうなずいてみせ、あっさりと話題を変えた。「残りの日数は？」

「あと四日です。それまでに餓死しなければの話ですが」

「そうか――試練の邪魔になっちまって、もうしわけない。おれたちのせいで合格できないとかいう羽目にならなきゃ良いんだが」

「何の手助けも受けなければ問題はないでしょう」

男はその場にしゃがみこみ、朝食のオートケーキを細いナイフで切り分け、口に運びはじめた。ヴェーリンもただ見ているだけでは耐えられなくなり、木の洞にしまいこんである兎の肉を大急ぎで取りに行った。そこもすっかり雪に埋もれていたが、彼はすぐに前日の獲物を掘り出し、隠れ処へと持ち帰った。

「あんな嵐に遭ったのは何年ぶりかな」ヴェーリンが肉を火にかけるのを待っていたかのように、エルリンは声を落とした。「遠い昔から、天候不順は凶兆だと考えられてきた。戦争や疫病がそれについてまわるせいだろうな。もっとも、おれに言わせりゃ、天候不順はあくまでも天候不順にすぎないんだが」

ヴェーリンはひっきりなしに腹が鳴るのを聞かれないよう、雑談に応じることでごまかそうとした。「疫病？　あぁ、〈赤き手〉ですね。あなたぐらいのお歳でその経験があるとは思えないんですが」

男はかすかな笑みを浮かべた。「おれは……旅人なんでね。どこであれ疫病は発生するし、その種類もひとくくりにできるようなもんじゃない」

「たとえば？」ヴェーリンがつっこんだ。「具体的な旅先を教えていただけませんか？」

エルリンはどう答えたものかと思案するように、無精髭で灰色になっている顎をさすった。「まぁ、行けるかぎりのところへ行ったよ。アルピラ帝国の栄華も見てきたし、レアンドレン寺院の廃墟も見てきた。真昼でさえ薄闇に包まれている北方の大森林も、エオリル・シルが巨大なエルクを狩る草原地帯も。幾多の都市を訪ね、島々を渡り、山々を越えてきたんだ。そして、いつでもどこでも、一度として例外なく、嵐に遭っちまうのさ」

「王国のご出身じゃないんですか？」ヴェーリンはどちらとも判断できずにいた。男の話し方には奇妙な響きがあって、母音がやたらと耳障りなのだが、それでも、きわめて流暢にアスレール語を使いこなしている。

「いや、ここの生まれだよ。ヴァリンズホルドから南へ数マイルのところにある村がおれの故郷さ。ちっぽけなところで、村の名前もないんだがね。今でも親戚連中はそこに住んでる」

「どうして、故郷を離れたんですか？　遍歴するようになった理由は？」

男は肩をすくめた。「暇をもてあましてたとき、最初に思いついたことだったんでね」

「どうして、あんなに怒ってたんですか？」

エルリンが顔色を変えてふりかえった。「何だって？」

「聞こえたんですよ。声が風に乗ってきて、最初は〈逝きし者〉かと思いました。その声から、あなたの怒りがはっきりと伝わってきました。あなたたちを発見することができたのは、それがきっかけです」

エルリンの顔をよぎったのは深い悲しみ、ほとんど怖れにも似た表情だった。その心痛の底知れぬ深さを感じ取ったヴェーリンは、自分の助けた相手がやはり狂人だったのではないかと疑わずにいられなかった。

「人間ってやつは、死を目前にすると支離滅裂なことを口走るようになる」エルリンが言った。「きみも、れっきとした騎士団の一員になれば、死を待つばかりの連中のとんでもない妄言をいやというほど聞かされるはずだ」

少女が隠れ処から出てきて、まばゆい陽光に目をしばたかせた。襟許にはきっちりとスカーフを巻きつけてある。初めて正視した彼女の姿に、ヴェーリンは思わず目を奪われてしまった。寸分の狂いもない楕円形の端正な顔は透けるように白く、鳶色の巻毛に飾られている。年齢は彼よりも二歳ほど上だろうか、背もいくぶん高いが、その差はせいぜい二インチといったところだ。彼はもうずいぶん長いこと女性を目にする機会さえもなかったことを思い出し、茫然自失の状態からおちつかない気分で我に返った。

「セラ」エルリンが彼女に呼びかける。「腹が減ってるんなら、おれの荷物の中にまだケーキの種があるよ」

彼女はこわばった笑みを浮かべ、ヴェーリンのほうに不安そうな視線を向けた。

「ヴェーリン・アル・ソーナくんだ」エルリンが紹介した。「第六騎士団の訓練生さ。おれたちが無事でいられたのは彼のおかげだぞ」

彼女としては巧みに隠したつもりだったのだろうが、騎士団への言及があったとたんに緊張が高まったことを、ヴェーリンは見逃さなかった。彼女はヴェーリンに向き合うと、とってつけたような笑顔になり、手指を流麗に動かした。（声が出せないのか）彼はすぐに悟った。

「こんな無人の地であなたのような勇者と巡り逢えたことを幸運に思います、と言ってるよ」エルリンが伝えた。

実際のところは〝それらしくお礼を言っておいてよ、長居はしたくないわ〟だった。しかし、ヴェーリンは自分も手話が分かるということを知られないほうが良さそうだと考えた。「どういたしまして」彼もそつのない言葉を返した。彼女は軽く会釈すると、自分たちの荷物のそばへ歩み寄った。

ヴェーリンは汚れた手のままで炙り肉にかぶりついた。ヒュトリルがこの場にいたら叱られること間違いなしだが、かまうものか。彼が食べているあいだ、エルリンとセラは手話でのやりとりを続けていた。どちらの動きも非常に慣れたもので、スメンティルに教わったとおりにするだけでも必死だったヴェーリンを恥じ入らせるには充分すぎるほどだった。しかし、澱みないやりとりの中でも、神経質になっている少女をエルリンがなだめようとしているという対照的な心情は見て取れた。

〝わたしたちのこと、彼は知ってるのかしら？〟彼女が尋ねた。

〝まさか〟エルリンが答えた。〝まだ子供だ。勇気も知恵もあるとはいえ、まだ子供だ。今のところは戦い方を学んでいるにすぎない。ほかの信仰について、騎士団は何も教えていないさ〟

彼女は警戒感に満ちた視線をヴェーリンに向けた。彼は笑顔を返しながら、脂でべとつく指を舐めた。

〝分かってしまったら、わたしたちを殺そうとする？〟彼女はエルリンを問い詰めた。

〝おれたちを助けてくれた相手だってことを忘れちゃいけない〟エルリンがそこでふと手を止めたとたん、ヴェーリンは彼がこちらをふりかえりたい衝動と戦っているにちがいないと察した。〝それに、あの子はちょっと違うぞ〟彼は手話を再開した。〝第六騎士団らしからぬところがある〟

〝どこがどう違うっていうの？〟

〝ほかの連中にはない何かを持ち合わせてる、そんな感じだ。きみには分からないか？〟

彼女は首を振った。〝危険な雰囲気だけ。もう何日も前から、そればかりになっちゃってるわ〟彼女もしばし手を止め、柳眉《りゅうび》のあいだに皺を寄せた。〝あの苗字だって元帥と同じでしょ〟

〝うむ。たぶん、実の息子だろう。妻を亡くした元帥が騎士団に入らせたとかいう話だ〟

彼女の手の動きがあわただしくなった。〝すぐにでも逃げないと！〟

エルリンは作り笑いでヴェーリンをふりかえった。〝おちつかないと、かえって怪しまれるぞ〟

ヴェーリンは立ち上がって渓流のほとりへ行き、脂だらけの手を洗った。（逃亡者だな）彼は心の中で呟いた。（でも、何から逃げてるんだろう？　それに、ほかの信仰がどうとか言わなかったか？）今に始まったことではないが、教官たちがここにいて指針を与えてくれたらという叶わぬ望みがまたしても脳裏をよぎる。こんな場合の対処法を、ソリスやヒュトリルなら分かっているはずだ。できるかどうかはさておき、このふたりは捕まえるべき相手なのだろうか。強引に押さえつけ、縛りあげるのか。それをやってのける自信はない。少女はどうにでもなるだろうが、エルリンのほうは大の男で、力も強い。そして、たとえ本職の戦士ではないとしても、腕に覚えはありそうだ。そんなわけで、今の自分にできることは、ふたりの手話を盗み見て、なるべく詳しい事情を把握するぐらいしかない。

彼がそれに気付いたのは偶然の悪戯か、風向きが変わったおかげだった。かすかではあるが、間違えようもない――（馬の汗。嗅ぎ取れるということは、かなり近い。二頭以上。南から来る）

彼は大急ぎで隠れ処の南面の岩に登り、その彼方に連なる丘陵地帯を見回した。捜す相手はすぐに発見できた――南西方向へ半マイルほどのところに、馬上の男たちの黒い影があった。五騎か六騎で、三頭の猟犬も連れている。彼らは立ち止まっており、何をしているのかまでは判然としなかったものの、おそらく、犬たちが嗅跡を捉えるのを待っているのだろう。

ヴェーリンが焦りを見せないように下へ戻ると、少女はいかにも不機嫌そうに木の棒で焚火をつついており、エルリンは荷物の肩紐を縛り直していた。

「そろそろ出発するよ」エルリンが彼に声をかけた。「いつまでも迷惑をかけるわけにはいかないからな」

「北へ行くんですか？」ヴェーリンが尋ねる。

「あぁ。レンフェールの海沿いだ。セラの家族がいる」

「あなたは家族じゃないんでしょう？」

「単なる友達で、旅の道連れさ」

ヴェーリンは隠れ処から弓矢を持ち出し、少女の緊張がたちまち高まるのを肌で感じながら弦を張り、矢筒を肩にひっかけた。「こっちはこっちで、次の獲物を調達しないと」

「そりゃそうだ。できることなら、何か少しでも分けてやりたいんだがね」

「この試練は他人の力を借りちゃいけないんです。そもそも、あなたたちだって、そこまでの余裕があるわけじゃないでしょう」

少女が手話で苛立ちをあらわにした——〝まったくだわ〟

「よし、行こう」エルリンがふたたび握手を求めてきた。「あらためて礼を言うよ、若き騎士どの。こんなところで救いの手をさしのべてもらえるとは嬉しい驚きだった。まったく、世界広しといえども……」

ヴェーリンはそこでようやく手話を使った。ふたりとは比べようもないほど不器用だったが、意味は充分に通じるはずだ。〝馬に乗った男たちが南から接近中です。猟犬も一緒です。どういうことですか？〟

セラが両手で口許を覆った。ただでさえ色白の顔が、恐怖ですっかり血の気を失っている。エルリンの手がわずかに動き、腰に提げている三日月型のナイフをつかもうとした。

「それどころじゃないでしょう」ヴェーリンが釘を刺した。「あなたたちが逃げてる理由を聞かせてください。誰に追われてるのかってこともね」

エルリンと少女はひきつった表情で視線を交わした。手話でしか意志を伝えられない彼女はどうしたものかと指先をさまよわせている。エルリンがその手を握りしめた。おちつかせるつもりなのか、それとも、話が筒抜けになるのを防ごうとしているのだろうか。

「なるほど、騎士団でも手話を教えるんだな」彼はつとめて冷静にそう言った。

「手話だけじゃなく、いろいろなことを教わってますよ」

「〈拒絶者〉については？」

ヴェーリンは眉間に皺を寄せ、稀にしか聞く機会のなかった父の話のひとつを思い出してみた。あれは彼が初めて街の大門まで行き、城壁から吊るされた檻の中にある腐乱死体の数々を見たときのことだった。「〈拒絶者〉は冒瀆者であり異端者です。信仰の真理に決して耳を傾けようとしません」

「その〈拒絶者〉がどんな目に遭わされるかは知ってるかい、ヴェーリン？」

「処刑され、城壁の檻の中に死体を放置されます」

「生きたまま檻に閉じこめられ、餓え死ぬがままにされるんだよ。悲鳴を上げると街の人々の迷惑だからって、あらかじめ舌も切られるのさ。信仰の対象が違うとなりゃ、どんなことでもおかまいなしだ」

「信仰の対象はただひとつです」

「それが違うんだよ、ヴェーリン！」エルリンの語気が鋭くなった。「さっきも言ったとおり、おれはこの広い世界のあちこちを渡り歩いてきた。信仰のかたち、神さまの数、行く先々でまさに千差万別さ。人の心のよりどころは夜空の星よりも多い」

ヴェーリンは首を振った。こんな議論をしていても埒が明かない。「じゃ、あなたはどうなんですか？〈拒絶者〉の一員なんですか？」

「いいや。きみたちと同じ信仰の持ち主だ」彼は苦々しげに短く笑った。「ほかの選択肢がなかったからな。しかし、セラは違う。信じてるものが違うんだが、信心の篤さという点からすれば誰にも負けやしない。それなのに、あいつらは彼女を捕まえ、拷問のあげく殺すつもりなんだ。そんなことが正しいと思えるか？〈拒絶者〉なんだから当然だと思えるか？」

ヴェーリンはセラをふりかえった。彼女はすっかり恐怖に侵されたような表情で、とめどもなく唇を震わせていたが、目の色だけは変わっていない。まばたきもせず、誘いこむように、探りを入れるように、ソリスによる初回の剣の訓練を思い起こさせる視線をまっすぐに向けてくるのだ。「そうやってぼくを騙すつもりなら、無駄だよ」彼はきっぱりと告げた。

彼女はひとつ大きく息をつき、エルリンの阻止をやんわりと退け、手話で彼に語りかけてきた――〝騙すつもりはないわ。確かめておきたいことがあっただけ〟

「確かめるって、何を？」

〝ついさっきまで気付かずにいたことよ〟彼女はエルリンのほうへ視線を戻した。〝彼なら力を貸してくれるわ〟

ヴェーリンは反駁に口を開きかけたものの、言葉が出てこなかった。彼女の見立ては正しかった――まさしく、ふたりを助けたいと思っていたのだ。決断そのものは何も難しくなかった。そうすることが正しいという直感が働いたからである。エルリンの実直さと勇敢さゆえに、セラの可憐さゆえに、そして、自分自身の内なる何かにも押されて、彼はふたりを助けようとしていた。ふたりとも殺されて当然の存在ではないと分かれば、助けないわけにはいかない。

彼はいったん隠れ処にひっこみ、ヤリンの根を持ち出した。「はい、どうぞ」彼はそれをエルリンに手渡した。「ふたつに切って、手足にこすりつけてください。ふたりのどちらが嗅跡を追われてるんですか？」

エルリンは半信半疑でその根を鼻先に寄せてみた。「何だい、こりゃ？」

「嗅跡を攪乱するためのものです。どちらが追われてるんですか？」

セラが自分の胸をつついた。ヴェーリンは彼女の襟に巻かれている絹のスカーフに目を留めた。彼はそれを指し示し、自分に渡すようにと手をひるがえしてみせた。

〝母からの借り物なの〟彼女は抵抗を示した。

「だったら、それで娘の生命を守ることができれば嬉しいだろうね」

ひとしきり迷ったあげく、彼女はスカーフをほどいて彼に渡した。彼はそれを自分の手首に結びつけた。

「すさまじいな、こりゃ！」ヤリンの汁を自分のブーツにふりかけたエルリンがぼやき、強烈な臭いに顔をゆがめてみせる。

「犬たちもそう思ってくれますよ」ヴェーリンが言葉を返した。

セラも同じく自分のブーツに汁をふりかけたので、彼はふたりを案内して、その近辺でもっとも鬱蒼とした木立へと連れていった。隠れ処から数百ヤードも歩けば、地面がぽっかりと抉れているところがある――ふたりが身を潜めるに充分なほどの深さはあるものの、訓練された者の眼をごまかすにはいささか用が足りない。ヴェーリンとしては、追手がここを見過ごしてくれるよう期待するばかりだった。ふたりがその穴に入ると、彼はセラに持たせたままだったヤリンの根を受け取り、ありったけの汁を搾り出し、周囲の地面や茂みにふりまいた。

「ここを動かず、静かにしていてください。犬たちの声が聞こえてきたら、できるかぎり姿勢を低くして、逃げようとは考えないことです。ぼくが一時間以内に戻ってこない場合は、まず二日がかりで南へ抜けて、それから西へ、岸辺の道にぶつかったら北へ、町はどこも敬遠するほうが無事でしょう」

彼がその場を離れようとしたとき、セラが手を伸ばし、間近のところで指先をさまよわせた。彼に触れるか触れないか、ためらいがあるようだ。彼女はあらためて彼と視線を合わせたが、今回はもう探るような様子はなく、感謝の念にひたすら瞳を輝かせていた。彼もとっさに笑みを返すと、追手が来ようとしているほうへと全速力で駆け出した。立木の影がぼやけ、空腹に苛まれた肉体はたちまち悲鳴を上げる。彼は苦痛を押し殺して走り続け、手首に巻いたスカーフを風になびかせた。

全速力でたっぷり五分も走った頃、けたたましい犬の声が遠くから聞こえ、接近するにつれて威嚇の響きを増してきた。ヴェーリンは樺の倒木に乗って身を護りやすい姿勢を取り、スカーフを外し、首筋に巻き替え、襟の下にたくしこんで隠した。それから、弓に矢を番えて弦をいっぱいに引き絞り、吐息で周囲の空気を曇らせてはふたたび深々と肺を満たし、手足が震えそうになるのと戦いつつ、じっと機を窺う。

犬の群れが現われたのは予想以上に早かった。黒っぽい影が三つ、二十ヤードほど先の草叢から飛び出し、唸り声とともに黄色い牙を剝き、雪煙を上げながら突進してくる。しばし、ヴェーリンはその姿に驚愕してしまった——まったく未知の犬種だったのだ。彼がこれまでに見てきたどんな猟犬よりも大きく、速く、筋骨隆々としている。騎士団の犬舎にいるレンフェール・ハウンドでさえ、こいつらと比べたら仔犬も同然だ。とりわけ恐怖をもたらすのは眼で、敵意もあらわに黄色くぎらつき、本当に光を放っているかのように感じられてしまう。そして、涎を垂らしながら荒々しく唸る口許も。

彼の矢が一頭目の喉を捉えると、そいつはびっくりしたような鳴き声になって地面に倒れこんだ。彼はすぐさま二の矢を番えようとしたが、矢筒に手を伸ばしているあいだに二頭目が襲いかかってきた。虚空に身を躍らせ、鋭い爪をそなえた前足を彼の胸に叩きつけ、喉笛に噛みつこうと狙いを定める。彼はぶつかられた勢いのままに転がりながら、とっさに弓を手放し、腰に提げていたナイフを右手で引き抜き、地面に接した背中を支えにしながら刃を突き上げ、犬の胸郭を貫いて心臓を抉ると、どす黒い飛沫が一気に噴き出してきた。ヴェーリンは吐き気をこらえ、まだ痙攣の残る死骸を押しのけて立ち上がり、残る一頭を迎え討つべく身構えた。

しかし、その必要はなかった。

そいつは地面にへたりこみ、耳を伏せ、頭を低くして、彼と視線を合わせまいとした。それから、腑抜けたような鳴き声とともに筋肉質の身体を起こして座り、不安と期待のいりまじった面持ちで彼を見上げる。

「きさまが金持ちの息子なら何も言うことはないんだがな、ぼうず」怒りに満ちた野太い声が呼びかけてきた。「三頭とも使い物にならなくしやがって」

ヴェーリンはすばやく向きを変え、ナイフを握り直した。茂みから出てきたのは逞しいが疲れきった様子の男で、胸板をしきりに上下させていることから判断するに、犬たちの走りに遅れまいと力の限りを尽くしてしまったのだろう。アスレール様式の剣を背負い、濡れそぼった紺色のマントをまとっている。

「二頭だけなのに」ヴェーリンが言葉を返す。

男は眦《まなじり》を吊り上げ、地面めがけて唾を吐き捨てると、いかにも手慣れた仕種で背中の剣を抜いた。「こいつらはヴォラリアン・スレイヴハウンドなんだよ、この小童めが。残った一頭だって、おれにとっちゃ役立たずと化しちまった」彼が雪の上を迫ってくる歩調はヴェーリンもすっかり見慣れたもので、剣は下段の構え、腕をわずかに曲げている。

犬が威嚇するように低く唸りはじめた。ヴェーリンはそいつがあらためて自分に襲いかかってくるつもりかと視線をひるがえしたものの、その黄色い眼が敵意を向け、唇をひくつかせながら牙を剝いているのは、意外にも、剣を抜いた男のほうだった。

「ほれ、分かるだろ！」男がヴェーリンに叫ぶ。「きさまのせいだってことさ。ここまで訓練するのに四年もかかったやつらが、ただの糞袋に戻っちまった」

ふと、ヴェーリンはひとつの事実に思い当たった。本当なら、男の姿を見た瞬間に気付いておくべきことだった。彼はゆっくりと左手を上げ、何も持っていないことを示すように掌を広げてから、懐の中のメダリオンを取り出し、高々と掲げてみせる。「もうしわけありません、ブラザー」

男の顔を当惑の色がよぎった。メダリオンに驚いたからではなく、ヴェーリンが騎士団の一員と分かってもなお殺すことが許されるかどうか、迷いが生じたのだろう。結局のところ、それを決めたのは第三の人物だった。

「剣を収めろ、マクリル」上品そうな高い声が耳にとびこんできた。ヴェーリンがふりか

える と、馬上の人物が木々のあいだを通り抜けてくるところだった。細面の男で、手綱を操りながら丁重に会釈する。彼を乗せているのは灰色の毛並をまとったアスレール産の狩猟馬で、脚が長く、攻撃性はさておき持久力の高さで知られている。男はヴェーリンの間近まで馬を寄せると手綱を引き、善良な性格が滲み出ているかのような視線で彼を見下ろした。ヴェーリンは彼のマントの色を確かめた。黒ということは——第四騎士団か。

「ごきげんよう、若きブラザー」細面の男が挨拶した。

ヴェーリンも会釈に応え、ナイフを鞘に収めた。「ごきげんよう、マスター」

「マスター？」相手はかすかな笑みを浮かべた。「そう呼ばれる立場ではないよ」彼が生き残りの犬を一瞥すると、そいつは彼に対しても唸り声を洩らした。「われわれのせいで、きみは良からぬ友を得てしまったようだな」

「良からぬ友？」

「ヴォラリアン・スレイヴハウンドというのは非常に風変わりな犬種でね。怖ろしいほどの獣性を見せつけることもある一方で、上下関係についての意識はきわめて厳格だ。きみはこの群れの頭領を殺し、後釜になるはずだったやつも殺した。そこで、こいつはきみこそが新たな頭領にふさわしいと判断したのさ。こんな図体でも中身はまだ仔犬のようなものだし、きみと戦って勝つ自信がなかったのだろう、むしろ忠誠を示すことにしたわけだ」

ヴェーリンの目の前で、その犬はなおも唸り、涎を垂らし、牙を剝いている。鼻面は向う傷だらけで蜘蛛の巣が張ったようだし、毛並はもつれきっており、泥や糞がこびりついたままだ。「犬なんか欲しくありませんよ」それが彼の返事だった。

「もう手遅れだぜ、小僧」彼の背後に立ちはだかっているマクリルが呟く。

「おいおい、うっとうしい態度は自重したまえ、マクリル」細面の男がたしなめるように言った。「犬を失ってしまった悔しさは分からんでもないが、また次を探してくるまでのことだろう」彼は馬上から身をのりだし、ヴェーリンに右手をさしのべた。「テンドリス・アル・フォーネ、第四騎士団の一員で、異端懲罰評議会の活動にも携わっている」

「ヴェーリン・アル・ソーナです」ヴェーリンはその手を握った。「堅信式はまだですが、第六騎士団の訓練生です」

「うむ、そのようだね」テンドリスは鞍に座り直した。「〈在野の試練〉でここにいるのかな？」

「はい、ブラザー」

「率直に言って、そちらの騎士団のさまざまな試練をうらやましく思ったことは一度もないよ」テンドリスは同情の笑みを浮かべてみせた。「当時のことを憶えているかい、ブラザー？」彼はマクリルに尋ねた。

「思い出したくもないが、悪夢にうなされるぜ」マクリルは地面に視線を這わせながら歩き回り、ところどころでしゃがみこみ、雪の上に残る痕跡をしげしげと眺めていく。所作そのものはヒュトリルと同じなのだが、優雅かどうかを比べるなら教官のほうがはるかに上だろう。何を探すにしても、ヒュトリルは決して冷静な態度を崩さない。マクリルはその対極にあり、せわしなく、あわただしく、焦燥感に駆られているようだ。

雪を蹴散らす蹄の音を先触れにして、第四騎士団のブラザーたちがさらに三名、テンドリスと同じくアスレール産の狩猟馬で現われた。いずれも筋金入りの狩人なのだろう、質実剛健という言葉がぴったりの風体である。テンドリスがヴェーリンを紹介すると、彼らは軽く手を上げて挨拶し、それからすぐに周囲を調べはじめた。「連中がこの近辺を通りかかったことは充分に考えられる」テンドリスが彼らに言った。「ここにいる若きブラザーの食料やら何やらの匂いもあったとは思うが、犬たちが嗅跡を正しく捉えていたことは間違いない」

「何をお探しですか、ブラザー」ヴェーリンが問いかけた。

「王国と信仰にとって望ましからざる存在だよ、ヴェーリン」テンドリスが悲しげに答える。「邪宗の徒だ。わたしも同行のブラザーたちも、その取り締まりが務めでね。信仰を受け入れようとしない者たちを捜し、追い、捕えるのさ。そんな輩《やから》が実在するなど、きみにとっては信じられないような話だろうが、嘆かわしい現実なのだ」

「何も発見できんぜ」マクリルが言った。「足跡もないし、犬どもが嗅ぎ当てたとおぼしき遺留品もない」彼は深い雪を踏み分け、ヴェーリンの目の前へと戻ってきた。「残る可能性はおまえだけだな、ブラザー」

ヴェーリンは眉間に皺を寄せた。「どうして、ぼくなんですか？」

「きみがここへ来てから、誰かと会わなかったかね？」テンドリスが尋ねる。「男か、若い娘か、あるいはその両方か？」

「エルリンとセラ？」

マクリルとテンドリスが顔を見合わせた。「いつのことだ？」マクリルが語気を鋭くした。

「一昨日の夜です」ヴェーリンは少しも臆せずに嘘をつける自分自身が誇らしかった。つねに正直である必要はないと割り切ったことで、抵抗感もすっかり薄れていた。「大雪に遭って、避難所がなければ危険な状況でした。それで、ぼくの隠れ処に連れてきたんです」彼はテンドリスの顔を覗きこんだ。「間違いだったでしょうか、ブラザー？」

「親切心や厚意そのものは決して間違いではないよ、ヴェーリン」テンドリスが笑みを浮かべた。それが本心から出たものと分かって、ヴェーリンは動揺を禁じ得なかった。「そのふたりは今もまだ滞在しているのかね？」

「いいえ、翌朝には立ち去りました。ほとんど会話もありませんでしたし、女の子のほうは完全に無言のままでした」

マクリルが冷然と笑った。「口が利けないからさ、小僧」

「ただ、これを彼女から渡されました」ヴェーリンは襟の下にたくしこんであったセラの絹のスカーフを取り出してみせた。「あの男性の説明によれば、感謝のしるしだそうです。これぐらいなら試練の支障にもならないだろうと思い、もらっておくことにしました。防寒具としては何の役にも立たないものですし。みなさんの追いかけている相手があのふたりなら、たぶん、犬たちはこれを嗅ぎつけたんでしょうね」

マクリルが顔を突き出すようにしてスカーフを嗅ぐ。鼻孔をひくつかせながらも、視線はヴェーリンの表情を捉えたままだ。（これっぽっちも信じてないんだな）ヴェーリンはそう悟った。

「行先などは聞いたかね？」テンドリスが尋ねる。

「北のほう――レンフェールとか言ってました。そこに彼女の家族がいるんだそうです」

「そりゃ嘘だ」マクリルが言った。「あの小娘にゃ家族なんかいない」とたんに、ヴェーリンのかたわらにいる犬がまたしても剣呑に唸りはじめる。マクリルがじわじわと後退したので、ヴェーリンとしては、主人をも怖れさせるほどの犬なのかと思わずにいられなかった。

「ヴェーリン、これは非常に重要なことなのだがね」テンドリスが馬上から身をのりだし、彼の顔をまっすぐに覗きこんだ。「少女との接触はなかったか？」

「接触ですか、ブラザー？」

「そうだ。指先がかすめる程度の接触さえもなかったか？」

ヴェーリンが記憶を辿ってみるに、少女はためらいがちに手を伸ばしてきたことがあったが、実際の接触にまでは至らなかった。もっとも、彼の内なる何かを探り当てられたときの感覚は、肉体を介しない接触とでも表現したくなるようなものだった。「いいえ。まったくありませんでした」

テンドリスは鞍に座り直すと、満足そうにうなずいた。「なるほど、きみは運に恵まれていたようだな」

「運に恵まれて？」

「あの小娘は〈拒絶者〉の魔女なんだぜ、ぼうず」マクリルが言った。彼はいつのまにか樺の倒木に腰を下ろし、どこに隠し持っていたのやら、砂糖黍《さとうきび》を口につっこんでいる。「華奢そうな指先でちょいと触れりゃ、たちまち相手は心を奪われちまうのさ」

「分かりやすく言おうか」テンドリスが説明する。「つまるところ、くだんの少女は特異な力を持っており、それは闇に由来するということさ。邪宗の徒による所業はまことに奇々怪々たるものだ」

「特異な力とおっしゃいますと？」

「きみにとっては、知りすぎないほうが幸せだろうよ」テンドリスは手綱を回して馬の向きを変え、自分も痕跡探しに加わった。「昨日の朝のうちに立ち去ったと言ったね？」

「はい、ブラザー」マクリルの疑わしげな視線がなおも突き刺さってくるので、ヴェーリンはそちらへ顔を向けることができなかった。「北のほうです」

「うぅむ」テンドリスはマクリルのほうを一瞥した。「犬がおらずとも追っていけるだろうか？」

マクリルは肩をすくめた。「可能性がないわけじゃないと思うが、昨夜の嵐のせいで難しくなっちまったことは否定できないぜ」彼は砂糖黍の残りを齧ると、芯の部分を投げ捨てた。「北の丘はおれが調べてみる。西と東はそっちで手分けしてくれ。撹乱のために、わざと違う方角へ進んだかもしれん」彼は最後にもういっぺんヴェーリンを睨みつけてから、木々のあいだへと走り去った。

「そろそろお別れだ、ブラザー」テンドリスが言った。「きみがすべての試練に合格したら、いずれ再会することもあるだろう。勇気と観察眼を持ち合わせた若きブラザーは逸材だ、ひょっとしたら同僚として迎え入れるかもしれんな」

ヴェーリンは二頭の犬の死骸を眺めた。幾筋もの赤い血が白い雪を染めている。（ぼくはこいつらに殺されるところだった。猟犬として生まれたんだから、それぐらいのことはするだろう。獲物をただ追い詰めるだけで済むはずがない。こいつらが実際にセラとエルリンを発見していたら……）「どのようにでも運命の導くままにと信じて祈るばかりです、ブラザー」彼は胸中を悟られないよう平静を保ちながら答えた。

「いかにも」テンドリスも彼の処世訓にうなずいてみせる。「では、きみに幸あれ」

ヴェーリンは自分の策略どおりに物事が進んでしまったことに驚くあまり、馬で走り去ろうとするテンドリスにもうひとつ訊いておかなければいけなかったことを忘れてしまうところだった。

「ブラザー！　この犬はどうすれば？」

テンドリスはとっさに手綱を引いて馬を後脚立ちにさせ、肩ごしにふりかえった。「賢明な者なら、すぐにでも殺すだろう。勇敢な者なら、手許に置いておくだろう」彼は声高に笑い、片手を上げてみせながら、ふたたび馬を駆けさせ、冬の淡い陽射にきらめく雪煙の彼方へと消えていった。

ヴェーリンは残された犬を見下ろした。そいつは敬慕の視線を返し、涎まみれの口許を薄紅色の長い舌でしきりに舐め回している。その鼻面にある無数の傷痕を、彼はあらためて眺めた。まだ若い犬らしいが、すでに苛酷な暮らしを経験してきたということか。「スクラッチ」彼はそいつに語りかけた。「おまえの名前はスクラッチだ」

犬の肉は硬く筋張っていたが、ヴェーリンはもはや食料について好き嫌いを言っていられる余裕などなかった。スクラッチの甘えたような鳴き声を聞きながら、彼は大きなほうの一頭をその場で解体し、腰から下だけを切り出した。それを隠れ処へ持ち帰り、焚火で炙るあいだ、スクラッチはやや離れた場所でおとなしく待っていた。ヴェーリンが食事を終え、残りを木の洞にしまいこんだところで、ようやく安心したように彼の足元へと駆け寄ってくる。ヴォラリアン・スレイヴハウンドの獣性がどれほどのものであろうと、共食いはできないということか。

「同族の肉は敬遠しなきゃならないとなると、おまえの餌をどうしたもんだろうな」ヴェーリンはひとりごちながら、おっかなびっくりでスクラッチの頭を撫でた。犬のほうも撫でられることに慣れていないのは明らかで、最初はヴェーリンが手を伸ばしかけたとたんに身構えてしまったものだ。

隠れ処に戻ってから一時間あまり、彼はまず焚火を熾し、それから肉を炙り、雪掻きも済ませたあと、エルリンとセラがまだ身を潜めているかどうか確かめに行きたいという誘惑と戦っているところだった。テンドリスと別れたあと、ヴェーリンはそこはかとない違和感をどうしても拭い去れないままだった。こちらの言葉をあれほど簡単に信じこんでくれるような相手だろうか。もちろん、深く考えるほどのことではないのかもしれない。彼が見たところ、テンドリスの信仰心は微動だにしないものらしい。だとしたら、騎士団の一員ともあろう者が嘘をつくとか、その嘘がよりによって〈拒絶者〉を庇うためだとか、そんな疑いはまずもって念頭に浮かばないのかもしれない。しかし、邪宗の徒を捕えるべく王国各地を駆け巡っている人物がそこまで浅慮とは？

そのへんがはっきりしないのに逃亡者たちの様子を見に行くというのは危険すぎる。さしあたり、風が吹いても警告の響きはないし、何者かの待ち伏せを注進する自然界の歌も聞こえてこないが、ヴェーリンはあえて隠れ処から離れず、しばらくは犬の炙り肉だけで食いつなぐことに決め、あとはこの予期せぬ贈り物をどうしたものかと思案を巡らせはじめた。

猟犬として生まれ、人間を殺すことさえ厭わない獣性もありながら、スクラッチは意外なほど遊び好きだった。そこらじゅうを駆け回り、雪を掘り返しては棒や骨を探し当て、ヴェーリンの許へそれを届け、彼が遠くへ放り投げるとまた拾ってくるのだ。何度もやっているうち、彼はくたびれてしまった。いずれ領館へ帰るにあたり、犬を飼うことが許されるのかどうか、まったくもって見当がつかない。犬舎を管理しているチェクリル教官にしてみれば、自分が手塩にかけてきた猟犬たちの近くにこんな猛獣をうろつかせておきたくもないだろう。ふたたび門をくぐるときには、こいつの喉を掻き切る覚悟が必要かもしれない。

午後になると、彼はその犬を連れて狩りに出た。ヴェーリンは今回も無駄足になりそうだと思っていたが、ほどなく、スクラッチが何かの足跡を発見した。ひとつ短く吠えるや、深く積もった雪の中をすっとんでいったので、ヴェーリンは見失わないように追いかける少し行くと、足跡の主が判明した——昨夜の嵐で身動きが取れなくなってしまったのだろう、小さな鹿が凍死していた。どういうわけか、屍肉はまだ荒らされていない。そのかたわらにスクラッチが座りこみ、ようやく現われたヴェーリンをじっと注視する。ヴェーリンはさっそく解体にとりかかり、内臓をかたっぱしからスクラッチのほうへ投げてやると、そいつの喜びようときたら、餌を与えた彼もびっくりするほどだった。待ってましたとばかりの一吠えとともに喰らいつき、力強い顎と牙であっというまに貪り尽くしていく。解体を終えた鹿を担いで帰る道すがら、ヴェーリンは自分をとりまく環境の変化に思いを馳せた。今朝はいよいよ餓死寸前のありさまだったのに、それからわずか半日が過ぎてみると、ヒュトリル教官が迎えに来るまでには消費できそうもないほどの食料が手に入ってしまったのである。

日が沈むとたちまち暗くなり、雲ひとつない月夜の下に広がる地表の雪は青みを帯びた銀色に輝き、頭上の星空がそれを彩る。ケーニスがここにいれば星座をかたっぱしから列挙したにちがいないが、ヴェーリンはいくつかの有名どころしか見分けられなかった——つるぎ座、おじか座、おとめ座。いつだったか、ケーニスが聞かせてくれた話のひとつに、〈逝きし者〉の始祖となった魂が星々を作り、自分たちの後裔をつねに正しい方向へと導くため、さまざまに意匠を凝らして配置したという伝説があった。今や、夜空に浮かんでは消える異界からの託宣の読み方を指南しようとする者も多く、日々の市場で、あるいは祭の屋台で、客を集めては小銭を稼いでいるらしい。

つるぎ座が切先を南に向けている理由は何なのだろうかとヴェーリンが訝《いぶか》っていたところへ、だしぬけに、ぞっとするような違和感が襲ってきた。スクラッチも緊張をあらわにして、わずかに頭を上げる。匂いも音もなく、風が警告をもたらしたわけでもないものの、異変はすぐそこまで迫っている。

ヴェーリンは肩ごしにふりかえり、ひっそりとしている背後の茂みを眺めた。（みごとな隠遁の術だな）彼はいささか畏敬の念を禁じ得なかった。（どんな殺し屋だって、これほどまでにはできやしないだろう）

「お腹は空いてませんか、ブラザー？」ヴェーリンはどこへともなく呼びかけた。「よろしければ、とっておきの肉をお分けしますよ」それから、焚火に薪を足し、炎を高々と燃え上がらせる。しばらくすると、雪を踏む足音とともにマクリルが姿を見せ、焚火の反対側に立ち、炎にむかって両手をかざす。彼はヴェーリンには視線を向けようとせず、スクラッチを睨みつけた。

「やっぱり、こんちくしょうは殺しておくべきだったな」それが最初の一言だった。

ヴェーリンはいったん隠れ処に入り、小塊に切り分けておいた肉片のひとつを取り出した。「鹿です」彼はそれをマクリルに投げ渡した。

男は手持ちのナイフで肉を串刺しにすると、焚火の縁石を組み直して台座をこしらえ、肉に炎が当たるようにそこへナイフをひっかけておき、自分の寝袋を地面に敷いたところへ座りこんだ。

「今夜は天気が良いですね、ブラザー」ヴェーリンが話しかける。

マクリルは喉を鳴らし、ブーツを脱いで足をさすった。その臭いはすさまじく、スクラッチがあわてて居場所を移したほどだった。

「残念ながら、ぼくはブラザー・テンドリスに信じていただけなかったようですね」ヴェーリンが言葉を続けた。

「やっこさんは何も疑ってなかったぜ」マクリルが足の指のあいだに挟まっていた何かを炎の中へ弾き飛ばすと、それは小さな音とともに一瞬で燃え尽きた。「かけねなしに信仰一筋の男だからな。ところが、おれは下賤の生まれで、猜疑心の塊みたいな野郎でね。だからこそ、やっこさんはおれを相棒に選んだってわけさ。いや、誤解するなよ――やっこさんは多芸多才で、馬に乗らせりゃ右に出るやつはいないし、洟をかむよりも簡単に〈拒絶者〉を白状させちまうこともできる。ただし、ちょっとばかり純真すぎるところもあってな。篤信者はみんな善良だと思いこんでるのさ。やっこさんの頭の中じゃ、自分も相手も篤信者なら何も違わず、まったく同じ考えを共有できることになってるらしい」

「でも、あなたはそうじゃないと？」

マクリルは濡れそぼったブーツを乾かすため、焚火のそばに置いた。「おれは狩人なんだよ。足跡、痕跡、軌跡、嗅跡、獲物を仕留めたときの血痕。おれにとっちゃ、信じられるのはそれぐらいのもんさ。おまえはどうなんだ、ぼうず？」

ヴェーリンは肩をすくめた。肚を割ってみせたかのようなマクリルの言葉だが、ひょっとしたら、口に出すべきでない本音を誘うための罠なのかもしれない。「ぼくは篤信者でありたいと思ってます」彼はことさらにきっぱりと答えた。「第六騎士団の一員ですから」

「ひとくくりに騎士団と言うが、大勢のブラザーはひとりひとり個性があって、信仰への接し方もそれぞれ違うはずだぜ。誰もが慎み深く、暇さえありゃ〈逝きし者〉に祈りを捧げてる——おまえがいる騎士団は本当にそんなところか？　おれたちは兵士なんだよ、ぼうず。苦しいことだらけで楽しみはこれっぽっち、うんざりするような兵隊稼業さ」

「兵士と戦士はまったく異なる存在だと、管長はおっしゃっていました。兵士が戦うのは給料や褒賞のため。ぼくたちが戦うのは信仰を守るためで、〈逝きし者〉を崇める日々の営みの先に戦争があるのです」

マクリルはひときわ暗い表情になり、黄色い炎に照らされた髭面をゆがめ、不愉快な記憶を辿るように目を細めた。「戦争？　血と糞にまみれ、死に直面して正気を失っちまった連中が母ちゃんに救いを求めて泣き叫ぶ、それが戦争さ。何を崇めるようなもんでもない」彼は視線をひるがえし、ヴェーリンの瞳の奥を覗きこんだ。「いずれ、おまえも思い知ることになるだろうよ、頭でっかちの若造め。いやというほど思い知るだろうよ」

ヴェーリンはいたたまれない気分で、焚火に薪を足した。「どうして、あの女の子を追ってるんですか?」

「あいつが〈拒絶者〉だからさ。〈拒絶者〉としても最悪の部類で、信心深いやつらの心を捻じ曲げちまう力を秘めてやがる」彼は皮肉をこめて短く笑った。「まぁ、おれはその条件に合わないんで、対峙することがあっても大丈夫だろうと思ってるがね」

「いったい、どんなものなんですか? 彼女の力っていうのは?」

マクリルは肉の焼け具合を指先で確かめると、小さく喰いかじり、充分に嚙みつぶしてから呑みこんだ。無意識でやっていると分かるほど慣れた仕種から察するに、彼は食べることに楽しみを求めておらず、単なる燃料としか考えてこなかったにちがいない。「不気味な話だぞ」彼は肉を頰張ったまま言葉を返した。「悪夢に悩まされても、おれのせいにするなよ」

「悪夢ぐらい、もう慣れっこですから」

マクリルは太い眉を上げたものの、そこをつっこもうとはしなかった。彼はそのまま肉を食べ終えると、自分の荷物をひっかきまわし、革製の小さなフラスコを取り出した。

「誰が呼んだか、〝ブラザーの友〟ってな」そんな説明とともに、ひとつ大きく呷る。

「カンブレール産のブランディにレッドフラワーを混ぜてある。野蛮なロナクどもに喉を裂かれちまうかもしれない北の辺境へ飛ばされたって、こいつがありゃ腹の底から熱くなれるってもんさ」ヴェーリンもそれを勧められたものの、首を振って辞退した。騎士団では飲酒が禁じられているわけではないが、もっとも敬虔な一部の教官たちは決して良い顔をしない。感性が鈍ってしまっては信仰の妨げになるとか、あやふやな記憶を異界へ持ちこむわけにはいかないとか、理屈もいろいろと聞かされている。しかし、マクリルはそんなことなど何も眼中にないようだった。

「さて、あの魔女の話だっけな」彼はゆったりと岩にもたれかかり、ちょっとずつフラスコを傾けた。「そもそもの始まりは、邪宗の徒があちこちで妙な動きをしてるって報告を受けた評議会が、そいつらをかたっぱしから逮捕させたことだった。告発内容はどれもこれも出来の悪い法螺《ほら》話みたいなもんさ――〈逝きし者〉とは違う異界からの声が聞こえた、病人がたちまち元気になった、動物の言うことが分かった、そんなところだ。ほとんどは臆病な田舎百姓どもの気の迷いにすぎなかったりするんだが、あの小娘と似たり寄ったりな連中がしょっぴかれてくる事例も少なくなかった。

当時、あいつが住んでた村はちょうど悶着のまっただなかでな。父親ともどもレンフェールの出身で、早い話が他所者ってわけさ。父親が代書屋をやって、どうにかこうにか食っていける程度の暮らしぶりだった。そこへ、近隣の地主が証文の偽造をもちかけた。牧場だかの相続をめぐる話し合いがこじれちまったらしい。代書屋がそれを断わったところ、何日もしないうちに背後から斧で斬り殺されちまった。しかし、地主の従兄弟《いとこ》がその一帯を管轄する治安判事とくりゃ、捜査もへったくれもあったもんじゃない。で、事件から二日後、地主は行きつけの酒場で自分の罪を告白したあげく、下顎の端から端まで喉をかっさばいて自殺した」

「それが彼女の仕業だと決めつけられたわけですか？」

「同じ日の午前中、小娘と地主が会ってるところを目撃したやつがいるのさ。代書屋が殺されるよりもずっと前から険悪な仲だったんで、不自然な顔合わせだと思われたんだな。証言によれば、小娘は地主に触れたらしい。そいつの腕を軽く押さえたって話だ。他所者で口も利けないんじゃ、まぁ、立つ瀬はないだろうよ。それでいて器量も頭も良いもんだから、周囲のやっかみもあったにちがいない。あの小娘にゃ何か裏がある、まともじゃない、それが村の連中の言い分さ。いかにも田舎じみた話だぜ」

「そこで、あなたたちが彼女を逮捕したわけですか？」

「いや、そうじゃない。テンドリスもおれも、相手が逃げなきゃ出番は回ってこないんだ。第二騎士団のブラザーたちがあの小娘の家をひっくりかえしてみたところ、〈拒絶者〉であることを示す物証が発見された。禁書、偶像、薬草、蠟燭——お約束みたいな代物が出るわ出るわ。父親が〈太陽と月〉と称する弱小の一派に首をつっこんでたようで、あいつもそれをそのまま継いだってことさ。布教活動をしない無害な一派ではあるが、だからって〈拒絶者〉が赦されるわけじゃない。あいつはブラックホルドにぶちこまれた。次の晩、あいつは脱獄しやがった」

「脱獄って、ブラックホルドからですか?」ヴェーリンとしては、マクリルが悪い冗談を言っているとしか思えなかった。ブラックホルドは王都の中心部にある堅固かつ醜悪な砦で、近隣に建ち並ぶ鋳物工場からの煤煙で石壁は黒く染まり、いったんそこへ囚われた者はいずれ処刑台へ連れていかれるまで二度と外の空気を吸うことができないと怖れられている。どこかで誰かが行方不明になったとき、その噂がブラックホルドの名前とともに囁かれたら、身近な人々でさえも帰りを待とうとはしなくなるどころか、そんな人物がそもそも存在しなかったかのようなふりをする。実際、そこから戻ってこられた者は過去にひとりもいないのだ。

「いったいぜんたい、どうやって?」ヴェーリンが首をひねる。

マクリルはゆっくりとフラスコを傾け、それからおもむろに言葉を続けた。「ブラザー・シャスタを知ってるか?」

ヴェーリンは先輩たちから聞かされた大仰な戦争譚を思い出してみた。「斧使いのシャスタですか?」

「そうだ。騎士団にその名を轟かせた豪傑で、腕は木の幹のごとく、拳はハムのごとく、ブラックホルドへ厄介払いされるまでに殺した相手は百人を超えるとも聞くよな。まごうかたなき英雄だ……とはいえ、おれが知ってるあいつは、どうしようもないほど愚かな糞袋さ。酒でも入ろうもんなら、何をやらかしても不思議じゃない。そんな男が、あの小娘の牢番についたんだよ」

「ぼくが聞いた話だと、彼は偉大なる戦士で、騎士団への貢献も大きかったそうですが」ヴェーリンが言った。

マクリルは鼻で笑った。「領館はあくまでも騎士団の理想を体現するための場所だろうよ、ぼうず。十五年間を無事に生き延びながら教官にも指揮官にもならないやつは、よっぽど頭が悪いのか、いかれちまってるのか、いずれにしても、邪宗の徒を閉じこめておく仕事を与えられるんだが、適性の有無はそっちのけの人事でな。シャスタじゃなくても、ああいった体力自慢の脳筋野郎どもはそこらじゅうにいる。次はどこの戦場で何人殺せるか、どこの酒場で何杯飲めるか、頭の中にはそれしかないような連中さ。たいていはくたばっちまうのも早いんで大きな問題にならずに済むんだが、体格と腕力に恵まれてるやつほど長生きする可能性も高い——悪臭はひどけりゃひどいほど消えにくいが、そんな感じだ。シャスタがまさにそれで、ブラックホルド行きは態の良い厄介払いになるはずだった」

「なるほど」ヴェーリンは慎重に言葉を選び、「牢番としての適性がなかったせいで、鉄格子の鍵を閉め忘れ、彼女が出ていくのを見過ごしてしまったわけですか？」

マクリルは声高に笑ったが、その響きは決して心地良いものではなかった。「ちょっと違う。あいつは正門までの鍵束をまとめて小娘に渡したあげく、自分の部屋の壁に掛けてあった斧を持ち出し、当直のブラザーたちを殺していったのさ。十人かそこらもやられたところで、弓兵のひとりが何発かぶちこみ、やっとあいつの動きが鈍った。それでも、完全に息の根を止めようとしてるうち、もうふたりが犠牲になっちまったぜ。気に入らんのは、あいつが死に際に満面の笑みを浮かべ、〝あの手に触れてもらうことができた〟とか言い残しやがったことだ」

ヴェーリンは無意識のうち、セラから受け取ったスカーフの繊細な生地を指先でなぞっていた。「そこでも彼女との接触があったと？」そう尋ねる彼の脳裏には、人間離れした美貌と鳶色の髪が大映しになっていた。

マクリルはまたしてもフラスコを呷った。「聞いた話じゃ、そうらしいな。闇に由来する力を秘めてるなんて、誰も知らなかったんじゃないのか？　指一本でたちまち永遠の虜にされちまうってこともさ」

ヴェーリンはあわてて記憶を辿り、セラとの一部始終を思い出してみた。（彼女を隠れ処へ押しこんだのも、接触したってことになるんだろうか？　でも、あれは服の上からだった……あとは、彼女が探りを入れてきたときだ……頭の中ではあったけど、触れられたような感じがした。あれがそうだったのか？　だから、ぼくは彼女を助けずにいられなかったのか?)彼はマクリルにもっと詳しい話を聞かせてほしかったが、そうしたところで面倒が増えるだけだということも分かっていた。この男はただでさえ彼を疑っているのだ。酒が入っている相手にくどくどと質問をぶつけるなど、賢明なやりかたとは思えない。

「で、テンドリスとおれの出番ってわけさ」マクリルが言葉を続けた。「もう四週間になる。現状がいちばん近くまで迫ったところだな。あの小娘と一緒にいる野郎はそう簡単に殺してやるもんか、まずは徹底的にいたぶってからでないと」彼は乾いた笑い声を響かせ、またしても流しこむように酒を飲んだ。

ヴェーリンは自分の右手がいつのまにかナイフの柄のすぐそばまで忍び寄っていることに気付いた。彼はどうにもマクリルのことが好きになれなかった。森の中にいた殺し屋たちを連想せずにいられないし、肚に一物ありそうなところも気味が悪い。「男の人のほうはエルリンと名乗ってましたが」

「エルリン、レリス、ヘトリル――百の名前を持つ男さ」

「じゃ、本名は?」

マクリルは派手に肩をすくめてみせた。「おれが知るかっての。もうずっと前から、あんにゃろうは〈拒絶者〉どもを手助けしてやがる。逃げ隠れの巧い野郎だぜ。おまえも旅の話を聞かされたんじゃないのか? アルピラ帝国がどうの、レアンドレン寺院がどうのってな」

ヴェーリンの掌がナイフの柄を包みこむ。「えぇ、聞きましたよ」

「感激しちまったか、えぇ？」マクリルは盛大にげっぷをした。「旅にかけちゃ、おれだって相当なもんだぜ。あちこち渡り歩いてきたからな。メルデニア諸島、カンブレール、レンフェール。この広大な世界のあちこちに叛逆者だの背徳者だの無法者だのがうようよしてやがるんで、そいつらをかたっぱしから殺すのさ。男はもちろん、女子供だろうと……」

ヴェーリンはすでに半分ほどナイフを鞘から抜きかけていた。（相手は酔っ払いだ、すぐに決着をつけてみせるさ）

「あるとき、何軒かの家族だけで形成された小さな一派が納屋に集まって、神像だか何だかにむかって平伏してるところへ、おれとテンドリスが踏みこんだ。テンドリスはえらい剣幕になっちまって、何か一言でも意見しようもんなら怒りの矛先がこっちにまで向きそうなほどだった。やっこさんは納屋の出入口すべてを封鎖させ、その周囲にぐるりとランプ用の油を撒かせ、燧石を打って……子供たちの泣き叫ぶ声のけたたましさときたら、想像をはるかに超えてたぜ」

ナイフの刃をほぼ完全に鞘から抜き出そうとしたとき、ヴェーリンはふと手を止めた——マクリルの髭のところどころに銀色の粒が光っている。涙が流れているのだ。

「悲鳴はいつまでも続いたもんさ」彼はまたしても口許でフラスコを傾けたものの、中身がもう残っていないことに気付いた。「くそっ！」唸るように喉を鳴らし、足許をふらつかせながら立ち上がると、暗闇の中へ出ていき、ほどなく、聞き憶えのある水音を響かせはじめた――雪原にむかって放尿しているのだ。

本当にやる気があるなら今こそ絶好の機会だと、ヴェーリンは自分に言い聞かせた。（立ち小便が終わらないうち、背後から喉を掻き切ってやれ）こんな悪党にふさわしい最期となるだろう。（ここで始末をつけなきゃ、また多くの子供たちを殺すにきまってるじゃないか？）とはいうものの、あの涙には驚かされてしまった。与えられた任務に対するマクリル自身の嫌悪を示す証拠ではないか。おまけに、騎士団のブラザー同士でもある。将来はヴェーリンもまた同様の宿命を負うかもしれないのだから、彼を殺すべきではないような気もする。ふと、彼の胸中にひとつの決意が生まれた。（戦いには毅然と臨んでも、ただの人殺しになっちゃいけない。戦場で対峙する敵と斬り合うことはあっても、罪のない相手に剣を向けちゃいけない。とりわけ、子供を殺すなんて論外だ）

「ヒュトリルは今もそっちにいるのか？」マクリルは千鳥足で戻ってくると、自分の寝袋の上でひっくりかえり、呂律の回らない口調で尋ねた。「あいかわらず、おまえみたいな半人前どもに追跡術を教えてるのか？」

「えぇ、今もいらっしゃいますよ。有益なことをたくさん教えていただいて、とても感謝してるんです」

「何が有益なんだか。本来なら、おれの仕事だったはずなんだ。リルデン隊長からも、おれの追跡技術は騎士団随一だと言われてた。いずれ自分が管長になったら、おれを領館へ呼び戻して野外活動訓練担当の教官にするって話も出てたんだ。ところが、あの脳筋隊長め、メルデニア兵のサーベルで腹を串刺しにされちまって、管長の座に収まったのはアーリンだった。どこまでも善人ぶった野郎で、おれとは水と油みたいなもんさ。で、マルティシェの森にその名を知られた静かなる狩人、ヒュトリルが選ばれたわけだ。おれのほうは厄介払いってことか、テンドリスと組まされ、邪宗の徒をどこまでも狩りたてる羽目になっちまった」彼は寝袋の上で仰向けになると、瞼を半ば閉じ、囁くように声を細めた。「望みもしない人生さ。追跡術が得意だからって……これじゃ、親父と同じだぜ……人狩りなんか……」

ヴェーリンは彼が眠りに落ちていくのを横目に、焚火の薪を足した。スクラッチが忍び足で戻ってくると、しばしマクリルに警戒の視線を向けてから、ヴェーリンのかたわらに座りこむ。ヴェーリンはその頭を撫でながら、今夜はまともに眠れそうもないと感じていた――燃える納屋、子供たちの泣き叫ぶ声、そんな悪夢にうなされてしまうのが関の山だ。マクリルを殺してやりたい衝動はすっかり雲散霧消していたものの、やはり、この男が近くにいるというのは気分がおちつかない。

彼はそれから一時間ほど、スクラッチとともに星を眺めていた。焚火の反対側では酔いつぶれたマクリルが静かに眠っている。鼾も寝言もなく、寝息からして聞こえるか聞こえないかというほどなのは、なんとも奇妙なものだ。騎士団の面々はその眠り方を習得するよう求められるのか、あるいは、誰に教わるでもなく本能がそうさせるのか——いずれにせよ、眠りの中でも息を潜めていられるなら、そのほうが長生きする可能性は高いだろう。いよいよ瞼が重くなってきたところで、ヴェーリンはようやく隠れ処にひっこみ、毛布を身体に巻きつけ、出入口に対してスクラッチの巨体を盾にするような恰好で横になった。マクリルが戻ってきたのは彼を殺すためではなさそうだが、いずれにせよ、猛犬がそこにいれば心配せずに済むというものだ。

犬に寄りかかると温もりが伝わってきて、ヴェーリンはこいつを飼うと決めたのは正解だったと思わずにいられなかった。彼ぐらいの歳頃の少年なら、スレイヴハウンドを友とするよりもずっと愚かなことだってやりかねない……

翌朝、マクリルの姿はどこにもなかった。ヴェーリンは入念に捜し回ったものの、彼が隠れ処の近辺にいたことを示す痕跡さえも残されていない。セラとエルリンが身を潜めていた窪地も、予想どおり、もぬけのからだった。彼は襟許に巻いていたセラのスカーフを外し、絹の精緻な織り模様を眺めた。さまざまな意匠が金糸によって描き出されている。三日月、太陽、鳥ぐらいは分かるが、それ以外は見慣れないものばかりだ。〈拒絶者〉たちが信仰の対象にしている偶像の類にちがいない。そうだとしたら、さっさと捨ててしまうべきだろうか。教官たちの目に触れたら厳罰を受けることにもなりかねない――殴られるだけでは済まないかもしれない。しかし、こんなにも綺麗な、繊細な作りで、金糸もまだ新品同然に輝いている。セラにしてみれば、これは母親からの借り物だそうだし、二度と戻ってこないとなったら嘆き悲しむにきまっている。

溜息とともに、彼はスカーフを袖口にたくしこみ、あのふたりの行先がどこであれ〈逝きし者〉の加護があるようにと胸中で祈った。隠れ処へ戻る道すがら、彼はずっと思案に耽っていた。一連の出来事をヒュトリルにどう説明するか、嘘がばれないよう慎重に話を作っておく必要がある。スクラッチはといえば、雪の中を楽しそうに跳ね回っていた。

ヒュトリルが迎えに来ての帰路は静かだった――荷馬車の乗客はヴェーリンただひとりだった。彼はほかの少年たちのことを尋ねてみたものの、返ってきたのは唸るような一言だけだった――「雪嵐とは、巡り合わせの悪い年だな」ヴェーリンは身を震わせ、仲間たちがどうなったのかという不安を押し殺しながら、荷台に登った。ヒュトリルが手綱を振ると、荷馬車は動き出し、その深い轍をスクラッチが小走りについてくる。ヒュトリルは黙ってヴェーリンの言葉に耳を傾け、彼が訥々と虚実を織り交ぜていくあいだ、無表情にスクラッチを眺めていた。その内容はおおかたにおいてテンドリスに語ったのと同じだったが、前夜のマクリルの再訪だけはあえて省略した。ヴェーリンが追跡者の名を口にした瞬間だけ、ヒュトリルはわずかな反応を示した――片眉を上げてみせたのだ。それ以外は何もないまま、ヴェーリンが話し終えたあとには沈黙だけが残った。

「あのぅ、犬も領館へ連れ帰りたいと思うのですが、マスター」ヴェーリンが言い添えた。

「マスター・チェクリルのお役に立てるかもしれませんし」

「管長がお決めになることだ」それがヒュトリルの答えだった。「行くぞ」

戻ってみると、管長は大きな樫材の机のむこうで、両手の指を立てて合わせ、ヒュトリルよりもなお黙然と構えたまま、ヴェーリンが必死に記憶を辿りながら説明をくりかえすところを注視していた。部屋の端に同席しているソリスの存在も、ヴェーリンの不安をおちつかせるものではなかった。彼がこれまでに管長室へ足を踏み入れたのはわずか一度、託された信書を届けに行ったときだけで、本や書類はそのときも山のようだったが、今はそれがさらに高さを増している。何百冊もの本が床から天井までぎっしりと積み上げられ、わずかでも隙間があれば巻物やリボン綴じの文書などがそこを埋めているのだ。このありさまを見てしまうと、母の蔵書など物の数にも入らないということが分かる。

ヴェーリンにとって意外なのは、スクラッチに対する関心の薄さだった。教官たちは些事に気を向けている暇がないようだし、そもそも、何かに心を動かされることの少ない人々なのだ。ヴェーリンが中庭で荷馬車から降りるのを待ち受けていたソリスは、冷ややかな不快感もあらわな視線をスクラッチに向けながら口を開いたものだ――「ナイサとデントスが先に戻っている。ほかの連中は明日だ。ここでいったん装備を降ろして、おれと一緒に管長室へ来い。きさまの話を聞きたいそうだ」

ヴェーリンはこの大きくて凶暴な犬を連れ帰ったことについての説明を求められるのだろうと思い、今回の試練をめぐる物語をくりかえした。

「見たところ、食事には事欠かなかったようだな」管長が言った。「痩せ衰えた姿で帰ってくる者がほとんどなのだが」

「運に恵まれていたのです、管長。スク――あの犬が鼻を利かせてくれたおかげで、雪嵐にまきこまれて死んだ鹿をまるごと手に入れることができました。すべてを現地調達せよという試練の趣旨に反するとは思いませんでしたので」

「うむ」管長は両手の長い指を交差させ、机の上に置いた。「それも能力のうちだ。ブラザー・テンドリスの捜索任務の一助になれなかったことだけは残念だったが。彼はまごうかたなき信念の僕《しもべ》なのだよ」

ヴェーリンは子供たちが生きたまま焼かれたという話を思い出しながら、いかにも熱心そうにうなずいてみせた。「まさにそのとおりでした、管長。あの方の献身ぶりには、ただひたすら感服するばかりでした」

ヴェーリンの背後で、ソリスがかすかに鼻を鳴らす。忍び笑いであることは彼も想像がついたものの、愉悦なのか侮蔑なのかまでは聞き分けることができなかった。

管長が顔をほころばせた。いつも無表情の彼には珍しいことだったが、そこには悔悟の念が見え隠れしていた。「きみが試練に出た直後、市井のほうで……ちょっとした異変が起こったものでね。きみにここへ来てもらったのも、それについて話す必要があるからだ。元帥が国王陛下に辞任を申し出た。彼は民衆にも広く人気があったので、この一件は世間を少なからず動揺させている。辞任発言自体もさることながら、彼のこれまでの功績に対する陛下からの恩典についても憶測が飛んでいてね。恩典の意味は知っているかな？」

「贈り物です、管長」

「そう、陛下からの贈り物だ。その中身が何であれ、そこには必ず陛下のご威光がついてまわる。元帥は恩典として何を望むかを陛下に伝え、陛下はそれに応えるべく、われわれに話を持ちかけてこられた。ただし、陛下といえども騎士団に命令する権限はない。たしかに、われわれは王国の版図を護っているが、第一に仕えるべきは信念であり、信念よりも王国を優先するようなことはない。それをご承知のうえで、陛下はわれわれに話をもちかけてこられた。われわれとしても、陛下のご要請を無下に断るわけにはいかないのだよ」

ヴェーリンはおちついていられなかった。管長から何かを求められているらしいということは感じ取れたものの、その具体的な内容はまったく見当がつかない。やがて、彼は長い沈黙に耐えきれなくなってしまった。「おっしゃる意味は分かりますか、管長」

管長はソリスとかすかに視線を交わした。「本当に分かっているのかね、ヴェーリン？どれほど重要な意味があることなのか、理解できているのかね？」

（ぼくはもう元帥の息子じゃない）ヴェーリンは心の中で呟いた。もっとも、それを自分がどう感じているのかは分からなかったし、そもそも、何らかの感慨があるのかどうかさえ判然としない。「ぼくは今や騎士団の一員です、管長」それが彼の返事だった。「〈剣の試練〉に合格し、信念の護り手にふさわしいと認めていただけるまで、壁の外がどうなっていようと何の関係もありません」

「きみがここにいるのは、信念と王国に対する元帥の献身を示す象徴としてのことだった」管長が説明する。「しかし、彼はもはや元帥ではなく、息子に帰ってきてほしいと願っている」

奇妙なもので、ヴェーリンは喜びも驚きもせず、胸のときめきも胃が痛くなるほどの昂奮もなかった。あるのはただひとつ、どんよりとした当惑だけだった。〝元帥は息子に帰ってきてほしいと願っている〟。——朝霧の彼方へと遠ざかっていく濡れた蹄の音が脳裏をよぎった。そして、厳然たる父の一言も——〝忠誠心こそ力なり〟。

彼は毅然たる視線を管長に向けた。「ぼくを出ていかせたいとお考えですか、管長？」

「わたしの見解など気にする必要はない。マスター・ソリスの見解も、わたしはすでに聞ンかせてもらったが、やはり気にする必要はない。きみ自身が決めるべきことだ、ヴェーリン。陛下もわれわれに命令する権限はないし、騎士団としても、試練に落第するか信念を穢すか、仲間と呼ぶにふさわしくない者でないかぎり、当人の意に反して追い出すことはできない。きみに選択を委ねようというのが、陛下のご意向だ」

ヴェーリンは苦々しい笑いがこみあげてくるのを噛み殺した。（選択？　あのとき、父上はぼくを選ばなかった。それなら、ぼくだって同じことだ）彼は管長に向きなおった。

「元帥に息子はいないはずですし、ぼくにも父はいません。ぼくの家族は第六騎士団の兄弟たちだけです。ぼくの居場所はここにしかありません」

机の上に視線を落とした管長の姿に、ヴェーリンは彼がすっかり老けこんでしまったかのような印象を受けた。（実年齢はどれぐらいなんだろう？）にわかには見当もつかない。所作のしなやかさは教官たちに少しも劣らないが、野外を駆け巡ってきた長身はすっかり肉が削げ、皮膚もざらついている。目許の皺や弛みも隠せるものではない。そして、ヴェーリンの答えを聞いた今、そこには悲しげな悔悟の念も浮かんでいた。

「管長」ソリスが口を開いた。「そろそろ、彼を休ませてやりませんと」

管長は顔を上げ、疲弊感の漂う瞳でヴェーリンの顔を覗きこんだ。「その言葉に迷いはないのだね」

「はい、管長」

管長は笑みを浮かべたものの、その表情がこわばっていることはヴェーリンにも一目瞭然だった。「きみのおかげで心の曇りが晴れたよ、若きブラザー。連れ帰った犬はマスター・チェクリルに預けたまえ、きみが思いもよらないほどに歓迎してくれるだろう」

「ありがとうございます、管長」

「ありがとう、ヴェーリン。退がってよろしい」


「ヴォラリアン・スレイヴハウンドか」チェクリルは傷だらけの鼻面に当惑の色を浮かべているスクラッチを見下ろしながら、感嘆の囁きを洩らした。「もう二十年以上も見る機会のなかった犬種だよ」

チェクリルは中年にさしかかった陽気な痩せ型の男で、ほかの教官たちと比べれば計算ずくでない仕種を見せることも多い――犬たちとの交流が長いため、気質もいささか似たところがあるのだろう。マントも汚れが目立ち、泥や乾草はもちろん、犬の糞尿もそこかしこに付着している。それらが放つ異臭もかなりのものだが、当人はおかまいなしの様子で、周囲からどう思われようと意に介するわけでもないらしい。

「群れの兄貴分にあたる犬どもを殺したって？」彼はヴェーリンに尋ねた。

「はい、マスター。それで、こいつはぼくを次の頭領に決めたんだと、ブラザー・マクリルから言われました」

「あぁ、そうだな。その解釈は正しい。犬は狼と同じく群れで暮らす動物だが、本能はそこまで強くないんで、群れも離合集散をくりかえすし、おたがいの上下関係を忘れるのも早い。だが、スレイヴハウンドだけは特殊で、群れの順位をおざなりにしないところは狼とそっくりだし、獰猛さにかけては狼さえも凌ぐほどだ。もう何世紀も前、こうなるように交配されて生まれた犬種だよ。なるべく気性の荒い仔犬ばかりを選んで交配したということで、こいつらの体内には闇に毒された血が流れているにちがいないと決めつける者たちもいる。犬よりは狼っぽく、狼よりは犬っぽく、そのどちらでもない。きみが群れの頭領を殺したとき、こいつはきみの強さを知り、きみに服従することを受け入れた。もっとも、つねにこうなるわけじゃない。きみが大きな運に恵まれていたのは疑う余地もなさそうだな」

チェクリルは腰の小袋に手をつっこみ、牛の干肉の切れ端をひとつ取り出すと、スクラッチにむかって身を屈め、それをひらつかせてみせた。ためらいがちで緊張感に満ちた仕種。(怖いのか)ヴェーリンはふと思い当たり、愕然とした。(スクラッチに怯えてるんだ)

スクラッチのほうも警戒したように干肉の匂いを嗅ぎ、ヴェーリンに問いたげな視線を向ける。

「わかるだろ?」チェクリルが言った。「おれの手からは食べようとしないんだ。ほれ」

彼はその切れ端をヴェーリンに投げ渡した。「やってみな」

ヴェーリンがそれをスクラッチの鼻先に持っていくや、そいつはたちまち身を躍らせ、大きな口で一呑みにしてしまった。

「なぜ、こいつらはスレイヴハウンドと呼ばれるようになったのですか、マスター?」ヴェーリンが尋ねる。

「ヴォラールでは大勢の奴隷たちが使われている。逃げ出して捕まれば、両手の小指を切り落とされる。それでもまた逃げ出せば、スレイヴハウンドの出番というわけだ。そのときはもう連れ戻されることはない──犬の胃袋の中に収まるだけさ。犬にとって、人間を殺すのは決して簡単じゃない。人間の力はきみが考えているよりもはるかに強いものだし、狐なんか足元にも及ばないほどの狡猾さもある。犬が人間を殺すには、力と敏捷性と狡猾さを揃え、なおかつ、並外れた気性の荒さも必要だ」

スクラッチはヴェーリンのすぐ隣でうずくまり、彼のブーツに頭をもたれ、石敷の床の上でゆっくりと尻尾をぱたつかせている。「こいつはずいぶん愛嬌があるように見えますが」

「きみにとっては、そうなんだろう。ただし、生まれついての殺し屋だということは忘れるんじゃないぞ。そのために交配された犬種なのだからな」

チェクリルは犬舎として使っている広い石蔵の奥へ行き、良さげな檻の戸を開けた。

「ここにしよう」彼は肩ごしに声をかけた。「きみが入れてやってくれ。そうでないと、面倒なことになりかねんからな」

スクラッチはおとなしくヴェーリンに従い、檻の戸をくぐると、ひとしきり中の様子を嗅ぎ回ってから、藁の寝床の上にうずくまった。

「餌やりもきみの仕事になるぞ」チェクリルがつけくわえる。「糞の始末やら何やら、すべてについてだ」

「そのつもりです、マスター」

「あとは、充分な訓練も積ませてやらないと。ただし、ほかの犬たちと一緒には無理だ。みんな、ひとたまりもなく食い殺されてしまうのが関の山だからな」

「それもぼくがやります、マスター」ヴェーリンは檻に入り、スクラッチの頭を撫でてやったとたん、逆に押し倒され、さんざん顔を舐められてしまった。彼は笑いながら、犬の涎を拭き取った。「こいつを歓迎していただけるかどうか不安だったんですよ、マスター」彼はチェクリルに言った。「連れ帰ってはきたものの、殺さなきゃいけないかもしれないと思ってたんです」

「殺す？　おいおい、まさか！　どんな鍛冶職人だって、名剣を捨てたりはしないだろうに？　こいつは新しい血統の始祖になってくれるかもしれないんだぞ。次の世代の仔犬たちはその強さを受け継ぎながら、もっと扱いやすい気質になるだろう」

ヴェーリンはさらに一時間ほど犬舎にいて、スクラッチに餌をやったり、新しい生活環境は快適だろうかと気を遣ったりした。やがて、帰らなければならない頃合になると、スクラッチの悲しげな鳴き声にひときわ心が痛んでしまったものの、独り残されることに慣れさせるべきだとするチェクリルの忠告を受け、彼は戸を閉じた檻をもはや一瞥もせずに犬舎を離れた。彼の姿が視界から消えたとたん、スクラッチの遠吠えが始まった。

その晩、彼らの部屋はいつになく静かで、言外の緊張感に支配されていた。今回の試練で経験した艱難《かんなん》や飢えがどれほどのものだったか、ヴェーリンは仲間たちと語り合った。ケーニスは彼と同じく充分な食糧に恵まれたものの、樫の古木の洞を隠れ処にしようとしたところ、先に棲みついていたワシフクロウの怒りを買ってしまったという。もともと肉付きの良くなかったデントスはいよいよ痩せこけており、小鳥やリスをわずかに捕えた以外はもっぱら木の根を齧るばかりのみじめな一週間だったらしい。しかし、教官たちはもちろんのこと、仲間たちも彼に対する同情はなかった。艱難がみんなの心の動きを鈍らせてしまったかのようだ。

「スレイヴハウンドっていうのは何なんだい?」ケーニスが物憂げに尋ねた。

「ヴォラールの猛獣さね」デントスが声を落とす。「物騒もいいところでよ。調教師にまで襲いかかるようなやっちゃ、闘犬にゃ使えん」彼はだしぬけにヴェーリンをふりかえり、目を輝かせた。「それよか、手に入れた食料は持ち帰ってきたんかね？」

彼らはあまりの疲労にかえって目が冴えてしまい、漫然と一夜を過ごした。ケーニスは狩猟用ナイフをしきりに砥ぎ直していたし、デントスはヴェーリンが隠し持っていた干肉の切れ端を譲り受け、じっくりと噛みしめていた――極度の空腹にはそれぐらいのほうが良く、一気の大食いは身の毒だと理解していればこそだった。

「無事に戻れるとは思わんかったわ」デントスがぽつりと声を洩らした。「このまま死ぬんかなぁと何度思ったことやら」

「ぼくと一緒に出たブラザーたちは誰も帰ってきてない」ヴェーリンが言った。「マスター・ヒュトリルが言うには、嵐のせいだってさ」

「騎士団は少数精鋭っていう意味が分かってきたよ」

翌日は彼らがこれまでに経験したこともないほどの安楽さだった。ヴェーリンはすぐにまた苛酷な日常が始まるのだろうと覚悟していたが、ソリスは午前中いっぱいを手話の訓練に充てた。ヴェーリンは短期間ながらもセラやエルリンの流麗な手話に接したおかげで、多少なりとも上達したという実感があった――ケーニスに遠く及ばないのはあいかわらずだったが。午後は剣術で、ソリスは新しい訓練法を用意していた。腐った果物や野菜を間断なく彼らに投げつけ、木剣で打ち払わせたのである。彼らはたちまち異臭にまみれてしまったが、痣も鼻血も珍しくない訓練と比べれば遊んでいるようなものだ。

やがて、夕食の時間になり、彼らはいたたまれないような沈黙の中でテーブルについた。食堂はいつになく静かで、そこかしこに空席が目立ち、雑談を交わす気分さえも萎えてしまう。先輩たちがときおり向けてくる視線には同情、あるいはひそかな愉悦が感じられたものの、その場にいない面々についての話題がもちかけられることは決してなかった。ミケールの葬儀が終わった直後もこんな雰囲気だったとはいえ、今回は規模が違う。すでに死亡が確認された者もいれば、まだ安否も分からないままの者もいる。ヴェーリンたちは午後の訓練でしみついてしまった堆肥さながらの臭いについて愚痴をこぼしあったが、それをきっかけに話が弾むようなことにはならなかった。彼らはロールパンやリンゴをいくつかマントの下に隠し、塔の部屋へひっこんだ。

すっかり暗くなったにもかかわらず、新たに戻ってきた仲間はいない。ヴェーリンの心の中にも、生き残ったのは今ここにいるだけで全員なのかという諦めがこみあげてきた。みんなを笑わせてくれるバルカスはもういない、ノルターのうんざりするような父親自慢も二度と耳にすることはないだろう。まったくもって心の寒くなるような見通しだ。

彼らがようやくベッドにもぐりこもうとしたとき、石敷の廊下から足音が聞こえてきたので、全員がささやかな期待をこめて動きを止めた。

「リンゴふたつ、バルカスに賭けた」デントスが言った。

「乗った」ケーニスが応じた。

「よぅ、諸君！」ノルターが意気揚々と呼びかけ、装備一式を自分のベッドに放り出す。ケーニスやヴェーリンよりは肉が落ちていたものの、デントスほどにやつれきってはいない。ただ、その眼は疲労のあまり真赤だった。どう考えても本調子ではないだろうが、機嫌は良さそうで、誇らしげな雰囲気さえ漂わせている。

「バルカスはもう帰ってきたか？」彼は服を脱ぎながら尋ねた。

「いや、きみが先だよ」ケーニスが答え、デントスに笑いかけてみせると、相手はおもしろくなさそうに口許をゆがめた。

替えのシャツに首を通したノルターの姿を眺めながら、ヴェーリンは以前と違う点があることに気付いた。長玉のビーズのようなものが並ぶネックレスをひっかけているのだ。

「それ、どうしたんだい？」彼はそのネックレスを指し示した。

ノルターは満悦の表情を浮かべ、勝利感と期待感をあらわにしてみせた。「熊の爪さ」

ざっくばらんな一言に、ヴェーリンは彼がさぞかし長い時間をかけてその台詞を練習してきたのだろうと感心させられてしまった。そして、黙っていればノルターが勝手に独演会を開いてくれるだろうと思ったのだが、デントスがすかさず横槍を入れた。

「熊の爪のネックレスとな。そんで？　嵐にやられて行き倒れとった誰かさんから奪ってきたかね？」

「そうじゃない——おれが自分で熊を殺して、その爪を剝いで作ったんだ」

ノルターは着替えを続けながら、周囲の反応に対して無関心を装っていたものの、ヴェーリンの目には彼の内心の喜悦が透けて見えるようだった。

「熊殺しとは、おそれいったね！」デントスが鼻で笑う。

ノルターは肩をすくめた。「信じるも信じないも、おまえの勝手さ」

少年たちは黙りこくってしまった。デントスもケーニスも好奇心はありありとしていたが、訊くに訊けない様子だった。いつまでも話が進まないことにうんざりして、ヴェーリンはその場の緊張を破った。

「なぁ、ブラザー」彼はノルターに話しかけた。「どうやって熊を殺したのか、聞かせてくれるんだろ」

「眼に矢をぶちこんでやったのさ。おれが仕留めた鹿を横取りしやがって。ありえないだろ？　熊は冬眠するって聞いてたけれど、でたらめもいいところだ」

「よほどのことがないかぎりは目を覚まさないって、マスター・ヒュトリルも言ってたっけな。きっと、きみが遭遇したやつは特例中の特例だったんだと思うよ、ブラザー」

ノルターは奇妙な表情を彼に向けた。冷然たる優越感はあいかわらずだったが、訳知り顔はこれまでになかったものだ。「本当のところ、おまえが今もこの場にいることは驚きだと言わずにいられないぜ、ブラザー。試練のさなか、ひとりの猟師と顔を合わせてな。いかにも酒癖の悪そうな荒くれ者だったけれど、世間の動きをいろいろと聞かせてくれたよ」

ヴェーリンは口をつぐんでいた。自分の父が国王からの恩典を受けることになった件について、彼はあえて仲間たちに何も言わなかったのだが、ノルターはこちらの事情に配慮するつもりなど毛頭なさそうだった。

「元帥が辞任したという話だろ」ケーニスが言葉をさしはさんだ。「あぁ、ぼくたちも聞いているよ」

「噂じゃ、陛下からの恩典があるとかで、騎士団にいる息子を連れ戻したいと望んでなさるそうだがね」デントスがつけくわえた。「けんど、元帥に息子はおらんかったはずで、どこの誰と間違えよったんかな？」

（みんな、知ってたんだ）ヴェーリンはようやく気付いた。（ぼくが戻ってくるよりも先に話が伝わってたせいで、あんなに口が重かったんだ。ぼくがいつ領館を去るのかと思ってたんだ。マスター・ソリスのほうから、とりあえず今夜はここにいると説明があったにちがいない）騎士団の同僚たちに対して隠し事など、できるはずがないということか。

「分かるもんか」ノルターも負けじと言い返す。「元帥の息子とやらが本当にいるとして、居心地の良い家に帰る機会が与えられたら、大喜びでここから出ていくだろうさ。おれたちには望むべくもないけどな」

沈黙が室内を支配した。デントスとノルターはおたがいに憤然と睨み合い、ケーニスはいたたまれない様子でそわそわしている。ヴェーリンはおもむろに口を開き、「一撃必殺の弓矢だったわけだな、ブラザー。熊の眼を射抜くなんて、簡単なことじゃないぜ。そいつに襲われたのかい？」

ノルターは怒りをこらえるように歯をくいしばった。「あぁ」

「みごとな自制心じゃないか」

「ありがとうよ、ブラザー。そっちはそっちで、話の種になりそうなこともあったんだろ？」

「邪宗の徒の二人組が逃げてきたんだけれど、その片割れは他人の心を捻じ曲げる能力があるらしい。それから、二頭のヴォラリアン・スレイヴハウンドを殺して、もう一頭はここへ連れ帰ってきた。あぁ、その〈拒絶者〉たちを追いかけてるブラザー・テンドリスとブラザー・マクリルにも会ったよ」

ノルターはシャツをベッドに放り投げると、がっしりとした両手を腰に置き、いつもながらの渋面に戻った。その自己抑制ぶりは感服に値するほどで、落胆の色をうまく覆い隠していたものの、ヴェーリンの目をごまかすことはできなかった。ノルターにしてみれば、今頃は勝利感に浸っているはずだったのだろう——熊殺しの実績をひっさげて領館へ凱旋し、ヴェーリンがいなくなることも既定の事実と思いこんでいたにちがいない。まだ若いとはいえ、これまでの人生で最良の瞬間を迎えようとしていたのだ。しかし、ヴェーリンがせっかくの機会を拒んだせいで、ノルターの望みは叶えられず、おまけに、今回の試練をめぐる冒険譚の印象も薄れてしまった。そんな彼の立ち姿を眺めながら、ヴェーリンはその体軀に驚かされた。まだ十三歳とはいえ、ずいぶん大人っぽい肉付きになっている――筋骨隆々として無駄がなく、いかにも男前な佇まいだ。父親である宰相もさぞかし息子を誇らしく思うにちがいない。騎士団の外で暮らしていたら、王宮界隈でひとつふたつは恋の鞘当てもあったことだろう。だが、現実はここで戦士になり、信念のために身を捧げるしかない。その人生を自分自身で選んだわけでもないのに。

「毛皮は？」ヴェーリンが尋ねる。

ノルターは面食らったように顔をしかめた。「何だって？」

「熊の毛皮だよ、剝ぎ取ったりしなかったのか？」

「できるかっての。嵐の中だったし、あんな巨体をそっくりそのまま隠れ処まで持ち帰るのも不可能だからな。爪を剝ぐ程度のことなら、前足を切り取るだけで充分だろ」

「あぁ、賢明な判断だと思うよ、ブラザー。いずれにしても、みごとな猟果じゃないか」

「そうさなぁ」デントスも口を開く。「ケーニスのワシフクロウだって悪くなかろうとよ」

「ワシフクロウ？」ヴェーリンが言葉を返す。「ぼくなんか、スレイヴハウンドを屈服させたんだぜ」

彼らはひとしきり熱い議論を戦わせ、ノルターもそこに加わって、デントスの痩せっぷりを容赦なく槍玉に挙げた。そんなこんなで兄弟の絆を再確認できたとはいえ、まだ充分ではなかった。彼らはまた誰かが帰ってくるのではないかという期待を胸に、ふだんより遅くまで起きていたものの、疲労には勝てなかった。ヴェーリンはたちまち夢も見ずに熟睡したが、やがて、突然の叫び声で眠りを破られ、反射的に狩猟用ナイフを手探りした。暗闇に目を凝らすうち、隣のベッドにいかつい人影が見えたので、彼は動きを止めた。

「バルカス？」彼はかすれきった声で呼びかけた。

低い唸り声が返ってきたものの、その人影は動く気配もない。

「いつ戻ってきたのさ？」

無言。バルカスはじっと座りこみ、押し黙ったままだった。ヴェーリンは毛布にくるまっていたい欲求をどうにか抑え、上体を起こした。「なぁ、どうかしたのかい？」

なおも沈黙ばかりが続いたので、ヴェーリンはいよいよソリスを呼びに行くべきかと思ったが、そこでようやくバルカスが口を開いた。「ジェンニスが死んだ」その声はいかなる感情も欠け落ちてしまったかのように冷たかった。バルカスはつねに喜怒哀楽がはっきりとして、表情も声調も豊かな少年だった。ところが、今はそれが完全に失われ、冷然たる事実を告げているにすぎない。「あいつ、樹氷みたいに立ったまま凍死してやがった。マントをひっかけてもいなかった。死に場所を求めてたんじゃないのかな。ミケールが死んでからは人が変わっちまったみたいだったし」

ミケール、ジェンニス……あと何人？　いずれ、誰もいなくなってしまうのではないだろうか？　（こんなときには怒りを感じるのが当然なのかもしれない）そんな思いが彼の脳裏をよぎる。

しかし、怒りはまったく湧き起こらず、（ぼくたちはまだ半人前なのに、試練のたびに誰かが死んでいくなんて）あるのは疲れと悲しみだけだった。（どうして、教官たちを憎むことができないんだろう？　どうして、騎士団そのものを嫌いになれないんだろう？）

「もう寝なよ、バルカス」彼は僚友に声をかけた。「朝になったら、死んだブラザーのために祈りを捧げよう」

バルカスは身震いをして、両腕で自分の身体を抱きすくめた。「あの光景が夢に出てくるんじゃないかと思うと、怖くてたまらないぜ」

「そりゃ、ぼくだって同じだよ。でも、ぼくたちは騎士団の一員として、揺るぎない信念を奉じてる。〈逝きし者〉がぼくたちを苦しませたりするもんか。彼らが見せてくれる夢に導かれることはあっても、傷つけられることはないさ」

「おれは食うや食わずだった」バルカスの眼には涙が浮かんでいた。「すっかり腹が減っちまって、ジェンニスが死んでるのを発見したときも、あいつを悼んでやる余裕なんてなかった。それどころか、食い物を持ってるんじゃないかと、あいつの懐をひっかきまわしちまった。そのあげく、何もなかったんで、思わず呪っちまった。死んだブラザーを悼むどころか、呪ったんだ」

暗闇の中で泣きじゃくるバルカスを、ヴェーリンはただ茫然と凝視するばかりだった。

(在野の試練か)彼は心の中で呟いた。(試されていたのは、むしろ心魂だったのかもしれない。飢えは人間のさまざまな弱さを剝き出しにするものなんだ)「きみがジェンニスを殺したわけじゃないだろ」彼はおもむろに言葉を返した。「〈逝きし者〉の魂を呪うことはできないよ。彼がそれを聞いてたとしても、厳しい試練のせいだと分かってくれたはずさ」

言葉を尽くしての説得が続いたあげく、バルカスは一時間ほどもすると疲労に屈し、ようやくベッドにもぐりこんだ。ヴェーリンも自分のベッドに戻ったものの、すでに眠気はどこかへ失せてしまっていたので、睡眠不足でぼんやりしたままの一日を送るしかないと諦めていた。(マスター・ソリスの笞が待ってるぞ)彼は覚悟を決めた。彼は身体を横にしたまま、今回の試練に、そこで死んだ仲間に、セラとエルリンに、マクリルの涙に、バルカスの泣き顔に、とりとめもなく思いを巡らせた。騎士団にはふさわしくない心の動きだろうか？　それに対する自答がだしぬけに降って湧いたとたん、彼は愕然としてしまった――〝さっさと親許へ帰れば、心を縛られずに済んだはずだぞ〟。

彼はベッドの上で身をよじった。いったいぜんたい、どこからそんな考えが浮かんだのだろうか？　親許へ帰る？　「ぼくに父親はいない」彼が思わず声を上げたので、バルカスが呻き、うっとうしげに寝返りを打つ。部屋の反対側にいるケーニスも眠りを乱されたとばかりに大きく溜息をつき、頭のてっぺんまで毛布をひっかぶった。

ヴェーリンも毛布に隠れ、安らぎを求めるように、眠りの訪れを待ち侘びるように、同じ言葉を反芻するばかりだった——〝ぼくに父親はいない〟。

4

春、まだ雪の残る屋外訓練場がくっきりと新緑に萌えはじめる頃、ソリスによる稽古はいよいよ厳しさを増し、少年たちの技倆《ぎりよう》は日を追うごとに向上しつつあったが、それに比例して痣の数も増える一方だった。そして、オナスル月の末になり、新たな課程が加わった――〈知の試練〉にそなえて教鞭を執ったのはグリーリンである。

毎日、彼らは広大な貯蔵庫をさんざん歩き回らされ、騎士団の歴史講座も受けなければならなかった。教官はどうやら天性の語り部らしく、過去の偉業や英雄的行為や正義などをありありと活写する話術で彼らを魅了し、途中で声を洩らす者さえもいないほどだった。ヴェーリンもそれらの物語に心を惹かれはしたものの、開拓や会戦にまつわる話が次々と出てくる一方、無名の〈拒絶者〉たちが辺境までも追われ、あるいはブラックホルドで虜囚の身となる顚末については何も聞けなかったので、すっかり興味を削がれてしまった。毎回、講座の終わりに、グリーリンはそこまでの話がしっかりと頭に入ったかどうかを試す質問をぶつけた。そして、正解できた者には飴玉を与え、答えられなかった者には悲しげに首を振ってみせ、落胆もあらわに短評を添える。グリーリンはどの教官よりも柔和で、少年たちを叱るにも笞など使わず、言葉と仕種でたしなめるだけだった。ほかの教官たちは呪いの言葉や罵詈雑言を浴びせることもあり、声を失ったスメンティルもときには手話で彼らを激しく責めたてるが、それさえもない。

「ヴェーリン」第一次統一戦争でのバスレン城攻防戦について語ったところで、グリーリンは彼を指名した。「僚友のブラザーたちが門を閉ざすまでの時間を稼ぐために橋を死守したのは誰だったかな？」

「ブラザー・ノルネンです」

「よろしい。ほれ、バーレイシュガーをあげよう」

グリーリンがそんな調子で誰かにそれを手渡すたびに自分も一個つまんでいることを、ヴェーリンはすでに見抜いていた。「では、次」グリーリンはバーレイシュガーを口の中で転がしながら、いささか舌足らずな口調で出題を続けた。「その会戦におけるカンブレール軍の司令官の名前は？」彼はひとしきり少年たちの顔に視線を巡らせ、受難者を探し求めた。「デントス？」

「えぇと、ヴェーリグです」

「おやおや」グリーリンはトフィーをひとつ手に取り、大きな頭を嘆かわしげに振ってみせた。「デントスにはご褒美なしか。実際のところ、おまえさん、今週はいくつのご褒美を得られたんだっけな、若きブラザー？」

「からっきしだがね」デントスが呟く。

「わしも耳が悪くなっちまったようだな、聞こえるように言ってくれんか？」

「ひとつもありません、マスター」デントスは声を張り上げ、貯蔵庫いっぱいにその言葉を響かせた。

「ひとつもないか。うむ。ひとつもない。そういえば、先週もそうだったような気がするぞ。違ったかね？」

デントスはまるでソリスに笞打たれるほうがましだといわんばかりの表情になった。

「おっしゃるとおりです、マスター」

「ふぅむ」グリーリンはそのトフィーを口に放りこむと、いかにも美味そうに顎を動かした。「もったいない。せっかくの上等なトフィーだというのに。ケーニス、きみなら期待できそうだな」

「バスレン城の攻略にあたったカンブレール軍の司令官はヴェルリンです」ケーニスの言葉はいつもどおり歯切れが良く、答えも正しかった。ヴェーリンが思うに、彼は騎士団の歴史について、グリーリン以上ではないにせよ同等の知識が頭に入っているのかもしれない。

「すばらしい。クルミの砂糖漬けをあげよう」

「あんちくしょう！」その晩、デントスは夕食の席で忿懣をぶちまけた。「知ったかぶりの太っちょ野郎め。二百年も前の暴れん坊どもが何をしたとか、それがどうだっちゅうね？　うちらにゃ何の関係もなかろ？」

「過去を学べば現在の導きを得られる」ケーニスが引用した。「先人たちを知ることによって、ぼくたちの信念はひときわ強くなるんだよ」

デントスはテーブルごしに彼を睨みつけた。「おぅ、すっこんどれ。あの脂玉のお気に入りだから言えるこっちゃが。〝はい、マスター・グリーリン〟」――彼はケーニスの穏やかな口調そっくりな声音でみんなを驚かせ――「〝便所前の攻防戦は二日間にわたって続き、ぼくたちぐらいの哀れな小童が何千人も糞まみれで生命を落としました。その砂糖菓子を戴けるなら、あなたのお尻も喜んで拭かせていただきます〟ってか」

デントスの隣で、ノルターも悪意のこもった忍び笑いを洩らす。

「言葉は選びたまえよ、デントス」ケーニスが警告した。

「ほかに何があるとね？　おんしの話はいつだって、国王がどうとか王子がどうとか、おもしろくもない……」

ケーニスは目にも留まらぬ早業で、体操の鍛錬さながらにテーブルを跳び越え、そのままデントスの顔面めがけて両足の靴底を叩きつけた。両者がもつれあって床に崩れ落ちるあいだにも、蹴りをくらったデントスの鼻血が宙を舞う。時間にすれば短い喧嘩だったが、実戦的な格闘術を体得している者同士のそれは危険に満ちており、常日頃はどんなに激しい口論があっても腕力勝負だけは避けることを第一に考えるのだ。ほどなく、周囲の手によって引き離されたとき、ケーニスは歯と指が一本ずつ折れていたし、デントスのほうも鼻がつぶれ、脇腹も痣だらけになっていた。

ふたりは騎士団の医師であるヘンタルの許へ連れていかれ、傷の手当を受け、医務室の端と端に隔てられたそれぞれのベッドで横になったまま、なおも睨み合っていた。

「何があった？」ソリスは医務室の外でヴェーリンに尋ねた。

「見解の不一致によるものです、マスター」ノルターが口にしたのは、こういう場合に使われる常套句だった。

「きさまには訊いておらんぞ、センダール」ソリスがはねつけた。「部屋へ戻っていろ。ジェシュア、きさまも同じだ」

バルカスとノルターは何か問いたげにヴェーリンを一瞥するや、さっさとひきあげた。少年たちの〝見解の不一致〟をマスターたちが詮索するというのは珍しい。若者の集団には喧嘩がつきものだ。

「で？」ふたりの姿が見えなくなったところで、ソリスはあらためて水を向けた。

しばし、ヴェーリンは適当にごまかそうかと思ったものの、ソリスの怒りに満ちた視線から、それがまったくもって賢明でないことを悟った。「今回の試練についてです、マスター。ケーニスは大丈夫でしょうが、デントスは無理かもしれないと感じているのでしょう」

「それで、きさまはどう対処するつもりだ？」

「ぼくがですか、マスター？」

「われわれは騎士団の中でひとりひとり異なる役割を負っている。ほとんどの面々にとっては戦うことだが、邪宗の徒を追って王国全土を駆け巡る者たちも必要だし、陰から陰へと秘密任務をこなす者たちも必要だし、後進を鍛え育てる者たちも必要だし、さらに、ごく少数ではあるが、彼らを統べる者も必要だ」

「ぼくが……統べる者に？」

「それがきさまにふさわしいと、管長は考えておられるようだ。そうした彼の推察が外れることはめったにない」彼は肩ごしにヘンタルの職場をふりかえった。「仲間たちの殴り合いを傍観しているばかりでは、統率力など体得できるはずもない。あるいは、試練に落ちそうな者を放置しておくというのも同じことだ。きさまが収拾をつけろ」

ソリスはそこまで言うと、静かに歩み去った。ヴェーリンは石壁にもたれかかり、重い溜息をついた。（統率力か。ぼくはどこまで重荷を背負いこまされるんだろう？）

「おまえたちときたら、年を経るごとに荒っぽさが増していくな」ヴェーリンが医務室に入ると、ヘンタルが朗らかに語りかけてきた。「三年の頃はせいぜい痣をこしらえる程度だったというのに。われわれの鍛え方があまりにも効果的であるせいか」

「あなたの知性には深く感謝するばかりです、マスター」ヴェーリンが答えた。「ブラザーたちと話をしてもよろしいですか？」

「ご自由に」彼は脱脂綿の小さな塊をデントスの鼻に詰めた。「血が止まるまで、そのままだぞ。口に流れ落ちてきた血は呑みこまずに吐き出しなさい。ただし、盥《たらい》からこぼさないこと。床を汚すようなことがあったら、あちらのブラザーに殺されてしまったほうが良かったと思うほどの目に遭わせてあげよう」彼がそう釘を刺して部屋から出ていくと、少年たちは重苦しい沈黙の中に取り残された。

「どんな具合だ？」ヴェーリンがデントスに尋ねた。

デントスはくぐもった声を絞り出した。「鼻ぁ折ぇでるっと」

ヴェーリンは視線をひるがえし、片手にがっちりと包帯を巻かれたケーニスの姿を眺めた。「きみはどうだ？」

ケーニスは指を覆う包帯を眺めた。「マスター・ヘンタルはすぐに関節を嵌め戻してくれたよ。ただ、しばらくは痛むだろうって言われた。一週間かそこらは剣を持てそうにないね」彼はいったん言葉を切り、ベッド脇に置かれた盥のほうへ身をのりだし、血の混じった唾を吐いた。「歯も一本欠けちゃったんで、抜いてもらうしかなかったのさ。脱脂綿で血止めして、レッドフラワーで痛みを抑えてるところだよ」

「効いてるかい？」

ケーニスはわずかに顔をしかめた。「期待外れだな」

「しょうがないさ。それに見合うだけのことをやらかしたんだ」

ケーニスの顔に怒りの色がよぎる。「あいつが何を言ったか、きみだって……」

「あぁ、ぼくも聞いてたさ。その前にきみが言ったことも聞いてた。彼が試練の結果を心配してるのを承知のうえで、わざわざ講釈を垂れたじゃないか」ヴェーリンはデントスをふりかえった。「きみのほうにも、無用の挑発があったね。おたがいに傷を負わせるなんて、鍛錬の場だけでも充分すぎるだろうに。そこでやりあうだけで満足してくれよ」

「バカにされだぁ、黙っどれんぁ」デントスが声を荒らげる。「いづも偉そうに何か言いやがんぇ」

「だったら、むしろ彼に学ぶべき点もあるんじゃないのかな？　彼には知識があって、きみはそれを身につける必要がある。教えてもらうには絶好の相手だろ？」ヴェーリンはデントスのかたわらに座りこんだ。「次の試練に合格できなきゃ、きみはここから出ていくしかない。そんなことで納得できるか？　ニルセールへ戻って、叔父さんの闘犬の世話を手伝って、酒場の酔っ払いたちを相手に第六騎士団の候補生だったと吹聴する、それで満足なのかい？　まぁ、一目置かれるにちがいないとは思うけれどね」

「そこぁ邪魔だぁ、ヴェーリン」デントスは上体を起こすと、大きな血痰の塊を足元の盥に吐き捨てた。

「ふたりとも、ぼくがここに留まる理由はなくなったのを知ってるよな」ヴェーリンが言った。「それでも残ることにした理由は何だと思う？」

「お父上を憎んでるからだろ」ケーニスはおなじみの建前を忘れてしまったかのように答えた。

ヴェーリンは自分の心がそんなにもはっきりと看破されていたことに驚きつつ、とっさに反駁したくなるのを堪えた。「簡単に出ていけるような気分じゃなかったのさ。外の世界へ戻って、いつの日か、昔の仲間がどこそこで亡くなったとかいう噂話を聞くだけの暮らしには耐えられないと思ったのさ。ぼくがここに残っていたら助けてやれたかもしれないとか、そんな後悔をしたくなかったのさ。ぼくたちはミケールと死に別れ、ジェンニスとも死に別れた。これ以上は誰にも死んでほしくない」彼は立ち上がり、扉のほうへと足を向けた。「ぼくたちはもう幼い子供じゃない。くだらないことはやめようぜ。きみたち次第ではあるけれどね」

「ごめんよ」ケーニスが間髪をいれずに謝った。「お父上がどうとか言ったりして、ぼくが悪かった」

「ぼくに父親はいない」ヴェーリンが言葉を返す。

ケーニスは笑い声を上げ、そのはずみで血の混じった涎が口許を濡らした。「あぁ、ぼくもそうさ」彼は視線をひるがえすと、自分の血で汚れた上着をデントスめがけて投げつけた。「きみはどうだい、ブラザー？　父親は？」

デントスも破顔一笑し、ふたたび鼻血を溢れさせた。「一ポンドの金塊をもらえるとしたって、ろくでなしにゃ縁はないね！」

少年たちの笑い声は医務室いっぱいに響きわたり、いつまでも続いた。それが痛みを抑え、やがて忘れさせた。つらさを吐露することなく、笑い飛ばしたのだ。

彼らは率先してデントスの勉強を手伝うようになった。デントスはあいかわらずグリーリンの講義がおよそ頭に入らないままだったので、日々の鍛練が終わると、毎晩のように騎士団の歴史を語り聞かせ、彼が心底から理解できるようになるまで幾度となく復誦させた。長時間にわたる鍛錬の後とあって睡魔が襲ってくる時間帯、気力も体力も削り取られていく難行ではあったが、彼らは確固たる決意でそれを敢行した。いちばんの物知りはケーニスということで、彼にかかる負担はとりわけ大きかったものの、短気ではあるが勤勉な教師ぶりを発揮した。日頃は穏やかな彼も、どうしようもないほど覚えの悪いデントスには少なからず忍耐力を試されることになった。あるいは、騎士団の歴史を知り尽くしているわけではないにせよ充分といえる程度に学んできたバルカスも、笑いを誘うような逸話をあれこれと披露した――たとえば、武器を失ってしまったブラザー・ヤルナがすさまじい放屁一発で敵を失神させてのけたというような。

「おならのブラザーについて出題される可能性はないと思うけれど」ケーニスが顔をしかめてみせた。

「そうと決まったわけじゃないさ」バルカスが言葉を返す。「歴史の一部であることに違いはないだろ？」

驚いたことに、もっとも教師にふさわしそうなのはノルターだった。語り口そのものに技巧はなくとも、耳に入りやすいのだ。デントスの記憶力さえも刺激するそれは一種の異能だった。ほかの面々のように語り聞かせと復誦をくりかえすかわり、彼はところどころでデントスに問いを与え、物語の含意を考えるように仕向けたのである。いつもの自慢話もすっかり影を潜め、相手の無知蒙昧を嘲ろうともしなかった。ヴェーリンはかねてからノルターに対して批判的だったが、彼もこの仲間たちの絆を守ろうとしているのだということを認めないわけにはいかなかった――騎士団での暮らしは苛酷なもので、仲間がいなければ耐えられなくなってしまうにちがいない。ただし、成果を上げたとはいえ、ノルターの選択肢はいささか幅が狭く、それも、笑い話を好むバルカス、信念の正しさを描いた寓話を好むケーニスと異なり、悲劇に偏りがちだった。彼は騎士団の挫折を滔々と語る――ウルナル要塞の陥落を、あるいは騎士団随一の戦士と称えられながらも恋人の裏切りに遭って敵の手に落ちた偉大なるリサンデルの最期を。ノルターの嘆きの物語はどこまでも続き、そのうちのいくつかはヴェーリンが初めて聞くもので、この金髪のブラザーによる創作なのではないかと思えてしまうこともあるほどだった。

犬舎にいるスクラッチの世話という毎晩の仕事をかかえているヴェーリンは、デントスの学習がどれほど実っているかを週末ごとに確かめる試験官の役割を引き受けた。矢継早に問題をぶつけ、考える暇もなしに答えさせるのだ。デントスの学習はまだこれからという段階で、うまくいかないことだらけだったが、もう何年間も無知の状態に安住してきた彼がこの数週間はとにもかくにも頑張っている。おかげで、グリーリンの講座でもときには褒美をもらえるようになり、そのたびに当の講師を驚かせた。

プレンスル月に入ると、試練の期日はもうすぐそこで、グリーリンも少年たちに修了を告げた。

「知識こそがわしらを形作っているものだ、小さきブラザーたちよ」彼の顔にいつもの笑みはなく、口調も真剣そのものだった。「それがあればこそ、人は誰しも人でいられる。わしらは持てる知識をふまえて行動し、あらゆる事柄についての判断を下す。残された数日間、これまで学んできたことをじっくりと反芻しなさい。名前や日付を憶えておけば良いというものでなく、理由を考え、意義を考えることが大切だ。この騎士団の歴史の概略を、その存在意義を、その実績を、わしはできるかぎり教えてきたつもりだ。お前さんたちの大半にとっては、すべての試練のうちで最大の難関ということになるだろうし、魂を丸裸にされてしまうかのように感じる者もいるだろう」彼は厳然たる笑みを浮かべてみせたあと、いつもの快活さを取り戻した。「よし、それじゃ、小さな戦士たちに最後の贈り物をくれてやるとしようか」彼は大きな菓子袋をつかむと、座席沿いに歩きながら、少年たちにその中身を手渡していった。「よく味わっておけよ、諸君。一人前のブラザーにはおよそ縁のない代物だからな」それから、彼は重い溜息とともに踵を返し、ゆっくりと貯蔵庫の奥へ行き、静かに扉を閉めた。

「何を言いたかったんだ？」ノルターが首をかしげる。

「ブラザー・グリーリンはかなりの変人だからね」ケーニスが肩をすくめた。「ハニードロップとシュガービーン、ひとつずつで交換しないか？」

ノルターは鼻を鳴らした。「ハニードロップなら少なくとも三つはもらわなきゃ……」

ヴェーリンも誰かと交換したい気持はあったものの、思いとどまり、それらをそのまま犬舎へ持っていくと、スクラッチが大喜びで彼を迎え、虚空に投げ上げられた菓子をかたっぱしから口で受け止めた。一度たりとも失敗することなく。

立夏を二日後に控えたフェルドリアン曜の朝、試練が始まった。合格者たちは騎士団に留まる権利を認められるばかりでなく、ヴァリンズホルドでの夏祭に行っても良いのだとか——騎士団の門をくぐってから初めての外出許可というわけだ。ただし、落第すれば所定の金貨を与えられ、退去を命じられることになる。今回ばかりは、先輩たちからの忠告や与太話もまったく聞こえてこない。むしろ、〈知の試練〉に対する違和感と不快感を隠そうともしていないようだ。いくつか教わりたいことがあっただけなのに、どうして怒りをぶつけられなければならないのか、ヴェーリンには理解できなかった。

「〈北の深き森〉を踏破した唯一のブラザーは？」食堂へ行く途中、彼はデントスに問いかけた。

「レサンデル」デントスが胸を張って答える。「そんぐらいは簡単だなや」

「三代目の管長は？」

デントスはその場で足を止め、眉間に皺を寄せて記憶の糸をたぐった。「カルリスト？」

「探りを入れただけかい、それが答えってことで良いのかい？」

「答えたんよ」

「そうか。うん、正解だ」ヴェーリンが彼の背中を叩き、ふたりはあらためて中庭を渡りはじめた。「なぁ、デントス、その調子ならきっと合格できるさ」

少年たちは午後から始まる試練のため、南壁にある小部屋の外で一列に並んだ。ソリスは彼らにおとなしくしているよう釘を刺し、バルカスが最初だと告げた。バルカスは何か冗談を言おうとしたようだったが、ソリスの重々しい表情に威圧され、一礼しただけで小部屋へと入っていった。ソリスがその扉を閉める。

「ここで順番を待て」それが彼の指示だった。「試練が終わった者から食堂へ来い」彼が立ち去ると、少年たちは小部屋につながる樫材の扉を注視するばかりだった。

「あいつなら大丈夫じゃろ」デントスの言葉はいささか弱々しかった。

「本当にそう思うか？」ノルターが訊き返す。彼は扉の前でしゃがみこみ、その厚板に片耳を押し当てた。

「何ぞ聞こえっかい？」デントスが囁いた。

ノルターは首を振ると、ふたたび立ち上がった。「これだけ頑丈な扉じゃ、話の内容までは分からないな」彼はマントの懐に手をつっこみ、一フィート四方ほどの松材の板を取り出した。中心には直径一インチの黒い丸が描かれ、そこいらじゅうに無数の傷がある。

「ナイフ投げはどうだい？」

ここ数カ月、彼らのもっぱらの遊びといえばナイフ投げになっていた。板の中心めがけて順番に投げ合い、腕前を競うのだ。勝者はその場で使われたナイフすべてを獲得できる。応用編もいろいろとあって、標的の板をそこいらの壁に立てかけるも良し、屋根の梁から綱で吊り下げ、前後左右に揺れるところを狙うも良し、遠投するも良し、刃に回転をかけるも良し。騎士団において、ナイフはある種の代用通貨としての役割を果たしており、さまざまな品々との交換はもちろん、贈り物に使われることもあるし、数多く保有しているブラザーには人望も集まりやすい。それ自体は何の変哲もない六インチの三角刃に安っぽい柄をつけただけの、鍔をひとまわり大きくしたような代物だ。彼らが三年次を迎えたとき、グリーリンは初めてそれを与えた。各自に十本ずつ、六カ月ごとに新品がもたらされる。使い方についての指導はなく、彼らはひたすら先輩たちの姿を見ながら要領を覚えていった。当然といえば当然だろうが、弓矢の腕前はそのままナイフ投げにも反映され、保有数がもっとも多いのはデントスとノルターで、両者に迫る第三位がケーニスだった。ヴェーリンの勝率は一割程度にすぎないものの、着実に上達しつつあるという自覚はあった。対照的なのがバルカスで、まだ一度たりとも勝っておらず、それでもどうにかナイフの数を維持できているのは、盗みで得たあれやこれやの取引がうまくいっていればこそだった。

「くそたわけ、完全にやりそこなったわ！」板を立てかけた壁にぶつかって火花を散らした自分のナイフを眺めながら、デントスが憤然と声を洩らした。緊張感ゆえに手元が狂ってしまったのだろう。

「失格第一号だな」ノルターが告げた。板に当てることもできなかった者はその勝負から除外され、ナイフが人手に渡るのを見ているしかない。

次に投げたのはヴェーリンで、黒丸の縁にナイフを突き立てた。彼にしては上出来なほうである。ケーニスは標的を捉えきれず、勝者はほぼ中心に命中させたノルターだった。

「腕が良すぎるってのも悩みの種でね」彼はせしめたナイフを回収しながら言った。「観客に徹するほうが、みんなにとっちゃ公平かもしれないと思うよ」

「言っとれ！」デントスが吐き捨てる。「おんしだって、何度もわしに負けよったじゃろ」

「勝ちを譲ってやったのさ」ノルターがやんわりと言葉を返す。「それぐらいのことがなきゃ、何も楽しくないもんな」

「そうかい」デントスは腰のナイフを取ると、滑らかな動作で投げた。ヴェーリンが見てきたうちでも最高の一投は寸分違わず板のど真ん中を捉え、柄まで深々と埋まった。「おんしの番だで、おぼっちゃんよ」デントスはノルターに呼びかけた。

ノルターは片眉を上げた。「今日はよっぽど運が良いみたいだな、ブラザー」

「運なんぞ知ったことかい。ほれ、投げっか、負けを認めっか？」

ノルターは肩をすくめ、ナイフを構え、じっくりと板を注視した。それから、ゆっくりと腕を引いたところで手首を一閃させ、標的めがけて白銀の軌道を描く。金属同士がぶつかるキィンという音を残して、それはデントスのナイフの柄に弾かれ、やや離れた床の上に落ちた。

「あぁ、惜しかったな」ノルターが自分のナイフを拾い上げてみると、その刃は切先が欠けていた。「おれの負けだよ」彼はそれをデントスに渡そうとした。

「まぁ、引き分けが妥当さね。わしのナイフが先に刺さっとらんかったら、おんしもど真ん中じゃろ」

「そうは言っても、実際の結果はこれだからな。負けは負けだ」ノルターがなおもナイフを渡そうとしたままだったので、デントスもようやく受け取った。

「こいつは何物にも代えられんと」彼が言った。「この強運のおかげってことで、護符にさせてもらうかね。ヴェーリンが持っとる絹のスカーフみたいにな。誰にも気付かれとらんと思っとるらしいが」

ヴェーリンは呆れ半分で鼻を鳴らした。「盗みの玄人が相手じゃ隠し事はできないってか？」

少年たちはなおもナイフ投げで時間をつぶし、やがて、ヴェーリンの投げ上げる板を空中で狙うという応用編の勝負へと移行した。ケーニスが大当たりを見せ、五本のナイフをせしめたところで、ようやくバルカスが小部屋から出てきた。

「永遠に戻ってこられんかと思っとったがね」デントスが呼びかけた。

バルカスはすっかり意気消沈しており、硬い笑みをわずかに返しただけで歩み去った。

「くそっ」デントスもなけなしの自信がふたたび失せてしまったのだろう、声を落とした。

「へこたれるには早いよ、ブラザー」ヴェーリンが彼の肩を叩く。「さっさと片付けようぜ」彼は口調こそ明るかったものの、内心では不安がこみあげていた。バルカスの態度がどうにも気にかかる。この試練を前にした彼らに対する先輩たちの不愉快そうな沈黙も、ちょうどあんな感じだった。何がそんなに重苦しいのだろうかと思いを巡らすうち、グリーリンの一言が脳裏に蘇った。〝魂を丸裸にされてしまうかのように感じる者もいるだろう〟。

彼は鋼のように自らを律してその扉へ歩み寄りながら、百と一つもの想定問答をしきりに思い浮かべていた。（忘れるな）彼は自分自身に強く言い聞かせた。（カルリストは三代目の管長だ——二代目じゃないぞ。就任式からわずか二日で前任者を暗殺したとされるのも間違いだ）彼は呼吸を整え、震えそうになる掌に力をこめ、ずっしりとした真鍮製の把手を回し、室内へと足を踏み入れた。

天井が低く、小窓がひとつあるだけの、とりたてて特徴のないこぢんまりとした部屋だ。ところどころに蠟燭が立てられているものの、圧迫感のある薄闇を振り払うほどの明るさをもたらしてはいない。いかにも重厚な樫材のテーブルのむこうには三つの人影があり、彼らのローブはいずれもヴェーリン自身の濃紺のそれとは色が異なっている。三人とも第六騎士団の所属ではないということか。ヴェーリンはまたもや動揺がこみあげてきて、それを抑えることもできなかった。（いったい、これはどういう試練なんだ？）

「ヴェーリン」そのうちのひとりが呼びかけてきた。灰色のローブに身を包んだ金髪の女性だ。柔和な笑みをたたえ、テーブルの前に置かれた椅子を指し示す。「おかけなさい」

彼は冷静さを取り戻し、その椅子に腰を下ろした。三人が無言のまま彼を注視しているあいだ、彼もそれぞれの相手を観察することができた。緑のローブをまとっているのは髪の薄い太った男性で、うっすらと顎鬚を生やしているが、グリーリンのような威厳はなく、ブラザーにあるべき芯の強さも感じられず、丸々とした赤ら顔にじっとりと汗をにじませ、口をもぐつかせるたびに頬肉が揺れている。彼の左の手許にはサクランボを盛った器が置かれ、唇の隙間から見え隠れする赤いものの正体もそれだろうと見当がつく。ヴェーリンに対する彼の視線には好奇の色もあるが、それ以上にあからさまな侮蔑がこめられていた。もうひとり、黒いローブの男性はといえば、こちらも同じく髪は薄いものの体型はきわめて対照的で、やつれているかのように見えてしまうほど痩せている。その面持ちは太身の男よりもなおヴェーリンをおちつかなくさせるもので、ブラザー・テンドリスを思い出させる盲目的な信念への献身がありありと感じられた。

　しかし、もっとも存在感が際立っていたのは、灰色のローブに身を包んでいる女性である。歳の頃は三十代だろうか、肩まで伸びた黄金の髪に飾られている骨格のはっきりとした顔はどことなく親近感を与えてくれる。そして、とりわけ強い印象を醸し出しているのは彼女の眼で、その輝きには温もりと慈愛が感じられる。ふと、彼はセラの蒼白い顔を思い出した——彼に触れかけた手を寸前で止めたときの優しさを。ただし、セラは不安に満ちていたが、この女性が弱気になるところなど想像もつかない。彼女には凜とした強さがある。管長やソリスと同様の強さだ。ヴェーリンはどうしてもそちらに目を惹かれてしまった。

「ヴェーリン」彼女がふたたび声をかける。「わたしたちが誰なのか、知っていますか？」

彼はあてずっぽうなど何の意味もないと察した。「いいえ」

太身の男が喉を鳴らし、また一粒のサクランボを口に放りこんだ。「物を知らん小僧どもばかりだな」彼はくちゃくちゃと音を立ててその果実を嚙みながら、「おぬしらのところでは、殺人術しか教えておらんのかね？」

「ぼくたちが教わっているのは、信念と版図をいかにして護るべきかということです」

太身の男は顎の動きを止めると、侮蔑の表情を怒りに変えた。「おぬしが信念の何を知っておるのか、じきに分かるだろうよ」彼は抑揚のない口調で言った。

「わたしはエレーラ・アル・メンダー」金髪の女性が名乗った。「第五騎士団の管長です。こちらのブラザーたちもそれぞれ管長で、第三騎士団のデンドリッシュ・ヘンドリルと——」彼女はまず緑衣の太った男を指し示すと、「——第四騎士団のコーリン・アル・センティスです」黒衣の痩せた男が重々しくうなずいた。

相手がいずれも騎士団の要人であると知って、ヴェーリンは度胆を抜かれてしまった。三人の管長たちと対面し、言葉を交わすことになるとは。名誉に思うべきところだろうが、彼はすっかり怖気づいていた。ほかの騎士団の管長たちが三人がかりで、第六騎士団の歴史の何について出題するというのか？

「第六騎士団とその血塗られた歴史ばかりを学んできたおぬしには理解できまい」デンドリッシュ・ヘンドリルが繊細な刺繍の施されたハンカチーフを口許に当て、サクランボの種をそこへ吐き出した。「おぬしらはマスターたちに惑わされたのだ。われわれが求めているのは、単なる知識などではない」

エレーラ・アル・メンダーがにこやかに管長たちをふりかえる。「この試練について詳しく説明すべきではないかと思いますよ、敬愛するブラザーたち」

デンドリッシュ・ヘンドリルは目を細めたものの何も言わず、また次のサクランボに手を伸ばした。

「この〈知の試練〉ですが――」エレーラはあらためてヴェーリンに向きなおると、「どの騎士団のブラザーたち、あるいはシスターたちも合格できて当然という点に特徴があります。体力、技倆、記憶力などの優劣を試すものではありません。求められるのは知性、自分自身をどれほど知っているかということです。騎士団の一員として働くからには、武器を使いこなせるだけでは足りません。わたしの騎士団においても、医術に秀でているだけでは足りないのですが、それと同様です。何が求められているかといえば、あなたがあなたであり、その根幹を成している魂をもって信念に仕えるということなのです。あなたの魂がいかなるものか、わたしたちだけでなくあなた自身にも知ってもらうための試練です」

「それゆえ、嘘は禁物だ」デンドリッシュ・ヘンドリルが釘を刺す。「ここで嘘をついても意味はない、落第して終わるだけだからな」

ヴェーリンはますます不安になってしまった。今の今まで、彼は嘘をつくことで身を護ってきたのだ。生き延びるためには嘘が欠かせなくなっていた。エルリンとセラ、森の中の狼、この手で殺し屋の生命を奪ったことについても。秘密には嘘がつきものだ。彼は動揺を抑え、うなずきながら口を開いた。「分かっております、管長」

「そうは見えんぞ、小僧。そろそろ、糞をちびっておる頃だろう。わしの鼻をごまかせると思うなよ」

エレーラ管長はかすかに笑みを曇らせたものの、なおもヴェーリンから目を離そうとしなかった。「怖いのですか、ヴェーリン？」

「その問いも試練の一環なのでしょうか？」

「あなたがこの部屋へ足を踏み入れた瞬間から始まっているのですよ。さぁ、答えてください」

（嘘は禁物だ）「怖いというより……心配なのです。先々の見通しが立たないのです。騎士団を離れたくはありません」

デンドリッシュ・ヘンドリルが鼻を鳴らす。「むしろ、父親と対面することに怯えておるのだろうよ。再会を喜んでもらえるとは思わんかね？」

「分かりません」ヴェーリンは正直に答えた。

「お父上はあなたの帰還を望んでおられました」エレーラが言った。「親の愛情というものを感じられるのではありませんか？」

ヴェーリンは居心地の悪さに身をよじった。もうずいぶん長いこと、父については考えまいと記憶の片隅に追いやったままだったので、こんなふうに詮索されるのは精神的な負担がきつい。「おっしゃる意味が分かりません。ぼくは……ここへ来るまで、父については何も知らなかったようなものです。たいていは陛下のために戦うべく遠征に出ていましたし、たまに帰ってきても、ほとんど話す機会はありませんでしたから」

「彼を憎んでおるのかね？」デンドリッシュ・ヘンドリルがつっこんだ。「無理からぬところだろうよ」

「憎んでいるわけではありません。知らないのです。そもそも、家族でさえないのですから。ここにいる仲間たちだけがぼくの家族です」

痩身のコーリン・アル・センティスがそこで初めて口を開いた。その声はかすれ、耳に突き刺さってくるようだった。「きみは〈走りの試練〉のさなかに人を殺した」鋭い視線がヴェーリンの眼を捉えて離さない。「良い気分だったかな？」

ヴェーリンは絶句した。（ばれてる！　どうして、そんなことまで知ってるんだ？）

「各管長はおたがいに情報交換を欠かさんのさ、小僧」デンドリッシュ・ヘンドリルが告げた。「信念を堅持するために大切なことだ。目標を同じくし、信頼を同じくする。それでこそ、統一王国の名にも恥じぬというものだろうよ。おぬしも肝に銘じておかんとな。心配は無用、おぬしの秘密がここから洩れることはない。さぁ、センティス管長の質問に答えんか」

ヴェーリンは胸中の重いざわめきを鎮めようと、ひとつ深呼吸をした。彼は〈走りの試練〉の記憶を辿った――弓の弦が弾ける音のおかげで殺し屋の矢から救われたこと、死んだ男の微動だにしない目鼻、ナイフで矢羽を切り取っているうちにこみあげてきた嘔吐感……「いいえ。むしろ、最悪の気分でした」

「後悔しているかな？」コーリン・アル・センティスがたたみかける。

「あの男はぼくを殺そうとしたのです。ぼくとしても、ほかに選択肢はありませんでした。こうして生き延びられたことに後悔はありません」

「考えるべきはそれだけかね？」デンドリッシュ・ヘンドリルが問い詰める。「自分の生命こそがもっとも大切だと？」

「ブラザーたちのことも大切に思っていますし、信念や王国も大切です」（……それに、〈拒絶者〉の魔女セラとその逃亡を手助けしていたエルリンだってそうだ。でも、あなた

にはそこまでの思い入れはありませんよ、管長）

彼はこれで叱責や懲罰を受けるかもしれないと身構えたものの、三人の管長たちは何も言わず、捉えどころのない視線を交わしている。（嘘を言葉にすれば分かってしまうけれど、考えているだけなら大丈夫なのか）彼はふと思い当たった。隠しておくことができれば、嘘をつく必要はない。沈黙は盾というわけだ。

次に口を開いたのはエレーラ管長で、その問いはひときわ痛いところを突いてきた。

「お母上のことは憶えていますか？」

ヴェーリンのそれまでの居心地の悪さはたちまち怒りへと変わった。「ぼくたちは家族の絆を捨てて、この領館の門を……」

「癇癪《かんしゃく》を起こすでないぞ、小僧！」ヘンドリル管長がたしなめる。「おぬしはただ質問に答えておれ。要領としてそう決まっておる」

ヴェーリンは歯を食いしばって反駁の言葉を呑みこんだ。必死に怒りを抑え、絞り出すような口調で答える。「もちろん、母のことは憶えています」

「わたしも彼女のことを憶えています」エレーラ管長が言った。「人徳にすぐれた女性で、さまざまなものを犠牲にしてまでお父上と結婚し、あなたにこの世での生を授けました。かつて、彼女は今のあなたと同じく、彼女もまた信念に仕えるための人生を選んだのです。かつて、彼女は第五騎士団のシスターとして治癒の心得を深く知り、大きな尊敬を集めていました――

わたしたちは彼女こそが領館の将来を背負って立つものと信じて疑いませんでした。次代の管長にふさわしいとさえ嘱望されていたほどです。やがて、彼女は王命により、第一次カンブレール動乱の鎮圧にむかう遠征軍に帯同しました。お父上がハロウズの会戦で負傷したとき、ふたりは出逢ったのです。彼の傷が癒えるまでのあいだに、ふたりのあいだには愛が芽生え、ついに、彼女は結婚すると心に決めて騎士団を離れました。そのあたりの経緯を、あなたは知っていましたか？」

ヴェーリンは驚きのあまり言葉を失い、首を振るばかりだった。騎士団に入るよりも昔、まだずっと幼かった頃の記憶は、時間の経過とともに薄れ、また意図的に封じこめてきた部分もあるにせよ、両親の出自があまりにも異なっていることについては奇妙に感じられたものだ。まずは言葉の違い――いつも穏やかな口調と正確な発音だった母とくらべ、父のほうは文法がいいかげんだったり母音が濁っていたりした。それに、父は食卓での礼儀作法も欠けており、ナイフやフォークが並べてあるにもかかわらず料理を手づかみにしては、母に溜息まじりで〝ねぇ、あなた、ここは兵営じゃないのよ〟とたしなめられ、すっかり当惑したような表情をあらわにすることも珍しくなかった。しかし、母もまた一時期とはいえ信念に仕えていたなど、彼は夢にも思わなかった。

「彼女が今も存命だったとしたら」エレーラ管長の声が彼を現実へと引き戻す。「あなたが騎士団に人生を捧げることを許したと思いますか？」

嘘でごまかしたいという誘惑はどうしようもないほどに強まっていた。このローブに身を包んだ姿を、訓練で傷だらけになった顔や手を見せたとしたら、母は何と言ったであろうか、どれほど心を痛めたであろうか、彼は重々承知していた。それを言葉にするのは自分でもそうと認めるにひとしく、その厳然たる真実からもはや逃げも隠れもできなくなってしまう。そして、そこに罠があることも明白だった。（ぼくに嘘をつかせるための質問なんだ）彼はすぐに悟った。（落第に追いこもうとしてるのか）

「いいえ」彼は口を開いた。「母は戦いを憎んでいましたから」あぁ、言ってしまった。彼は母が決して望まなかったはずの人生へと足を踏み入れており、彼女の記憶を穢しているのだ。「彼女はあなたにそう告げたのですか？」

「いいえ、父に対する言葉が聞こえてきたのです。母としては、メルデニアとの戦争に行ってほしくないようでした。血の臭いで気分が悪くなってしまうと訴えていました。きっと、ぼくの人生がこうなることも望んではいなかったでしょう」

「それについて、あなたはどんな気分ですか？」エレーラがたたみかける。

彼は考えるよりも先に答えていた。「罪の意識でいっぱいです」

「にもかかわらず、ここを離れる機会を与えられてなお留まったわけですね」

「留まらなければいけないような気がしたのです。ブラザーたちと一緒にいなければいけないと。騎士団が教えてくれることを学ばなければいけないと」

「なぜ?」

「たぶん……それがぼくに与えられた役目なのだろうと思います。信念の求めるところなのだろうと。鍛冶職人が鎚や金床を使いこなすのと同じように、ぼくは剣術や杖術を体得しました。体力や機敏さや狡猾さも身につけて……」彼はそこで躊躇し、口にするのも悍ましい一言を絞り出す。「人殺しもできるようになりました。ぼくは戦士になるつもりです」彼はエレーラの視線を真向から受け止めた。「ぼくは迷うことなく人を殺せます。ぼくは戦士になるつもりです」

室内には沈黙が漂い、なおもサクランボを食べつづけているデンドリッシュ・ヘンドリルの口内のぬめるような音がわずかに聞こえるばかりだった。ヴェーリンはそれぞれの管長たちの顔をゆっくりと眺めまわし、誰も視線を返そうとしてこないことに愕然とした。エレーラ・アル・メンダーの反応はとりわけ衝撃的で、胸の前で握りしめた両手に視線を落とし、今にも泣き出しそうな表情をあらわにしている。

やがて、デンドリッシュ・ヘンドリルが沈黙を破った。「こんなところだ、小僧。退出してよろしい。帰りがけ、仲間たちには何も話すでないぞ」

ヴェーリンはあやふやなままで席を立った。「試練は終わりですか、管長?」

「うむ。おぬしは合格だ。おめでとう。なるほど、第六騎士団の将来を背負うべき人材にちがいない」彼の辛辣な口調は、それが決して褒め言葉でないことを如実に物語っていた。

ヴェーリンは扉のほうへと歩きながら、ようやくこの部屋を出られる喜びを感じていた

——ここの雰囲気はおよそ重苦しく、管長たちの詮索にもうんざりさせられていたのだ。

「ブラザー・ヴェーリン」コーリン・アル・センティスの冷然とした静かな声が、扉を開けようとしていた彼の手を止めさせた。

ヴェーリンは落胆の溜息を呑みこむと、意を決して背後をふりかえった。コーリン・アル・センティスが狂信者さながらの視線でまっすぐに彼を見据えている。エレーラ管長はなおも顔を上げておらず、デンドリッシュ・ヘンドリルはもはや他人事《ひとごと》とばかりに短い一瞥を向けたにすぎない。

「はい、管長？」

「彼女はきみに手を触れたのかな？」

誰のことを言っているのか、ヴェーリンには分からないはずもなかった。この質問を受け流そうとするのは愚か者の所業にほかならない。「セラの件ですね？」

「そう、〈拒絶者〉にして人殺し、闇の学徒でもあるセラだ。彼女とその逃亡を手引きしていた裏切者を、きみは〈在野の試練〉のさなかに助けたね？」

「ふたりが何者なのか、あの時点では知らなかったのです」真実だけを答えつつ、嘘を隠す。彼は自分が汗をかきはじめたことに気付き、それが顔に現われないことを祈るばかりだった。「吹雪の中の迷い人としか見えませんでした。〈仁慈の教理〉によれば、迷い人と出会ったらブラザー同様に手厚くもてなすことが求められています」

コーリン・アル・センティスがいくぶん顎を上げ、彼の姿を捉えたまま離さない視線の奥に思案の色が浮かんだ。「ここでの課程に〈仁慈の教理〉が含まれているとは知らなかったな」

「ここで学んだことではありません。以前……母があらゆる教理を語り聞かせてくれたのです」

「なるほど。彼女はまさしく深い仁慈をそなえた女性だった。それはそれとして、わたしの質問に答えなさい」

彼はそこで嘘をつく必要はなかった。「指一本も触れられてはいません」

「あの娘の異能を知っているね？　触れた相手の魂がどうなるかということを？」

「ブラザー・マクリルが説明してくださいました。そうならずに済んだのは幸いだったと、心の底から思っています」

「まったくだな」コーリン・アル・センティスの視線がいくぶん和らいだものの、それはほんのわずかにすぎなかった。「きみにとって、今回の試練はつらい経験だったかもしれないが、いずれ、これよりもなお苛酷なことが待ち受けていると思い知らされるはずだ。騎士団では安らかな人生など望むべくもない。〈逝きし者〉となるまでに気が狂い、あるいは不具の身に苦しむブラザーたちも少なくない。分かっているね？」

ヴェーリンがうなずく。「はい、管長」

「きみは清廉潔白なうちに世間へ戻る機会がありながら騎士団に留まった、その決意こそ信頼に値する。きみが示した信念への献身の深さは後々まで忘れられることがないだろう」

管長にしてみれば他意のない言葉だったにちがいないが、どういうわけか、ヴェーリンの耳には脅し文句のように響いた。それでも、彼はかろうじて礼を述べた。「ありがとうございます、管長」

部屋を出た彼はそっと扉を閉めると、そこにもたれかかり、大きな安堵の溜息をついた。仲間たちの視線が集まっていることにさえ、しばらくのあいだは気付かないままだった。誰もが不安そうで、デントスはとりわけ表情がひきつっていた。

「信念よ、ご加護を」ヴェーリンのただならぬ様子に意気阻喪してしまったのだろう、デントスは小さく声を洩らした。

ヴェーリンは姿勢を正すと、弱々しい笑みを浮かべてみせ、急ぎ足になろうとする自分自身を抑え、ゆっくりとその場を離れた。

〈知の試練〉を受けた面々は、デントスひとりを例外として、誰もが重苦しい記憶を灼きつけられたようだった。ケーニスは黙りこくり、バルカスも口数が減り、ノルターはひどく攻撃的になっていた。ヴェーリンはといえば、母のことがどうしても脳裏を離れず、スクラッチがじゃれついてくるのを避けながら餌を投げてやるあいだも上の空のまま、夕方まで茫然と過ごしたあと、ようやく屋外訓練場へ足を運び、惰性のようにナイフ投げをやっている仲間たちと合流した。

「ちょろいもんだったがね」デントスだけは陽気なまま、バルカスが虚空に投げた板めがけてナイフを一閃させる。その場の雰囲気をいささかも感じ取っている様子のない彼の軽口に、仲間たちはひときわ苛立ちを募らせていた。「なんせ、騎士団のあれやこれやを出題されるんかと思っとったら、おふくろやら故郷やらの質問ばかりだったもんなぁ。あの女管長さん、エレーラ……苗字は何だっけかね、帰れなくて寂しくないのかと訊いてきてな。寂しい？　肥溜めに帰りたいなんて、これっぽっちもありゃせんでよ」

彼は板を拾うと、自分のナイフを回収してから、次の順番を待つノルターのために高々と放り上げた。ところが、ノルターが投げたナイフはその標的を大きく外れ、デントスの頭をかすめそうになった。

「へぼすけ！」

「試練の話はもうやめろ」ノルターは重い気分もあらわに言葉を叩きつけた。

「なしてね？」それを笑い飛ばすデントスは本当に何も分かっていないのだろう。「ほれ、全員合格したろうが？　誰も落ちこぼれとらんし、夏祭もみんな一緒に行けるんぞ」

おかしなことに、ヴェーリンは自分たちが全員合格だったことを今の今まで忘れてしまっていた。(心の痛みがそれだけ大きかったせいだろう)彼はすぐに悟った。

「聞きたくないんだよ、デントス」彼は指摘した。「きみには簡単だったのかもしれないけれど、ぼくたちはそうじゃなかった。願わくは、これっきりにしておきたいのさ」

他期生からは計六名が落第し、領館からの退去を通告されていた。翌朝、彼らが持ち出すことを許されたわずかな荷物だけを片手に無言のまま門を出て、その影が霧の彼方へと小さくなっていくのを、少年たちはじっと見送った。嗚咽の声がいつまでも中庭に谺していた。泣いていたのは誰なのか、それとも六名全員だったのか、はっきりと聞き分けることはできなかった。長い時間を経て、後ろ姿が完全に見えなくなってしまっても、その声だけはいつまでも続くかのように思われた。

「あいつら、どこへ行くのかな」バルカスが口を開く。「そもそも、行き場はあるのかな」

「国防軍だろ」ノルターが答える。「騎士団から追い出された連中だらけっていう話じゃないか。おたがいの関係が決して良くないのも、それが理由かもしれないぜ」

「ないわ」デントスが喉を鳴らす。「行先なんか決まりきっとる。港だで。西へ行く大型の貿易船のどれかに乗るんじゃろ。ファンティス叔父も西方航路で大儲けしたんさ。絹と薬でな。うちの村の歴史でただひとり、金持ちと呼ばれるようになったんだわ。もっとも、それで幸せになったわけでもなくて、帰ってきた翌年、ぽっくりと死んじまったがね。どこその港町の売女にでも黒痘をもらってきたんじゃろ」

「船乗りの暮らしはおよそ人間にふさわしくないそうだぜ」バルカスが言った。「まともな飯は食えないし、笞打ちはしょっちゅうだし、昼も夜もない仕事が待ってるし。まぁ、騎士団だって似たり寄ったりかもしれないが、飯だけは文句のつけようもないだろ。おれだったら、どこかの森の無法者として悪名を轟かせてやる。ごろつきどもを手下に従えて、金持ちから財宝を奪うのさ。殺人はご法度、貧乏人はどうせ何も持ってやしないんだから襲わない」

「へぇ、ずいぶん念の入った計画だな」ノルターはそっけない口調であしらった。

「誰だって人生設計は必要だろ。おまえは？　自分が同じ立場になったら、どこへ行く？」

ノルターはふりかえり、朝霧に包まれている門を眺めながら、これまで見せたことのない切望の色を満面に浮かべた。「家だよ」彼は声を落とした。「ほかのどこでもない、家へ帰るさ」

5

〈知の試練〉からおよそ一週間後、ソリスは少年たちを中庭のはずれにある洞窟のような建物へと連れていった。そこは息も詰まるほどの熱気と煙と金属臭に包まれていた。彼らを待っていたのはマスター・ジェスティン、騎士団の一員でありながら人前に姿を見せることはめったにない鍛冶場の責任者だ。体力と自信をみなぎらせた巨漢で、胸の前で組んだ腕はがっしりと太く、毛深い身体のそこかしこには熔けた金属片の飛沫による薄紅色の傷痕が点々と残っている。しかし、ヴェーリンとしては、いかにも押しの強そうな立ち姿を見るに、その程度のことでは熱さなど感じないのではないかと思えてならなかった。

「きさまらのために、マスター・ジェスティンが剣をこしらえてくださる」ソリスが告げた。「これから二週間、きさまらはここで彼の指示に従い、下働きとしての務めを果たさなければならん。騎士団にいるかぎり使いつづけることになる剣を造るのだと心得ておけ。言っておくが、マスター・ジェスティンはおれとちがって甘えや弛みを許しておけない性分だから、そのつもりでいろよ」

少年たちは鍛治職人の許に残され、沈黙の中、碧眼から放たれる鋭い眼光にひとりずつ射抜かれた。

「おい、そこの」彼は黒ずんだ太い指を立て、作りたての斧の柄を眺めていたバルカスに向けた。「おまえ、鍛治場で働いた経験があるだろう」

バルカスはたじろいだ。「実家の……近所に鍛治場があったのです、マスター」

ヴェーリンはケーニスにむかって片眉を上げてみせた。騎士団での規則どおり、バルカスはあえて自分の生い立ちを語ろうとしてこなかったので、彼が鍛治職人の息子であるというのは初耳だった。商売を営んでいる家の息子はわざわざ自分の人生を探す必要がないため、およそ騎士団とは無縁の存在だろうと考えられてきたのだ。

「剣をこしらえる作業を見たことはあるか？」ジェスティンがたたみかける。

「いいえ。ナイフ、鋤、蹄鉄などがもっぱらで、風見もひとつふたつはありましたが、その程度です」彼は小さく笑ったものの、ジェスティンはいささかも表情を変えなかった。

「風見はそう簡単にこしらえることのできる代物じゃない」彼が言った。「鍛治屋によっちゃ手に余る。よほど腕の良い職人でなけりゃ、そういう仕事は任されん。風の歌を読めるように金属を加工するには熟練の技が不可欠だと、ギルドの規則にも示されている。それぐらいのこと、知らんわけじゃあるまい？」

バルカスが視線をそむけたので、ヴェーリンは彼がひどく恥じ入っているらしいことに気付いた。このふたりのあいだには、余人の知る由もない何かが通じているようだ。この場所、ここで求められる技術に関係のあることだろうが、バルカスに尋ねたところで答えが返ってくるはずもない。仲間たちと同じく、彼もまた自分なりの秘密をかかえているのだ。「いいえ、マスター」バルカスの言葉はそれだけだった。

「ここは――」ジェスティンが両腕を広げ、ぐるりと鍛冶場を指し示しながら、「――騎士団の施設ではあるが、おれの領分だ。おれはここの王、管長、司令、頭領、親方、そのすべてだ。ここは子供の遊び場じゃない。炉端のおしゃべりにも縁はない。ただひたすら働き学ぶための場所だ。騎士団の一員として、おまえたちは金属の扱い方を知っておく必要がある。技術の粋を凝らした武器を真の意味で使いこなすには、どの部分がどのように構成されているのか、その素性に至るまで知り尽くしておかねばならん。おまえたちが自分の手でこしらえようとしている剣は、長い将来にわたっておまえたちの生を支え、信念を護っていくことになるものだ。心血を注いだ者はおおいに信頼できる剣を得て、強靭なその刃は鉄板さえも切り裂くだろう。だが、手を抜いた者の剣は初陣でたちまち折れ、当人の生命もろとも打ち捨てられるだろう」

彼はふたたびバルカスをふりかえった。冷徹な視線には言外の問いかけがこめられているかのようだった。「信念こそがおれたちの強さの源だが、信念に仕えるには鋼の刃が不可欠だ。鋼の刃があってこそ、おれたちは信念の護りを全うすることができる。おまえたちの将来にはどこまでも鋼と血がついてまわる。分かるな？」

少年たちはそろって承諾の声を洩らしたが、ヴェーリンが思うに、ジェスティンの言葉はただひとりバルカスだけに向けられたものにちがいなかった。

その日の残り、彼らはシャヴェルを握ってコークスを炉に放りこみ、あるいは中庭に置いた大型の手押し車から鉄の棒材を鍛冶場へ運びこんだ。ジェスティンはひたすら鉄床にむかって鎚を振り、金属ならではの歌声を響かせ、ときおり顔を上げては、火花の散るそこかしこに指示を与えていた。ヴェーリンはその仕事が厳しく単調なものだと思い知った。煙が喉をざらつかせ、けたたましい槌音のせいで耳鳴りもひどい。

「きみが鍛冶屋を継がなかった理由も分かるような気がするよ、バルカス」夜になって自分たちの部屋へよろよろと戻る道すがら、彼はそう話しかけた。

「だぁね」デントスもうなずき、痛む腕をさする。「弓矢の鍛錬なら、朝から晩までも平気なんだがよ」

バルカスはそれに応えようとしなかったし、仲間たちの愚痴にもただひとりだけ沈黙を貫いていた。ヴェーリンが思うに、彼の耳にその声は届いておらず、ジェスティンの問いかけと眼光にすっかり意識を奪われているようだった。

翌日、彼らはまた鍛冶場へ行き、コークスの入った袋の山を次々と燃料貯蔵庫に収めていった。ジェスティンはおよそ口を開くことなく、少年たちが前日のうちに鍛冶場へ運びこんだ鉄の棒材をひとつひとつ仔細に眺め、表面に指を走らせては、満足そうに喉を鳴らしながら元へ戻すか、苛立たしげな舌打ちとともに取り除くか——後者は数こそ少なかったものの、徐々に増えていった。

「何が違うんだろうね？」ヴェーリンはずっしりと重いコークスの袋を貯蔵庫へ運びこみ、荒い息で疑問を口にした。「どれも同じ鉄の塊にしか見えないんだけど？」

「純度を確かめてるのさ」バルカスが答え、ジェスティンのほうを一瞥する。「よその鍛冶場から調達してきた材だけど、たぶん、マスターほどの腕前じゃない職人がこしらえたんだろう。質の低い鉄があまり多く含まれてるのは使えないってことだな」

「どうやって判別するんだい？」

「まずは手触りかな。ああいった棒材は何層もの鉄を叩き固めて、捻りを加えて、それをさらに平たくしてある。その工程をとおして紋が残る。腕の良い鍛冶職人なら、紋の具合ひとつで品質を見分けるんだぜ。匂いからして違うとかいう説もあるほどさ」

「きみも判別できるのかい？　匂いは無理だろうけど、手触りからでも」

バルカスは一笑に付した。ヴェーリンはそこにかすかな苦々しさを聞き取った。「おれなんか千年早いよ」

昼になったところでソリスが顔を出し、少年たちに屋外訓練場へ来いと命じた——剣術がおろそかになってしまっては本末転倒というわけだ。鍛冶場の重労働で思うように身体の動かない彼らはいつも以上に咎を浴びせられたものの、ヴェーリンはその痛みが昔ほどでないことに気付いた。ソリスが手加減しているのだろうかとも思ったが、彼はすぐにそれを否定した。ソリスは手加減などしない、彼ら自身が逞しくなってきたのだ。（ぼくたちは叩かれて鍛えられた）彼はそう悟った。（鍛冶職人の手にかかった鋼と同じように）

「炉に火を入れるぞ」少年たちが大急ぎで昼食を腹に入れて鍛冶場へ戻るや、ジェスティンが言った。「ひとつだけ、忘れちゃならんことがある」彼は両腕を上げ、筋肉の厚みが一目で分かる皮膚に点々と残されている火傷の痕を示してみせた。「炉はとんでもない熱さになるってことだ」

彼の指示に従い、少年たちは煉瓦を丸く組み上げた炉の中へ幾袋ものコークスを放りこみ、そのあと、ケーニスが床に這いつくばるようにして樫材の薪に点火した。ヴェーリンなら尻込みしてしまうところだったにちがいないが、ケーニスはわずかな躊躇もなしに燃える蠟燭を取り、底の隙間をくぐっていく。ややあってから戻ってきた彼は煤だらけになっていたものの、どこにも火傷はしなかったようだ。「うまく点火できたと思います、マスター」彼が報告した。

ジェスティンはそれに耳を貸さず、しゃがみこんで炎の具合を確かめた。「そこの」彼はヴェーリンに顎をしゃくった。誰に対しても名前で呼ばないのは、それを憶えることに気を取られるなど無駄もいいところだと考えているからだろう。「鞴《ふいご》に乗れ。おまえもだ」彼はノルターに指を振ってみせた。バルカス、デントス、ケーニスはその場に立ったまま指示を待てと言われた。

ジェスティンはいかにも重そうな大型の鎚をつかむと、金床のかたわらに積んである棒材の山から一本を取り上げた。「アスレール様式の剣をこしらえるには三本の棒材が必要だ」彼は少年たちに説明した。「芯として太いやつが一本、その両側に細いやつを打ちつけて刃にする。こいつが――」彼は手許の棒材をかざしながら、「――刃の片方になる。ほかの材と打ち固める前に成形しておかなきゃならん。剣をこしらえる工程でもっとも難しいのが刃の鍛造で、鋭さとともに強さも求められる。どんなに斬れが良くても、受け太刀ひとつで折れるようじゃ話にならんからな。こいつの生地を見てみろ、じっくり観察するんだ」彼は少年たちの目の前へその棒材を近寄せ、ざらつく声をいささか蠱惑的に響かせた。「黒い斑点があるだろう？」

ヴェーリンはそちらを覗きこみ、鈍色《にびいろ》の表面のそこかしこに小さな黒い粒状の模様があるのを見て取った。

「これが銀星紋、炎の中でまばゆいばかりに輝くことからそう呼ばれている」ジェスティンが説明を続ける。「ただし、名前は銀でも、実際の成分としては鉄の一種で、ほかの金属と同じく地中から採掘されるが、きわめて珍しく、闇の影響にまったく晒されていない。おかげで、騎士団で使われる剣はそこいらの代物よりも頑丈なんだ。よほどの受け太刀にも耐えるし、使い手の腕前次第では敵の甲冑も一撃で切り裂くことができる。騎士団だけの機密事項だぞ。決して口外するなよ」

彼はヴェーリンとノルターに合図を送って鞴を吹かせ、ふたりの尽力によって徐々にコークスが赤く熱せられていく様子を見守った。「さて」彼は鎚を持ち直した。「目を見開いて、やるべきことを憶えこめ」

ヴェーリンとノルターはずっしりと太い木製の把手を渾身の力で動かしつづけ、その一押しごとに炉から立ち昇る熱気も浴びるうち、全身から汗が噴き出してきた。空気までもが重く感じられ、呼吸をするのも一苦労だった。

(信念に導かれるがままに)ヴェーリンが心の中で呻き、汗まみれになった両腕の痛みをこらえているあいだも、ジェスティンはじっとしたまま……何かを待っていた。

やがて、親方は満足そうな表情になり、鉄製のやっとこで挟んだ棒材を炉の中へつっこみ、炎を浴びた全体が朱の輝きを放ちはじめた頃合を見計らって引き抜き、鉄床の上に置いた。そこからの仕事ぶりは手早く、乱れることのない拍子で鎚を振り上げては打ち下ろし、火花を散らすのだが、鎚の動きがあまりにも速いため、見る者としては視線がついていかないほどだった。奇妙なもので、最初のうちは色の変化もほとんど分からないほどだったが、ジェスティンがそれを炉から引き抜くと、いささか長くなったようにも見える。彼はヴェーリンとノルターにむかって、もっとしっかりやれと急き立てる仕種をしてみせた。

一時間ほども経ったかと錯覚するほど延々と、しかし実際には十分あまりのあいだ、ジェスティンはひたすら棒材を鎚で叩き、炉に戻し、さらに鎚で叩いた。ヴェーリンとしては、いっそ寒風の吹きすさぶ屋外訓練場で徒手格闘術の模擬戦をやって痣だらけになるほうがましという気分になっていた。ジェスティンがようやく鞴を止めるよう合図を送ると、ふたりはよろめきながらその場を離れ、扉にもたれかかるようにして外の空気に当たり、幾度も大きく息をつき、肺を満たす甘い感触にしばし浸った。

「あんちくしょう、おれたちを殺すつもりかっての」ノルターが喘ぎ声でぼやく。

「勝手に動きまわるな」ジェスティンにどやしつけられ、ふたりはあわてて鍛冶場へと戻った。「本当の仕事ってやつに慣れてもらわなきゃならんのだからな。こいつを見ろ」彼が棒材をかざすと、それは当初の円柱から一辺一ヤードほどの細長い三角柱へと形を変えていた。「刃の原型だ。今は粗打ちの状態だが、ほかの部材と一体化させれば、切れ味も輝きもあるべき姿になる」

デントスとケーニスに次の鞴吹きを命じ、ジェスティンは二本目の刃にとりかかった。鋭い槌音とふたりの荒い息が交互に響きわたる。両刃がともに完成すると、彼は太い芯材へと作業を進め、打ち下ろされる鎚はますます勢いと速さを増した。刃と同じ長さになるまで叩き延ばし、焼き戻し、峰を立てる。それが終わる頃にはケーニスもデントスもへたばってしまい、ヴェーリンが今度はバルカスと組んで鞴に乗った。親方はそれらの材を束ね、箍《たが》で留めつけ、一本の剣に打ち固める準備を整えた。

「打ち固めの良し悪しは刀鍛冶にとって大きな試練だ」彼は少年たちに告げた。「きわめて難度の高い技術だからな。やりすぎれば刃が傷んでしまうし、足りなければ一本にまとまらん」彼はヴェーリンとバルカスをふりかえった。「力を惜しまずに火勢を保っておけ。手抜きは許さんぞ」

ヴェーリンは歯を食いしばり、この難行が一刻も早く終わることだけを願いつつ、バルカスの視線がジェスティンを捉えたまま離さないことにも気付いていた。両腕を休みなく動かしながら、そこに生じているはずの痛みを微塵も感じていないかのように、鉄床の上でくりひろげられる作業だけを注視しているのだ。最初のうち、ヴェーリンは何がそんなにおもしろいのかと不思議でならなかった。金属の塊に鎚を叩きつけているだけではないか。心を躍らせるようなことでもないし、驚きもない。だが、バルカスの視線を追っているうち、彼自身もまた三本の棒材が鎚の一打ちごとに剣らしい形を与えられていく様子に目を奪われてしまった。ジェスティンがそれを炉に戻すと、刃となる材の銀星紋がときおり火花を散らし、そのまばゆさは目を向けたままでいられないほどだった。それも鉄の一種なのだという親方の言葉を疑うつもりはないが、心を乱される光景であることも否定できない。

「そこの」ジェスティンは切先の成形を終えると、ノルターに顎をしゃくった。「バケツを持ってこい」

ノルターは命じられるがまま、木製の重いバケツをひきずって金床のかたわらへと運んだ。満杯の水が跳ね、彼の足元を濡らした。

「入ってるのは塩水だ」ジェスティンが説明する。「焼き入れの作業は同じでも、ただの真水でなく塩分を含んでるほうが、剣の仕上がりは頑丈になる。離れてろ、噴きこぼれるぞ」

彼は剣の茎《なかご》をやっとこで強く挟みなおし、バケツの中へと突き入れた。水が一気に沸騰し、蒸気が立ち昇る。彼はそれが収まるのを待ってから剣を上げ、湯気をまとっている刀身を仔細に観察した。黒い煤にまみれてはいるが、ジェスティンはおおいに満足そうな表情だった。両刃はどちらもまっすぐに伸び、切先まで寸分の狂いもなく均整のとれた輪郭を描き出している。

「さて」彼はおもむろに口を開いた。「ここからが本当の仕事の始まりだ。おい」彼はケーニスをふりかえった。「炉に火を入れたのはおまえだったな。最初の一本はおまえのものだ」

「はぁ」ケーニスはそれを栄誉と思うべきか災厄と思うべきか分からないという表情を隠せないようだった。「ありがとうございます、マスター」

　ジェスティンはその剣を鍛冶場の奥へと持っていき、大きな足踏み式の研磨盤のかたわらにあるベンチの上に置いた。「打ち終えたばかりの剣はまだ半分までしか完成しておらん」彼は少年たちに告げた。「砥ぎを加え、刃を立て、切れを良くしてやる必要がある」

彼は研磨盤のそばにケーニスを立たせ、研磨盤の回し方を実演するために「一、二、一、二」と拍子を数えながらペダルを踏んでみせたあと、それを速めながら剣を砥石に当ててみろと命じた。大量の火花が飛んだ瞬間、ケーニスは身体をすくめてしまったものの、ジェスティンはその作業を続けさせ、手を添えて角度を調節してやり、どんな具合に剣を動かせば刃の全長をむらなく砥ぎあげることができるのかというところまで教えこんだ。

「そんな感じだ」ケーニスが多少なりとも自信を持って砥げるようになると、親方はそう声を洩らした。「片方の刃につき十分ずつ砥いだら、見せに来い。ほかのやつらは炉に戻れ。おまえとおまえ、鞴に……」

　そんなこんなで、彼らは七日間にわたり、炉にコークスをくべては鞴を吹くという重労働で汗水を垂らし、研磨盤にむかって煤だらけの剣を砥ぎ、刃を銀色に輝かせていった。それらの作業を無傷で済ますことのできた者はおらず、ヴェーリンも一片の熔けた鉄に手の甲をやられ、独特の痛みと異臭はなかなか消えなかった。ほかの面々もおよそ似たようなものだったが、ひどかったのはデントスで、研磨盤の前でちょっと気を抜いたとたんに火花が目許を襲ったのである。彼は左眼のまわりに黒々とした痣が残ってしまったものの、視力にまで影響が及ばなかったのは不幸中の幸いだった。

怪我の危険をともなう煩雑な重労働とはいえ、ヴェーリンはいつしか一連の工程に心を惹かれはじめていた。そこには美しさがある――親方の鎚の下で少しずつ剣としての姿を養われていく光景も、研磨盤に刃を当てたときの感触も、刀身に浮かぶ砥石の跡も、鋼鉄の表面を舐めた炎がそのまま凍りついたかのように渦を巻いている青灰色の鈍い輝きも。

「複数の材を打ち固めると、こういう模様が現われるんだ」バルカスが説明した。「別々に作られた金属同士がひとつになった証拠さ。騎士団の剣だけあって、銀星紋がとりわけ目立つな」

「気に入ったよ」ヴェーリンは砥ぎかけの剣を光にかざした。「ずいぶん……興味深いことが多くてね」

「単なる鉄の塊だぜ」バルカスは溜息をつくと、ふたたび研磨盤に向きなおり、砥石に刃を当てた。「熱して、叩いて、砥ぎあげて。不思議なことなんか何もない」

ヴェーリンはそんな友人の背中ごしに、彼がいかにも手慣れた仕種で剣を動かしながら刃を立てていく様子を眺めた。バルカスに対してだけは、ジェスティンもまったく手本を示そうとせず、未完成の剣を渡すとそのまま歩み去ってしまったのである。バルカスの鍛治職人としての技倆はすでに分かっているのだろう、言葉でのやりとりはめったになく、喉を鳴らす声色ひとつで意志が伝わるといった具合で、もう何年も一緒に働いてきたかのような関係が成り立っていた。しかし、バルカスはその作業をいささかも楽しんでおらず、何の充足感もない様子だった。もちろん、いいかげんなところはないし、ほかの誰もが恥じ入ってしまうほどの腕前を見せてもいたが、鍛冶場にいるあいだはひたすら無表情を保ち、そこを離れて屋外練習場や食堂へ戻ったときだけ相好を崩すのだ。

翌日は鍔を組み付けた——どれも似たり寄ったりの既製品ではあったが、ジェスティンはそれを剣に嵌め、三本の鉄釘を茎に打ちこんで鍔を固定する。そのあとは各自が釘の頭を削り落とし、樫材の柄の表面ときっちり揃うように仕上げた。

「これで完成だ」その日の終わり、ジェスティンは彼らに告げた。「剣はおまえたちのものだ。大切に使え」最初で最後の、まがりなりにもマスターらしい言葉だった。彼はそれきり口をつぐみ、炉のほうへと戻っていった。少年たちは剣を手にしたまま、茫然とその場に立ち尽くし、どんな挨拶を返すべきかと逡巡するばかりだった。

「あのぅ」ケーニスが声を上げた。「ご指導のほど、ありがとうございました、マスター」

ジェスティンは鉄床に置いてあった作りかけの鏃をつかむと、鞴を吹きはじめた。

「ここでの経験を……」ケーニスがなおも言葉を続けようとしたので、ヴェーリンは彼の小脇をつつき、扉のほうを指し示してみせた。

彼らが立ち去りかけたところへ、ジェスティンの声が飛んできた。「バルカス・ジェシュア」

全員の足が止まり、バルカスが硬い表情でふりかえった。「はい、マスター」

「おまえのために、ここの扉はいつでも開けておく」ジェスティンは背を向けたままで語りかけた。「使える人手なら大歓迎だからな」

「もうしわけありません、マスター」バルカスは抑揚のない口調で答えた。「訓練以外に時間を割く余裕がないのです」

ジェスティンは鞴の把手を離し、鏃を炉に入れた。「おれも、この炉も、ここを離れることはない。血と糞にまみれるばかりの暮らしにうんざりしたら、いつでも戻ってこい」

その晩、バルカスは夕食の席に現われなかった——これまで一度たりともなかったことである。ヴェーリンはいつもどおりに犬舎を訪れてスクラッチの世話をした帰り、胸壁の上にいる彼を見付けた。「これぐらいしか残ってなかったけど、食べなよ」ヴェーリンがそう言って手渡した袋の中には、パイが一切れとリンゴがいくつか入っていた。

バルカスは感謝するようにうなずいたものの、その視線は川面に向けられたまま、上流のヴァリンズホルドへと遡っていく艀《はしけ》を追いつづけている。

「話を聞かせろってか」彼はようやく口を開いた。ふだんのような快活さは微塵もなく、そこはかとない不安が伝わってくるほどの響きに、ヴェーリンは悪寒を禁じ得なかった。

「話したくないんなら、無理には聞かないよ」彼が言葉を返す。「ブラザー同士だって、秘密にしておきたいことはあるさ」

「そのスカーフが良い例だよな」彼はヴェーリンが首に巻いているセラのスカーフを指し示した。ヴェーリンはそれを襟の中へ押しこむと、友人の肩を叩いて立ち去ろうとした。

「……おれが十歳のときだった」バルカスがだしぬけに言った。

ヴェーリンは足を止め、続きを待った。仲間たちと同じく、バルカスも彼なりに内向的な一面があるし、話すか話さないかは当人次第、せっついてみたところで無駄なときは無駄だということは分かっている。

「小さい頃から、親父がやってる鍛冶場の手伝いをさせられてきたもんさ」バルカスはややあってから言葉を続けた。「おれも、それが嫌いだったわけじゃない。金属が形を変えていく様子を眺めてるのは楽しかったし、炉の中の燃えっぷりにも心を惹かれてた。世間じゃ、鍛冶場は謎だらけだとか思われてるようだけど、おれにしてみりゃ、何から何まで単純明快なのさ。おれは鍛冶場のすべてを理解してる。親父の教えを受ける必要もなかった——その場にいるだけで、やるべきことが分かったんだ。鎚を振り下ろす前に、その一打ちが金属の形をどう変えるかも目に浮かぶし、鋤の歯がちゃんと耕せるのか、それとも地面に刺さったまま抜けなくなっちまうのかも言い当てられたし、馬に履かせてから何日かで抜け落ちそうな蹄鉄がありゃ、それも見分けがついた。親父はそんなおれを誇りに思ってくれてたよ。おれとちがって口数が少なかったんで、おふくろから聞かされたことではあったけど、そう、おれは親父の誇りだったんだとさ。おれはもっと誇らしく思ってもらえるようになりたかった。おれの頭の中は、ナイフやら剣やら斧やら、いろんなものが実際に鍛造されるのを待ちかねてる状態だった。要領は完璧に把握してたし、どんな組成の金属が望ましいのかも理解してた。で、ある晩のこと、おれは親父の鍛冶場に忍びこみ、一本こしらえてみたわけだよ。まぁ、小型の狩猟用ナイフだけどな。冬祭にあわせて、親父への贈り物になるだろうと思ったのさ」

彼はそこで言葉を切ると、夜闇に沈む川のはるか下流を行く艀の影を凝視した。船首の灯がうっすらと光を放ち、甲板に立つ水夫たちの姿がまるで幽霊のように映っている。

「きみがこしらえたナイフだけど——」ヴェーリンが水を向け、「——親父さんには……気に入ってもらえなかったのかい?」

「うんにゃ、気に入るとか入らないとか、それどころじゃなかった」バルカスは苦々しげな口調になった。「親父はびびっちまったんだ。幾重にも材を折り重ねて強度を上げた刀身、絹も切れるし甲冑も貫けるほどに鋭い刃、砥いだばかりの表面は鏡の代わりに使えるほどだったよ」彼の口許にかすかな笑みが浮かび、すぐに消えた。「親父はそれを川に投げ捨て、このことは誰にも話すんじゃないと釘を刺してきた」

ヴェーリンは混乱してしまった。「だけど、まさしく自慢の息子じゃないか。そんなナイフをこしらえることができたんだから。何がいけなかったのかな？」

「親父は人生経験が豊富でね。貴族の随伴として旅に出たこともあったし、豪商の船で東方の海を渡ったこともあった。でも、そんな親父にとってさえ、冷えたままの炉でナイフを鍛造するなんてのは常軌を逸してたんだよ」

ヴェーリンはますます混乱するばかりだった。「いったい、どうやって……？」しかし、バルカスの表情をよぎる何かが彼の問いを止めさせた。

「ニルセール人たちにはいろんな長所がある」バルカスは言葉を続けた。「頑健、親切、開放的。ただし、闇に対する恐怖心がやたらと強い。その昔、おれの村には手を触れるだけで他人を癒せるとかいう婆さんがいたんだそうだ。みんなに重宝がられてたけど、その一方で怖れられてもいたとさ。ところが、〈赤き手〉が村を襲ったとき、婆さんの術はまるで役に立たず、何十人もが生命を落とした。死人の出なかった家は一軒もなかった。それなのに、婆さんはまるっきり無事だった。生き残った村人たちは総出で婆さんを家に閉じこめ、火をつけた。焼け跡は今でも残ってるよ――建て直す勇気なんか誰にもないけどな」

「どうやってナイフをこしらえたんだい、バルカス？」

「自分でも分からないのさ。鎚を手にして、鉄床の上で材を成形したことは憶えてる。柄を組み付けたことも憶えてる。ただ、炉に火を入れるところだけ、どうやっても思い出せないんだ。気を失ったまま作業を続けてたのかってほどさ。自分自身がある種の道具になったような……鎚や金床みたいに、誰かの意のままに操られてたのかもしれないとさえ感じるよ」彼は首を振り、内心の混乱を露わにした。「それ以降、親父はおれを鍛冶場に入らせてくれなくなった。おれはカルスっていう馬飼いの爺さんのところへ預けられることになった——鍛冶職人を継がせようと思ったんだが素質に恵まれてないとか何とか、そんな口実だったっけな。銅貨五枚の月謝とひきかえに、馬にもずいぶん詳しくなったよ」

「親父さんはきみを護ろうとしたんだな」ヴェーリンが言った。

「分かってるさ。ただ、子供にそれを理解しろってのは無理だよ。あのときは……そうだな、親父のびびり具合を見て、おれのせいで恥をかかせちまったのかと心配になった。あるいは、おれの腕前に嫉妬したのかってな。だから、おれは自分の実力がどれほどのもんか、本気を出してみせることにした。親父が鷹狩りの装備品を夏祭の市へ売りに行った留守を狙って、おれはまた鍛冶場に潜りこんだ。やりかけの仕事はありきたりの代物ばかりで、古い蹄鉄の修理とか、釘作りとか、その程度だった。市へ行くんだから、完成品はあらかた一緒に店出しするつもりだったんだろう。でも、ひとつだけ……特別なものが残ってたのさ」

「特別なものって?」ヴェーリンはそう尋ねながら、剛直の剣や光り輝く戦斧を連想した。

「日時計だよ」

ヴェーリンは眉間に皺を寄せた。「何だって?」

「風向きを知るために風見があるのと同じことで、それひとつで太陽の位置が分かるのさ。空のどこに太陽があっても、たとえ雲に隠れていても、時間を知ることができる。日が沈んだあとは、地面の下での動きを追うんだ。おれは外観にも工夫を凝らして、あちこちから炎が噴き出してるような飾りをつけてみた」

ヴェーリンは漠然と思い浮かべるのがせいいっぱいだったものの、闇を怖れる村人たちのあいだに動揺をもたらす一品であったにちがいないことは見当がついた。「で、それはどうなったんだい?」

「分からん。きっと、親父が熔かしつぶしたはずさ。市から帰ってきた親父に、おれはそれを鼻高々で披露した。親父はその場でおれに荷作りを命じた。おふくろは叔母に用事があるとかで留守にしてたんで、わざわざ話し合うまでもなかった。おれがいなくなった家へ帰ってきたおふくろに親父が何をどう説明したのやら、信念のみぞ知るってところだ。おれたちは港まで徒歩で三日、そこでヴァリンズホルド行きの船に乗り、ここへ来た。親父はしばらく管長と話をして、おれを門の前に置いていった。別れぎわに釘を刺されたよ――おれがやったことを誰かにしゃべれば死を招くだろうが、ここにいるかぎりは安全だってな」彼は短く笑った。「おれのためだなんて、どうにも信じられなかったね。第五騎士団へ行くつもりだったはずが道を間違えちまったのかもしれないと思ったりもしたよ」

ヴェーリンは自分が聞いた蹄の音の記憶を振り払い、セラの話を思い出しながら言った。「親父さんは正しかったんじゃないかな。そう、誰にもしゃべっちゃいけないことだったんだ。ぼくにだって、何も言わずにおいたほうが良かったのかもしれない」

「それが理由で、おまえに殺されるかもしれないってか？」

ヴェーリンは暗い笑みを浮かべた。「今はありえないけど、先々のことは分からないね」

ふたりは無言のまま胸壁の上に佇み、川の曲がり目のむこうへと消えていく艀を見送った。

「やっぱり、気付かれてたかな」バルカスが声を落とした。「マスター・ジェスティンだよ。おれが何をやれるのか、会ったとたんの直感でさ」

「そこまですぐに分かりゃしないだろ？」

「分かるんだよ――こっちもそう感じ取ったんだから」

6

翌日の訓練で、彼らは自分たちがこしらえた剣を初めて使うことになった。背面に留めた鞘から肩ごしに抜き出せるよう、まずはその正確な位置を決める必要があったが、ヴェーリンが思うに、それだけで訓練の時間を半分ほども費やしてしまいそうなほど手間のかかる作業だった。

「もっときつくしておけ、ナイサ」ソリスに剣帯を締めあげられ、ケーニスが苦しげな呻き声を洩らす。「きさまらもいずれ実感するだろうが、戦闘中に緩んでしまいがちだ。自分の剣帯にひっかかってしまっては、ほんのひとりだって敵を殺せやしないぞ」

つづいて、流れるような一連の動きで剣を抜くための所作を、これまた一時間以上もくりかえさなければならなかった。ソリスの手本を見るかぎりは簡単そうだったが、実際にやってみると大違いだった。剣を収めた鞘の固い留具を親指ではねのけながら、自分の身体を切ったり突いたりすることなく一気に引き抜かなければならない。初回はあまりにも無様だったので、ソリスは少年たちに訓練場を全力疾走で二周してこいと命じたが、剣の重さにまだ慣れていない彼らはいつになく鈍足だった。

「遅いぞ、ソーナ！」よろめくヴェーリンめがけてソリスが笞を浴びせる。「きさまもだ、センダール、しっかり走れ」

それから、彼はふたたび同じ所作をやらせた。「正しい動きを身につけろ。手早くできるようになればなるほど、敵の剣をくらって内臓をぶちまけずに済む可能性もそのぶんだけ高くなる」

少年たちが多少なりとも上達したと彼が納得するまで、なおも幾度となく罰走と笞打ちがくりかえされた。どういうわけか、この日はとりわけヴェーリンとノルターに対する叱咤が激しく、集中的に笞が飛んだ。ヴェーリンはそれと知らずにどこかで規律違反を犯していたのかもしれないと思った。ソリスにはよくあることで、何週間あるいは何カ月も前のささやかな不品行をしっかりと憶えているのだ。

やがて、訓練が終わると、彼は少年たちを整列させ、こう告げた。「まだ半人前のきさまらに、明日は夏祭へ行っても良いとのお許しが出た。街のやんちゃな連中が腕試しのつもりで喧嘩をふっかけてくるかもしれんが、殺さないように気をつけろ。あるいは、色気づいた小娘どもが寄りついてくるかもしれんが、手出しは禁物だぞ。センダール、ソーナ、きさまらは居残りだ。本当の骨休みというものを教えてやる」

ヴェーリンは不公平感と落胆に襲われ、口をあんぐりと開けることしかできなかった。

しかし、ノルターのほうは断固たる抗議の声を上げた。

「そんな、悪い冗談はやめてくださいよ！」彼が叫ぶ。「こいつらだって、おれと何も変わらないじゃありませんか。どうして、おれたちふたりだけ？」

その晩、彼は自分のベッドに座りこみ、痣と痛みの残る顎をさすりながら、なおも怒りが収まらない様子だった。「あんちくしょう、おればっかり目の敵にしやがって」

「おまえだけじゃないってば」バルカスが言った。「今日はたまたま、おまえとヴェーリンの運が悪かったんだよ」

「違う、おれが国王の宰相の息子だからさ。そうにきまってる」

「親父さんがそんなにも大物なら、どうして騎士団から出られるようにしてくれんのかねぇ？」デントスが訊いた。「おんし、ここでの暮らしは好かんのじゃろ」

「そんなの、おれに分かるはずがないだろ？」ノルターはひときわ声を荒らげた。「騎士団に入ったことからして、おれが自分で望んだわけじゃない。冬はとんでもなく寒いわ、生きるか死ぬかの経験も両手の指じゃ数えきれないわ、殴られるのは日常茶飯事だわ、こんな田舎者どもと一緒の部屋に押しこめられるわ……」彼の声が細くなり、枕に埋もれて途切れた。「〈知の試練〉で終わりにしてもらえると思ってたのにな」彼はひとりごちるように低く呟いた。「おれの本心は見抜かれてたはずなんだ。それを、あの女め、おれがここにいるのは信念のお導きだとか言いやがって。嘘をつけば落第できたところを、口を開く余裕さえも与えられなかった。ヘンドリルとかいう豚野郎も、おれの出自は第六騎士団のためになるだろうとさ」

彼はそれきり黙りこみ、枕から顔を上げようともしなかった。バルカスが彼の肩を撫でてやろうとするのを、ヴェーリンはすかさず首を振って制止した。彼は自分のベッドの下から樫材の匣《はこ》を取り出した——正門前に停めてあった不用心な商人の荷馬車から盗んだ代物で、セラのスカーフに次ぐ貴重品だ。解錠して蓋を開けると、この数年間で何かと交換したり盗んだりした硬貨すべてをしまいこんである革袋が現われる。彼はそれをケーニスに投げ渡した。「土産にはトフィーを頼むよ。あとは、ぼくの足に合いそうな柔革のブーツも探してみてくれ」

夜明けの景色はどこも深い朝霧にくすみ、夏の太陽がそれを灼き払ってくれるのを待ちかねているかのようだった。朝食の席ではヴェーリンとノルターがただひたすら憮然としており、夏祭へ行くことを許された仲間たちも彼らに気を遣いつつ、それでも期待感を抑えきれない様子だった。

「熊はおるんかな？」デントスがさりげない口調で尋ねる。

「たぶんね」ケーニスが答える。「夏祭には熊がつきものだよ。酔っ払いたちが賞金欲しさに力比べを挑むのさ。ほかにもお楽しみはたくさんある。昔、ぼくが見に行ったときは、アルピラ帝国から来たっていう手品師がいて、笛を吹いて蛇を踊らせてたっけ」

ヴェーリンも騎士団へ入れられるまでは毎年のように夏祭へ連れていってもらい、踊り子やら曲芸師やら行商人やら軽業師やら、そこかしこに満ち溢れている喧噪や匂いにいたるまで、今も鮮烈に憶えていた。無意識のうちではあれ、また行きたいという欲求はずいぶん強かったにちがいない——幼い頃に体感した極彩色の興奮は今も変わらずにあるのだろうか。

「国王陛下もおいでになるはずだ」彼はケーニスに言いながら、遠く眺めるばかりだった王族用の天幕を思い出した。妻子に囲まれたジャヌスはそこに収まり、演武場でくりひろげられる競技の数々を見下ろしていたものだ。競馬、レスリング、拳闘、弓術、それぞれの優勝者たちは国王から赤いリボンを贈られる。力の限りを尽くしたにしては何の足しにもならないほどの褒賞だが、受け取った面々はみな嬉しそうだった。

「すぐそばまで行けたら、靴の泥を落としてさしあげるぐらいのことはできるかもしれないぜ」ノルターが言った。「身に余る光栄だとは思わないか？」

ケーニスはまったく意に介していないようだった。「留守番を命じられたからって、ぼくに八つ当たりしても無駄だよ、ブラザー」彼はやんわりと受け流した。

ノルターはなおも侮蔑的な言葉をぶつけようとしたものの、それを声に出すかわりに食器を押しやり、席を蹴るようにしてテーブルを離れ、怒りもあらわに荒々しく廊下を歩み去っていった。

「あいつ、よっぽど腹に据えかねてるんだな」それがバルカスの見解だった。

朝食が終わると、ヴェーリンは中庭まで見送りに出て、彼らが仲間ふたりを領館に残しては夏祭へ行くに行けないという態度を示してくれたことに、それが本心でないと知りつつも嬉しかった。

「あのさ……」ケーニスがためらいながら口を開く。「きみが望むなら、ぼくも一緒に残るよ」

ヴェーリンはその言葉に心を動かされた。なにしろ、ケーニスはあんなにも国王の姿を拝みたがっていたのだから。「きみが行ってくれなきゃ、ぼくのブーツはどうなるんだい？」彼はひとりひとりと握手を交わし、正門を出ていく彼らの背中にむけて手を振った。

それから、スクラッチに会いに犬舎へ行くと、驚いたことに、そのスレイヴハウンドには新しい友達ができていた。アスレール産のウルフハウンドの雌で、筋骨の太さでは遠く及ばないにせよ、充分に肩を並べるほどの大きさはある。

「数日前、夜のうちに潜りこんでたのさ」チェクリルが告げた。「どこにも隙間はないはずなんだがね。やっこさんに嚙み殺されなかったのも驚きだよ。おそらく、仲間が欲しいと思ってたんだろう。このまま、こいつらの好きなようにさせておけば、何ヵ月か先には仔ができるかもしれん」

スクラッチはいつもどおり、ヴェーリンの姿を見るやいなや嬉しそうに身を躍らせた。雌犬のほうは遠くから眺めているだけだったものの、スクラッチの歓迎ぶりに一応は安心したようだ。ヴェーリンが二頭に屑肉を投げてやると、スクラッチがそれを食べるのを確かめてから、雌犬もその餌にありついた。

「こいつのことを怖がってるみたいですね」彼が意見を述べた。

「そりゃそうだろ」チェクリルが声を弾ませた。「ところが、追い払おうとしても無駄なんだよな。こういう雌犬は少なくないんだ。番う相手を決めたら、あとはもう梃子でも動かない。情の深い女もいるもんじゃないか、なぁ？」彼が笑ったので、ヴェーリンは意味が分からないまま調子を合わせて笑った。

「で、祭には行かなかったのか？」チェクリルは犬舎の奥にいるニルセール産のテリア三頭に餌をやりながら言葉を続けた。短い鼻面につぶらな茶色の瞳という外見こそ可愛いものの、撫でようとする手に嚙みつくほど気性は荒い。やんちゃなそいつらの気晴らしになればと、チェクリルはたびたび兎狩りに連れ出していた。

「マスター・ソリスから、剣術の鍛錬がいいかげんだったと言われてしまいました」ヴェーリンが答える。

チェクリルはたしなめるように舌打ちをした。「おまえさん自身に足りないところがあるのを、ほかのブラザーのせいにしちゃいかん。おれが訓練生だった頃なんか、怠け者は乗馬鞭で打たれたもんさ。一度目で十発、二度目からは十発ずつ増えていくんだ。年に十人かそこらも体罰で死んじまったりするんだぜ」彼は脳裏をよぎる過去の記憶に重い溜息をついた。「それはそうと、祭に行きそこなったのは残念だったな。犬の買付にも良い機会なんで、おれも仕事を片付けたら一回りしてこようと思ってるんだ。しかし、公開処刑やら何やらで、人出がすごいことになってるだろうな。ほれ、小さな怪物ども、存分に食ってくれよ」彼がテリアの檻に肉片を投げこむたび、そいつらは騒々しく吠えたり唸ったりしながら餌を争っている。チェクリルはそんな様子に笑みを洩らした。

「公開処刑とおっしゃいましたか？」ヴェーリンが尋ねる。

「何も聞いてないのか？　国王陛下が宰相を縛り首になさるんだとさ。陰謀、汚職――ありがちなことだよ。大勢の見物客が集まるのも道理だろう。相手は王国全土の嫌われ者だ。重税の元凶だもんな」

ヴェーリンはたちまち口の中が渇き、胸が重くなるのを感じた。（ノルターの父親だ。ノルターの父親が殺されようとしてる。ソリスがぼくたちを領館に残らせたのは、それが理由だったんだ。あいつだけ留守番じゃ不自然だから、ぼくも一緒ってことにしたんだ……いずれ、その報せがここへ届くとき、ぼくがあいつを見守っていられるように）彼は無意識のうちにチェクリルのほうを凝視していた。

「今朝、マスター・ソリスはここへいらっしゃいましたか？」彼が尋ねる。

チェクリルは犬たちに笑いかけたまま、ふりかえろうともしなかった。「マスター・ソリスは切れ者だ。きみらはもっと彼を尊敬しなきゃいかん」

「ぼくの口から告げるべきでしょうか？」ヴェーリンが声を軋ませた。

チェクリルはそれに答えることなく、檻の隙間からハムの切れ端をひらつかせ、テリアたちが跳びつこうとするたびに笑い声を上げるばかりだった。

「ンッ」言葉に詰まったヴェーリンは咳払いをすると、犬舎の扉にむかって踵を返した。「お先に失礼させていただきます、マスター」

チェクリルはそちらを一瞥もせずに片手を振りながら、吠え騒ぐテリアたちへの愛情に満ちた笑い声を響かせていた。「その調子だぞ、小さな怪物ども」

中庭をつっきりながら、ヴェーリンは自分の双肩にかかっている責任の重さを思い知り、そのまま押しつぶされて敷石に埋もれてしまうのではないかとさえ感じていた。ふと、ソリスや管長への憎しみがこみあげてくる。（統率力がどうしたって？）彼は苦々しい気分になった。（そんなもの、ぼくに期待しないでほしいね）

しかし、脳裏をよぎったのはもうひとつ、食堂から歩み去ったノルターの表情であり、塔の部屋へと続く螺旋階段をうんざりしながら昇っていくうち、それはいよいよ大きな懸念へとふくらみつつあった。あのときに見て取れたのは怒りだけだったが、あらためて思い返せば、もっと別の何か、決然たる意志もあったような……

彼はそこでようやく気付いた。（あぁ、そんな、まさか！）

彼は階段の残りを一気に駆け昇り、部屋の扉を叩きつけるほどの勢いで開け、切迫した声で叫んだ。

「ノルター！」

室内には誰もいなかった。（厩舎かもしれない。あいつは馬が好きだから……）

そのとき、彼は開けっぱなしの窓に目を留めた。ベッドの上に置いてあるはずのシーツや毛布もごっそりと消え失せている。窓辺から身をのりだしてみると、それらの布地類が縛り合わされ、長さ二十フィートあまりの綱となって揺れていた。その端から下にある北門の屋根まで十五フィートほど、さらに下の地面までが十フィートほどで、騎士団の少年たちにしてみれば決して跳び降りられないような高さではなく、もちろんノルターにとっても同様だった。ほかのブラザーたちが朝食に気を取られているあいだに、彼は濃霧にまぎれて塔の外へと抜け出したのだろう。

一瞬、ヴェーリンはソリスか管長に報告することを考えたが、すぐにその選択肢を捨てた。ノルターに対する処罰は生半可なものでは済まされないだろうし、脱走からすでに半時間以上も経過している。そもそも、ソリスや管長が領館にいるのかどうかさえ分からない。彼らもまた祭へ行っているかもしれないのだ。そして、彼の頭の中では、さらに別の疑問がひっきりなしに谺していた――（あいつが誰よりも早く祭の場に着いたとして、そこで待ち受けてるのは何だ？　あいつが目にするのは何だ？）

ヴェーリンは大急ぎで壜に水を詰め、ナイフ二本を懐に隠し、剣を背中にくくりつけた。それから、窓枠を乗り越え、ノルターが残していった綱をしっかりとつかみ、外壁を降りていく。案の定、それは簡単至極、ほどなくして地面に降り立つことができた。霧はすでに消えかかっていたので、彼は人目に触れないよう慎重に行動する必要があり、十七歳ぐらいのブラザーがいかにも退屈そうに胸壁の上を巡回してきたときは壁面にぴったりとへばりついて通過を待ち、それから近くの木立へすばやく身を躍らせなければならなかった。訓練場を走らされるよりはずっと短い距離、ほんの二百ヤードにすぎなかったが、背後の胸壁からいつなんどき警告の叫びとともに矢を射掛けられるかもしれないとあっては、一マイルあまりも全力疾走しているかのような錯覚を禁じ得ない。実際にはさほど遠くないのだから、どんなブラザーでも命中させてくるだろう。そんなわけで、彼は涼しい木陰に入ったところでようやく安堵に胸を撫で下ろし、走りをいくぶん緩めた。それでもかなりの負担がかかる速さを保っていたのは、とにかく一刻を争う状況だと理解していたからである。彼は半マイルばかり木々のあいだを進んだあと、道に出た。

路上は彼がこれまでに見たこともないほどの混雑ぶりだった。市で売るための生鮮品を荷車に満載した農夫たち、さまざまな競技会や見世物を楽しもうと年に一度の旅行に来た家族連れ。しかも、宰相の処刑に立ち会えるのは今年だけのことだ。彼らの歩みからは、そのせいで心が萎えてしまったような様子もまったく感じられない。ヴェーリンの目に映る顔はどれも陽気に笑っており、何本もの斧を積んだ荷車から判断するに樵《きこり》だろうと思われる男たちの一団などは調子外れの濁声《だみごえ》でこう歌っていた——

そいつの名前はアルティス・センダール
ごうつくばりの老いぼれ羊
ジャヌス王に財布の中身を調べられ
欲の皮ごと八つ裂きだ

「よぅ、若いの、そんなに焦りなさんな！」樵のひとりが駆け足のヴェーリンに声をかけ、ふらつきながら炻器《せっき》の壜を振ってみせる。「縛り首はわしらの到着待ちだよ。火葬に使う薪材を伐り出さなきゃ、始まるものも始まらんさ」ほかの樵たちが爆笑するあいだ、ヴェーリンはこの酔っ払いどもが指を叩き折られても斧を使えるものかと思いつつ、そうしてやりたい衝動を抑えて走りつづけた。
次の丘のむこう、まだ何も見えないうちから、鈍いどよめきが聞こえてくる。何千という話し声の交錯する音だ。幼い頃の彼はそれを怪物と思いこみ、恐怖のあまり母にしがみついてしまったものである。「大丈夫よ」母は彼の頭を撫でながら宥め、丘の上に出て、そっと彼の視線をそちらへ向けさせた。「ごらんなさい、ヴェーリン。たくさんの人々がいるでしょ」

年端もいかない少年の眼前、ヴァリンズホルドの城壁前に広がる何エーカーもの平原では、まるで王国内の臣民すべてが夏を祝う喜びを分かち合っているかのようだった。しかし、今ここで彼が目のあたりにした群衆はそんな記憶よりもなお大きく、街の西側に延びる城壁沿いをぎっしりと埋め尽くし、人いきれも篝火《かがりび》の煙もいっしょくたに立ち昇って上空を漂い、無数のテントにくわえて派手な色柄の見世物小屋もそこかしこに所狭しと立ち並んでいる。この四年間というもの人里離れた騎士団の領館で日々を過ごすばかりだった若者にとって、その光景はまさしく圧倒的だった。

（この中であいつを捜し出そうなんて、無理じゃないのか？）彼はそう思わずにいられなかった。背後からは樵たちの荷車が追いついてきたのだろう、宰相の死を祝う酔っ払いたちの高歌放吟がふたたび大きくなっている。（捜すべきはあいつの姿じゃない）彼は気付いた。（絞首台だ。あいつもそこにいるはずだ）

雑踏の中へと割って入るのは不思議な感じで、大勢の見知らぬ人々とその体臭にすっかり囲まれるや、興奮と狼狽とがないまぜに湧きあがってきた。そこいらじゅうに行商人たちがいて、喧噪に負けじと声を張り上げ、砂糖菓子から陶器まで、ありとあらゆる品物を売っている。また、音楽や演劇、曲芸や軽業、手品などを楽しむ人垣もあちこちにできており、妙技に対しては拍手喝采が送られ、失敗に対しては野次が飛ぶ。ヴェーリンはそんなものに目を奪われまいとしていたものの、つい足が止まってしまうことも少なくなかった。筋骨隆々たる火吹き男がいるかと思えば、浅黒い肌に絹のローブをまとった手品師は観客の耳の孔《あな》から小物を取り出してみせる。見物の輪に加わって数秒、ヴェーリンは自分のやるべきことを思い出し、恥ずかしさに顔をこわばらせながら先へ進むのだ。やがて、半裸の女が宙返りをくりかえしているところへ吸い寄せられるように歩みが遅くなったとき、彼はマントの懐を探る他人の手に気付いた。ほとんど何の感触も伝わってこないほど微妙な動きだった。彼はその手首を左手でつかむと同時に強く引き、左足をひっかけて掏《す》摸《り》をつまずかせた。そいつはあえなく地面に倒れこみ、苦悶の呻きを洩らした。年端もいかない少年で、痩せぎすの小さな身体におんぼろ服をまとっている。少年はヴェーリンを見上げ、唸り声とともに自由なほうの手をばたつかせ、捕われの状態から逃れようと必死になった。

「けっ、こそ泥め！」人垣の中にいた男がひとり、吐き捨てるように笑った。「騎士団相手に一仕事とは、身の程を知らん小僧もいたもんだな」

　騎士団という一言を聞いた少年はいよいよ焦ったのだろう、ヴェーリンの手をひっかいたり嚙んだり、それまで以上に激しく暴れはじめた。

「殺しちまいなよ、ブラザー」ほかの通行人も声をかける。「盗人がひとりでも減りゃ、そのぶんだけ街がきれいになるんだからさ」

ヴェーリンはそれを無視し、掏摸の少年を引き起こして立たせた。骨と皮ばかりといった身体なので、およそ手応えもないほどだった。「どうせなら、もっと腕を磨いてからにしろ」彼は少年に言った。

「こきやがれ」少年は罵り、なおも必死に身をよじる。「本物のブラザーでもねぇくせに。ただの見習いだろ。おいらと何も違わねぇや」

「痛い目に遭わせてやろうか」また別の男が人垣から出てきて、少年の頭をひっぱたくような仕種を見せた。

「手出しは無用ですよ」ヴェーリンが釘を刺した。それは髭面をエールの泡だらけにした太鼓腹の男で、酔いが回って焦点の合わない眼でひとしきり値踏みするようにヴェーリンを眺めたあげく、そそくさと立ち去った。まだ十四歳とはいえ、ヴェーリンはすでに世間一般の男たちよりも背が高く、騎士団で鍛えあげられた巨軀には無駄な肉がまったくない。彼は視線を上げ、ささやかな悶着に足を止めた野次馬たちの顔をじっくりと見回した。誰もがすぐに姿を消した。（ぼくだからじゃない）ヴェーリンには分かっていた。（これが騎士団の威光ってわけだ）

「放せよ、ちくしょう」少年の声には恐怖心と怒りとが同じぐらいの割合で混じっていた。暴れすぎて疲れたのだろう、ヴェーリンに押さえこまれた身体をぐったりとさせたまま、煤け顔を憤然と歪めている。「おいらにゃ仲間がいるんだぜ。後悔したくないんなら……」

「仲間がいるのは、こっちも同じだ」ヴェーリンが言葉を返す。「そのうちのひとりを捜してる。絞首台はどこだ？」

少年はとまどったように顔をしかめた。「何だって？」

「宰相の処刑に使う絞首台があるはずだ。その場所は？」

少年の眉間が弛み、いかにも思惑ありげな弧を描く。「教えてやったら、何をくれる？」

ヴェーリンはそいつを組み伏せている手に力をこめた。「手首の骨を折らずに済ませてやるさ」

「騎士団のしみったれ野郎」少年は拗ねたように呟いた。「手首でも腕でも、折りたきゃ折りやがれ。それが何になるってんだ？」

ヴェーリンはそいつの顔を覗きこみ、恐怖心と怒りのほかにまだ別の感情があるのを見て取り、押さえつける手を弛めた――少年の反抗心がそうさせたのである。ただ恐怖心だけに支配されてしまうことを許さない自尊心を持ち合わせているということか。ヴェーリンはあらためて少年の服のおんぼろ具合に目を向け、泥にまみれた裸足にもようやく気付いた。（こいつは自尊心ひとつを支えに生きてきたのかもしれない）

「よし、人並みの扱いをしてやる」彼は少年に告げた。「逃げても無駄だぞ、必ず捕まえるからな」彼は鼻先がぶつかりそうなところまで顔を迫らせた。「信じてみるつもりはあるか？」

少年はいくぶん首をすくめ、小さくうなずいた。「ん、おぅ」

ヴェーリンは少年を座らせ、その手首を放してやった。そいつは逃げ出したいという衝動と戦っているのだろう、手首をさすりながら、わずかに彼との間合を広げた。「名前を聞かせてもらおうか？」ヴェーリンが要求した。

「フレンティス」少年はためらいがちに答えた。「あんたは？」

「ヴェーリン・アル・ソーナ」そのとたん、少年は何かを察したように眼をきらめかせた。この街の身分社会の最底辺にいる者でさえ、元帥の苗字ぐらいは知っているらしい。「ほれ」ヴェーリンは自分のポケットをあさり、一本の投げナイフを少年の手に置いた。「これぐらいしか取引に使えるものがなくてね。絞首台まで案内してくれたら、あと二本もやるよ」

少年はしげしげとナイフを眺めた。「これって何なのさ？」

「ナイフだよ、投げて刺すんだ」

「人殺しにも使えるのかい？」

「とことん練習しなきゃ難しいな」

少年はナイフの切先に触れるや、痛みに息を洩らし、血のにじんだ指先を口につっこんだ。見た目よりも鋭利だということを思い知ったにちがいない。「やりかたを教えてくれよ」指を咥えたままの言葉はもごもごとしていた。「うまく投げられるようにしてくれたら、絞首台まで連れてってやるさ」

「そっちが先だ」それに対し、少年が疑わしげな表情を浮かべたので、ヴェーリンはすぐにつけくわえた。「約束は守るから」

騎士団の一員である彼が約束という言葉を使ったことで、フレンティスもいくぶん不信感は薄れたようだったものの、まだ完全に心を許したわけではなさそうだ。「ついてきな」少年は立ち上がり、雑踏の中を歩きはじめた。「はぐれるんじゃないぜ」ヴェーリンもそれに遅れじと人の群れをかきわけていったが、幾度となく見失ってしまい、そのたびに少年はすぐ先で立ち止まり、小声でぶつぶつ言いながらも彼を待っていてくれた。

「尾行の基本も教わってねぇのか?」フレンティスがそう尋ねたのは、踊る熊の見世物でひときわ混雑がひどいところを通り抜けようと悪戦苦闘しているときのことだった。

「戦いについては何でも教わってるんだけどね」ヴェーリンが答える。「それに……これほど大勢の人々が集まった場所へ来ることには慣れてないんだ。街へ出たのだって四年ぶりだし」

「けっこうなことじゃんよ。おいらなんか、もうすっかり見飽きちまってらぁ」

「他所へ行った経験はないのかい？」

フレンティスはその問いに呆れはてたような表情を見せた。「あるにきまってんだろ、川舟が使えるんだから。どこだって行きたいところへ行けるっての」

雑踏の中でこのまま年老いてしまうのではないかと思いたくなるほどの時間を経て、フレンティスはふと立ち止まり、百ヤードばかり前方にそびえる木製の構造物を指し示した。

「ほれ、あそこ。あれを使って、おっさんの首を長くするんだとさ。ところで、何をやらかしたやつなんだい？」

「詳しいことは何も知らないんだ」ヴェーリンの言葉に嘘はなかった。彼は約束どおり、残り二本のナイフも少年に手渡した。「エルトリアン曜の晩に領館へ来てくれたら、使い方を教えてやるよ。北門のあたりで待ち合わせよう」

フレンティスがうなずき、すぐさま二本のナイフをおんぼろ服の懐にしまいこんだ。

「見物するつもりかい？　縛り首をさ」

ヴェーリンは少年のそばを離れ、周囲の雑踏に目を凝らした。「まっぴらごめんだね」

彼は十五分かそこらも人々の顔から顔へと視線を移し、ノルターが現われるのを待ったものの、成果は得られなかった。驚くにはあたるまい――騎士団の者たちは捜索の目を盗むことに長けており、雑踏にまぎれるぐらいは簡単至極なのだ。ヴェーリンは人形劇を囲む人垣にひっかかったところで、腹の底から焦燥がこみあげてくるのを感じた。（あいつ、どこにいるんだ？）

「おぉ、〈逝きし者〉の祝福されし魂よ」人形使いの男はわざとらしい愁嘆の声色を使いながら、巧みに糸を操り、木製の人形をがっくりと舞台上にひざまずかせた。「わたしが背信の徒だからとて、かような運命を甘受せねばならぬとは」

（背信者ケルリスだな）ヴェーリンはその物語を知っていた。生前の母のお気に入りだったからである。ケルリスは信念に尽くすことを拒んだゆえに、〈逝きし者〉による赦しを得られるまでは異界へ入れず、終わりのない呪われた人生を送らなければならなくなった。今もなお信念を見出せないまま世界をさまよっているという説もある。

「信念を知らぬ者よ、そなたの運命はそなた自身が招いたものだ」人形使いは重々しい台詞とともに、居並ぶ〈逝きし者〉すべてを一様にうなずかせた。「われらは何の裁きも与えぬ。裁くはそなた自身だ。そなたなりの信念を見出すに至れば、われらもそなたを受け入れることに……」

ヴェーリンはいつのまにか人形たちの造形の妙と人形使いの技に見惚れてしまっていたことに気付き、やっとのことで人垣を離れた。（おい、こら）彼は自分自身をたしなめた。（集中しろ。あいつはここにいるんだ。いないはずがないんだ）

彼がなおもノルターを捜しつづけるうち、とある顔が視界にとびこんできた。三十代ぐらいの男で、その面相は骨張って肉が薄く、そこに悲しげな眼差を宿している。見憶えのある眼差。エ、ル、リ、ン！　ヴェーリンは愕然と凝視するばかりだった。（わざわざ戻ってくるなんて。頭がいかれてるのか？）

エルリンはすっかり人形劇に見入っている様子で、悲しげな眼差もそこに釘付けだった。ヴェーリンはどうしたものかと迷ってしまった。声をかける？　気付かなかったことにする？　それとも……殺す？　切迫感に煽られ、暗い考えが脳裏をよぎる。（彼もあの少女も、ぼくが助けたんだ。もし、彼が捕まったりすれば……）少女の顔を思い浮かべ、襟に巻いたスカーフの感触を確かめることで、ヴェーリンはどうにか我を失わずに済んだ。（さっさと行こう）彼はそう決めた。（ぼくは何も見なかった、それが無難な……）

突然、エルリンがふりかえり、その視線が彼の顔を捉え、見開かれた眼にはたちまち警戒の色が浮かんだ。彼は人形劇に短い一瞥を向け、何ともつかない入り乱れた感情を覗かせたかと思うと、踵を返して雑踏の中へ姿を消した。ヴェーリンはとっさに彼を追いかけようとした。セラが無事なのかどうかを知りたかった。ところが、そちらへ足を踏み出すやいなや、後方から叫び声が聞こえ、刃を交える音も響いてきた。距離は五十ヤードほどだろうか、絞首台のすぐそばである。

そこにも野次馬が集まっていたので、ヴェーリンは強引に通り抜けるしかなく、その無遠慮な突進が周囲の人々に痛みを訴える呻きや罵詈雑言を上げさせた。

「何だったんだ？」雑踏の中で誰かの尋ねる声がする。

「警戒線を突破しようとしてたらしい」別の声が答える。「おかしなやつもいたもんさ。あんなのがブラザーとはな」別の声が答える。

「あいつも縛り首かね？」

ヴェーリンはようやく人の群れが切れるところまで出ると、眼前の状況をすばやく見極めた。兵士が五名——チュニックに飾られた黒い尾羽から〈黒鷹〉の異名で知られる第二十七騎兵隊だろう。統一戦争での活躍によって国王の信を得たこの騎兵隊はさまざまな式典や行事などの警備を任されるという栄誉に浴してきた。そのうちのひとり、もっとも大柄な兵士が丸太のような腕でノルターの喉許を締めあげ、ほかのふたりも手足を押さえつけようとしている。四人目がやや離れた場所に立ち、今にも斬りかかりそうに剣を構えていた。「さっさと組み伏せろ、しっかりやれ！」その男が叫んだ。〈黒鷹〉の面々はいずれも痣や傷を負っており、ノルターがあっさりと捕えられたわけでないことは歴然としていた。残るひとりは地面にへたりこみ、鮮血にまみれた片腕の切り口を押さえ、激痛と憤怒とですっかり顔色を失っている。「ちくしょう、くたばっちまえ！　おれを手無しにしやがって！」

剣を持った男がさらに構えを高くするのを見て取った瞬間、ヴェーリンは考えるよりも早く身体が動いていた。一本だけ残してあったナイフを、取り出したという感覚もないままに投げたのである。それは彼にとって過去最高の一投となり、剣を構えている男の手首に突き刺さった。男はたちまち剣を取り落とし、自分の腕を貫いたその金属製の輝きを帯びた物体を愕然と凝視した。

ヴェーリンはすでに次なる行動へと移っており、背負っていた剣を鞘から抜いたところだった。彼の奇襲に対して、ノルターを押さえつけていた男のひとりが手を放し、腰に提げてある自分の剣をつかもうとした。わずかな隙に乗じたノルターがその兵士の顔面に肘打ちをくらわせ、そいつがよろめいたところへヴェーリンも飛び蹴りを浴びせる。その兵士は鼻と口から血を噴き、ふらつく足をどうすることもできずに地面へと崩れ落ちた。

ノルターは自分のナイフをベルトから引き抜くや、拳ごと後方へ叩きつけ、喉を締めあげていた兵士の腿を深々と抉り、そいつの腕を強引にひっぺがした。すかさず、ヴェーリンが剣の柄でそのこめかみを一撃する。あとひとりの〈黒鷹〉はすでにノルターから離れ、構えた剣の切先を震わせていた。

「きさまら……」そいつはすぐに言葉が出てこないようだった。「きさまら、陛下の平和を乱すつもりか。逮捕――」

ノルターが目にも留まらぬ身のこなしでその剣をかいくぐり、顔面に拳をぶちこんだ。さらに二発でそいつも倒れた。

「鷹だと？」ノルターは意識を失ったその兵士めがけて唾を吐いた。「羊のほうが似合ってるぜ」それから、彼はヴェーリンをふりかえり、上気したように眼をぎらつかせる。

「ありがとう、ブラザー。よし」彼は荒々しく踵を返した。「おまえがいてくれりゃ、父上を救出するのも――」

ヴェーリンは彼の耳のすぐ下を殴りつけた。マスター・イントリスによる格闘術の訓練で幾度となく痛い目に遭わされながらようやく体得した技である。相手に傷を残すことなく失神させることができるのだ。

ヴェーリンは僚友のかたわらにひざまずき、彼の首筋に触れて脈を確かめた。「悪く思わないでくれよ、ブラザー」彼は囁いてから剣を鞘に収め、ぐったりとしているノルターの身体を苦もなく担ぎ上げた。彼に比べれば小柄なノルターだが、決して軽くはない。絶句している野次馬たちの注目を集めながら、彼はゆっくりと歩きはじめた。そこを通してくれと手振りで示すと、誰もがまったく無言でそれに従った。

「そこまでだ！」命令口調の叫び声がまるでガラスを砕くかのごとくその場の沈黙を破り、ようやく我に返った人々は驚きと疑いに騒然となった。

「五人もの〈黒鷹〉を、たったふたりで……」

「こんなことは初めてだ……」

「兵士を襲うなんて、叛逆じゃないか。勅令によれば……」

「**静まれ！**」ふたたび発せられた声が、群衆のざわめきを圧倒する。ヴェーリンがふりかえると、馬上の男が乗馬鞭をひるがえしながら雑踏のまっただなかへ割りこんでくるところだった。「道を開けろ！」その男は居丈高に言った。「陛下のためのお勤めだ。道を開けろ！」

男はやがて雑踏を抜け、ヴェーリンの眼前で馬を停めた。長身の男で、またがっているのは生粋のレンフェール産とおぼしき黒い軍馬だ。黒い羽をあしらった礼装用のチュニック、士官であることを示す短い羽飾りのついた兜、その庇の下に見えている痩せた顔は髭の剃り跡さえもきれいだったが、隠しきれない憤怒にひきつっている。胸甲の階級章は四芒星がひとつ——王土警備隊の総司令官だ。馬上の男の後方では、すでに抜剣した〈黒鷹〉の一隊が徒歩で展開しており、殴る蹴るも厭わずに群衆を押し退がらせている。幾人かの兵士たちは倒れた仲間の応急手当にかかりながら、敵意に満ちた視線をちらちらとヴェーリンに向けている。ヴェーリンの投げナイフで手首をやられた男は痛みのあまり泣き叫んでいた。

逃げ道がどこにもないことを見て取ったヴェーリンはそっとノルターを地面に寝かせ、そこからやや離れた位置、馬上の男と僚友とのあいだに立ちはだかった。

「どういうつもりだ？」司令官が詰問する。

「騎士団の一員として当然の務めを果たしたにすぎません」ヴェーリンが言葉を返す。

「おれに対する当然の務めを果たせ、騎士団の小童めが。さもないと、そこいらの立木にきさま自身の臓物で縛りつけてやるからな」

ヴェーリンは剣を抜きたい衝動を抑えつけ、迫り来る〈黒鷹〉の兵士たちを眺めた。それら全員を相手にして戦えるはずがないことは分かっていた。死者を出さずには済まないだろうし、それでノルターを助けられるわけでもない。

「失礼ですが、閣下のお名前は？」彼はどうにかして時間を稼ごうと尋ねながら、自分の声が震えていないことを祈るばかりだった。

「きさまから名乗るのが礼儀だろうよ、小童め」

「ヴェーリン・アル・ソーナと申します。堅信式はまだですが、第六騎士団の訓練生です」

その自己紹介に、群衆がどよめいた。「ソーナだと……」

「元帥の息子か……」

「言われてみれば、面影が似てるかも……」

馬上の男も彼の苗字を聞いたとたんに目を細めたものの、憤怒の表情はまったく変わらなかった。「ラクリール・アル・ヘスティアンだ」彼も名乗った。「第二十七騎兵隊総司令官、〈王国の剣〉の称号も頂戴している」彼は馬を寄せてくると、微動だにしないノルターを見下ろした。「で、こいつは？」

「ブラザー・ノルターです」ヴェーリンが答える。

真似をする？」

「こいつが裏切者を連れて逃げようとしたとの報告を受けた。なぜ、騎士団の者がそんな真似をする？」

（この男は知ってるんだ）ヴェーリンは察した。（ノルターが何者なのかってことを）

「それについては存じておりません、閣下。わたしはブラザーが殺されそうになっているのを見て、そうさせまいとしたのです」

「おれの相棒が殺されたんだぞ！」怒りに顔を紅潮させた〈黒鷹〉のひとりが声を荒らげる。「正当な逮捕なのに、さんざん暴れやがって」

「彼は騎士団の一員です」ヴェーリンはアル・ヘスティアンに言った。「わたしも同じです。われわれにはブラザーとしての務めがあります。それを法に反するものとお考えなら、われわれの管長に訴えてください」

「勅令には誰もが従わなければならん」アル・ヘスティアンが平然と言葉を返す。「ブラザーであれ一兵卒であれ、たとえ元帥であろうとも」彼は鋭い視線でヴェーリンの顔を覗きこんだ。「きさまらブラザーが今ここで果たすべき務めはそれだ」彼は部下たちを手招きした。「投降しろ、小童め――さもないと、次にきさまらが務めを果たすべき相手は〈逝きし者〉ということになるぞ」

〈黒鷹〉の面々が間合を詰めてくる目の前で、ヴェーリンは背負っている剣の柄に手を伸ばした。ほんの幾人かでも傷を負わせてやれば、混乱が生じた隙にノルターを連れて雑踏の中へと姿をくらますことはできるだろう。ただし、騎士団に留まるわけにはいかなくなる。王土警備隊に刃を向けた者たちが戻ることは許されない。(無法者として生きるしかないぞ)ヴェーリンは心の中で呟いた。(そこまで身を落とすわけにはいかない)

「良い子にしてろよ、ぼうや」〈黒鷹〉のひとりが声をかけた。長年にわたって雨風に晒されてきたと分かる顔をした古参の軍曹だ。彼は剣を低く構え、左手にも短刀を持ち、ゆっくりと間合を詰めた。ヴェーリンが見たところ、目の前にいる敵たちのうちでもっとも危険そうなのがこの男だった。「剣を抜くんじゃないぜ」軍曹が言葉を続ける。「これ以上の流血沙汰は無用ってもんだ。おまえがおとなしく捕まってくれりゃ、こっちも丸く収めてやるさ」

ほかの〈黒鷹〉たちの憤怒に満ちた渋面を見たヴェーリンは、自分とノルターに対する扱いを〝丸く収める〟つもりなどあるまいということが容易に想像できた。

「わたしだって、無駄な血を流したくはありません」彼は軍曹に言葉を返しながら、背中の剣を抜いた。「もっとも、必要とあらば、やらないわけにはいきませんがね」

「時間は飛ぶように過ぎていくものだぞ、軍曹」アル・ヘスティアンが物憂げに言い、鞍の上から身をのりだした。「さっさと終わらせて……」

「おや、こっちの見世物も楽しそうだな！」群衆の中から太い声が響いたかと思うと、抗議の叫びを押しのけるようにして、三つの人影が現われた。

ヴェーリンは胸が高鳴った。声の主はバルカスで、ケーニスとデントスの姿もある。バルカスは満面の笑みで〈黒鷹〉たちを見回した。対照的に、ケーニスとデントスは年来の訓練によって身につけた冷徹な眼差を向けている。三人の手には早くも剣が握られていた。

「冗談抜きで、けっこうな見世物じゃないか！」バルカスが言葉を続けるあいだに、三人はヴェーリンと肩を並べた。「こんなにも大勢の〈黒鷹〉諸君が、たったふたりに手を焼かされてるんだからさ」

「邪魔をするな、小童め！」アル・ヘスティアンがバルカスをどやしつける。「きさまには何の関係もないことだ」

「騒ぎが聞こえたんでね」バルカスはアル・ヘスティアンを無視したまま、ヴェーリンに話しかけた。彼は微動だにしないノルターのほうを一瞥した。「失神してるだけか？」

「あぁ。彼の親父さんが処刑されるらしい」

「ぼくたちも聞いたよ」ケーニスが口を開いた。「何かの間違いとしか思えない。善良な人だと評価されてたはずなのに。もっとも、公平を旨となさる陛下のことだから、ちゃんとした理由はあるにちがいないけれど」

「そんなの、ノルターの知ったこっちゃないだろ」デントスが言った。「かわいそうに。あの連中にやられたのか？」

「いや、ぼくがやった」ヴェーリンが答える。「ほかに足止めする方法がなかったのさ」

「来週いっぱいはマスター・ソリスの笞打ちを覚悟しとかなきゃならないだろうな」デントスがぼやいた。

彼らはそこで黙りこみ、〈黒鷹〉と睨み合った。相手は燃えたぎるような怒りの表情をあらわにしながらも、さらに間合を詰めてこようとする様子はない。

「警戒されちゃってるね」ケーニスが見解を述べた。

「そりゃそうだろ」バルカスが言葉を返す。

ヴェーリンはアル・ヘスティアンのほうを盗み見た。邪魔されることに慣れていないのだろう、司令官は傍目にも分かるほど憤然と身を震わせていた。「そこの！」彼は兵士のひとりに指先をつきつけた。「ヒンティル大尉を呼べ。中隊をここへ連れてこいと伝えろ」

「一個中隊！」バルカスが愉悦の声を上げた。「光栄至極に存じますよ、閣下！」

群衆の中からひとつふたつ笑い声が洩れたので、アル・ヘスティアンはいよいよ激昂を抑えられなくなった。「きさまら全員、生皮を剥いでやるからな！」彼は絶叫に近い罵声を浴びせた。「陛下がたやすい死を恵んでくださるなどと思うなよ！」

「ここでも我が父上の代弁ですか、総司令官？」

野次馬の人垣をかきわけて現われたのは、赤毛で背の高い青年だった。地味ではあるが上等な作りの服をまとった彼に対し、人々はいささか奇妙なほど腰が引けており、誰もが目を伏せ、頭を下げ、なかには片膝を地面に落としている者もいる。ヴェーリンはそこかしこを眺めるうち、ケーニスや〈黒鷹〉の面々までもが平身低頭していることに驚かされてしまった。

「ひざまずいて、ブラザー！」ケーニスが囁く。「王子殿下だよ」

王子？　ヴェーリンはそちらへ視線を戻し、ようやく、数年前に王宮で遠目に見た真面目そうな若者を思い出した。マルシウス王子は今や父王に劣らぬほどの偉丈夫へと成長していた。ヴェーリンは近衛兵の姿を探したものの、王子の身辺には誰もいないようだ。(王子ともあろう方が独りで市井を歩くなんて) 彼は呆気にとられるばかりだった。

「ヴェーリン！」ケーニスが押し殺した声でせっついてくる。

彼がひざまずこうとすると、王子は片手を振ってみせた。「その必要はないよ、ブラザー。立ち上がってくれたまえ。ほかの諸君も」彼は笑顔を浮かべ、ひざまずいている臣民たちをふりかえった。「地面はぬかるんでいるじゃないか。それはさておき、総司令官」

彼はアル・ヘスティアンへと視線を戻した。「この騒ぎは何事ですか？」

「叛乱分子による擾乱《じょうらん》です、殿下」アル・ヘスティアンは最敬礼の姿勢から立ち上がり、強い口調で答えた。その左膝がべっとりと泥にまみれている。「この小童どもが、死刑囚を奪い去る意図でわたしの部下たちに襲いかかったのです」

「大嘘だ！」バルカスが声高に叫ぶ。「襲われていたのはブラザー仲間のほうで、われわれは彼らを助け……」王子がその途中で片手を小さく上げたので、彼の反駁はそこまでとなった。マルシウスはひとしきり現場の状況を眺め、傷を負った〈黒鷹〉たちと失神しているノルターを注視した。

「そこのブラザー」彼はヴェーリンに声をかけた。「きみは総司令官がおっしゃるとおりの叛乱分子なのかな？」

「わたしは叛乱分子などではありません、殿下」ヴェーリンは不安や怒りを決して声に出すまいとしながら答えた。「ほかのブラザーたちも同様です。彼らはわたしの救援に駆けつけてくれたにすぎません。今回の騒動について事情聴取を受けるべき者がいるとすれば、それはわたしだけです」

「もうひとり、そこに倒れているブラザーもだろう」マルシウス王子はそちらへ歩み寄り、何やら思うところのありそうな視線でノルターを見下ろした。「この者からも話を聞く必要があるのではないかな？」

「それは……心の痛みに耐えかねてのことだったかもしれません」ヴェーリンは言葉を濁した。「領館へ戻り次第、管長が彼に申し開きを求めるはずです」

「深傷を負っているのか？」

「頭部打撲で気を失ったにすぎません、殿下。一時間もすれば目を覚ますでしょう」

王子はなおもしばらくノルターの顔を眺めたあと、踵を返しながら、ひときわ声を落とし、「目を覚ましたら、わたしも心を痛めていると伝えておいてくれ」

彼はノルターのそばを離れ、アル・ヘスティアンに向きなおった。「これは重大な事案です、総司令官。きわめて重大です」

「おおせのとおりと存じます、殿下」

「その重大さを考えるに、徹底的な究明にはかなりの時間を要するでしょうから、ここで予定されている刑の執行にも支障が生じかねません。わたしとしては、陛下に釈明しなければならないような事態だけは避けたいところです。もっとも、実際にどうするかは閣下次第ですが」

アル・ヘスティアンがほんの一瞬だけ王子に返した視線には、隠しようのない忿懣の光が宿っていた。「わたくしごときが陛下の貴重なお時間を奪うわけにはまいりませんな」彼は歯軋りとともにその言葉を絞り出した。

「ご理解いただけて幸いです」マルシウス王子は〈黒鷹〉たちをふりかえった。「負傷者たちを王族用の天幕へ運び、典医に診てもらいなさい。総司令官、西門の近くで酔漢たちが暴れているという話を小耳に挟んだので、状況の確認をお願いします。長々とお引き留めしてはおれませんね」

アル・ヘスティアンは会釈して鞍上《あんじょう》に戻った。馬を歩ませてヴェーリンたちの近くを通り過ぎるときの彼の顔はすっかり屈辱に歪んでいた。「道を開けろ!」彼は怒声とともに乗馬鞭を振りかざし、群衆を蹴散らさんばかりの剣幕で去っていった。

「きみたちもそのブラザーを連れて帰りなさい」マルシウス王子がヴェーリンに声をかけた。「何がどうなったのか、必ずや管長に報告するように。さもないと、どこか別の経路から彼の耳に届くことになるよ」

「充分に心得ております、殿下」ヴェーリンは深々と頭を下げた。

百ヤードほど離れたところから、単調だが凜とした太鼓の音が響いてきた。それが強さを増すにつれ、群衆はすっかり静まりかえった。彼らの頭よりも高く、一列に並んだ槍の穂先が天を向き、太鼓の音とともに進み、黒い翳のような絞首台へと接近してくる。

「ほら、早く！」王子が命じた。「気を失っているにせよ、彼はここにいるべきでないだろう」

ヴェーリンとケーニスがノルターを担ぎ、デントスとバルカスが先導して無言の人々をかきわけていくうち、太鼓の音が止まった。その沈黙たるや、ヴェーリンは重苦しさのあまり地面に押しつぶされてしまいそうな錯覚を禁じ得ないほどだった。やがて、カタンという乾いた音が遠くで聞こえたかと思うと、溜まっていたものが爆発したかのような大歓声が一気に湧き起こり、何千という歓喜の拳が天にむかって突き上げられ、誰もが狂喜の表情をあらわにした。

祝賀の雰囲気に満ちた雑踏の中で、ケーニスは嫌悪感を隠そうともせずに周囲を睨みつけた。彼が何かを呟いたとき、ヴェーリンにはその声が聞こえなかったものの、唇の動きを見るだけで充分だった――「人間の屑どもめ」


領館の門をくぐると、ノルターはすぐさま教官たちに連れ去られ、姿が見えなくなった。ほかの少年たちの警戒するような視線、あるいは教官たちの白眼を浴びて、彼らは自分たちの冒険譚のほうがずっと早く伝わっていたことを思い知った。

「われわれのほうで対処する」マスター・チェックリンがそう言いながら、逞しい腕でノルターの身体を軽々と肩に担ぎ、彼の荷物も取り上げた。「おまえたちは部屋へ戻れ。次の指示があるまで、おとなしくしていろ。口も閉じておけ」

この命令が正しく守られるよう、ハウンリンが北の塔まで彼らに同行した。火傷の痕だらけの教官はいつもなら折々に歌声を聞かせてくれるのだが、もちろん、今はそれどころではなかった。彼らを迎え入れた部屋の扉が閉ざされても、通路ではハウンリンがそのまま待機しているにちがいないと、ヴェーリンは重々承知していた。(ぼくたちは囚人扱いされることになったのか?) 彼は自問した。

彼らは装備を片付け、あとはただ待つしかなかった。

「ブーツを買ってくれたかい?」ヴェーリンはケーニスに尋ねた。

「見て回るよりも前にこうなっちゃったんだ、ごめんよ」

ヴェーリンは肩をすくめた。沈黙が訪れた。

「バルカスのやつ、エール売場の裏でいかした娘っ子をひっかけようとしとったんよ」デントスがだしぬけに声を上げた。ほかの誰よりも沈黙が苦手なのだろう、おしゃべりの口火を切るのはいつも彼だった。「躰のほうも良さげな感じだったわ。メロンおっぱいでな。そうじゃろ、ブラザー？」

部屋の反対側にいるバルカスがうっとうしげな視線を向けた。「黙ってろ」彼はにべもなく言い放った。

さらなる沈黙。

「きみも分かってるはずだけど、ばれたら金貨を渡されて終わりなんだぜ？」ヴェーリンはバルカスに言った。ときおり、ヴァリンズホルドやその近隣の村々に住む娘たちが大きくなった腹をかかえ、あるいは幼い子供の手を引いて、領館の門前に現われることがある。罪を犯したブラザーは有無を言わさず大急ぎで婚礼を挙げさせられ、所定の数よりも二枚多い金貨——新妻のために一枚、子供のために一枚——とひきかえに領館から出ていかなければならない。嬉しそうな様子を見せる者もいないわけではないにせよ、ほとんどの者は無実を訴えるのだが、第二騎士団による審理を受ければたちまち真相が明らかになる。

「疑われるようなことは何もしてないぞ」バルカスが声を荒らげた。

「あの娘っ子の喉にむしゃぶりついとったろうが」デントスが笑う。

「ちょっとばかりエールが効きすぎちまったんだよ。そもそも、最初にひっかかったのはケーニスだったはずだぜ」

ヴェーリンがふりかえると、ケーニスはうっすらと頬を紅潮させた。「本当なのかい？」

「話半分だと思っとき。近くにいた娘っ子たちが集まってきて、〝うわぁ、可愛い男の子〟ってな」

ケーニスがいよいよ真赤になってしまったので、ヴェーリンは笑いを嚙み殺すのがやっとだった。「そりゃ、さぞかし勇敢に抵抗したんだろうね」

「はて、どうだったか」デントスがとぼけてみせる。「たった二分かそこらで、ますます大勢のきれいどころに取り囲まれとったわ。通りすがりの酔っ払いが〈黒鷹〉どもとブラザーの悶着をでっかい声で吹聴してくれなんだら、動くに動けんままだったろうさ」

問題の一件がふたたび出てきたので、彼らはまたもや黙りこくってしまった。やがて、バルカスが意を決したように口を開いた。「まさか、あいつまで処刑されちまうなんてことはないよな？」

室内が暗くなりかかった頃、ようやく扉が開かれ、怒りに満ちた形相のソリスが足を踏み入れてきた。「ソーナ」彼は声を軋ませた。「おれと一緒に来い。ほかの者はさっさと食事を済ませ、寝ろ」

誰もがノルターの処遇を知りたがっていたものの、ソリスのすさまじい剣幕を目の前にしては声も出ない。ヴェーリンは彼に連れられて階段を降り、中庭を抜け、西の胸壁へと進んでいくあいだじゅう、どこで笞が飛んでくるかと身構えたままだった。行先は管長室かと思いきや、医務室だった――ヘンタルがノルターの容態を診ている。ベッドに寝かされた彼の顔には表情がなく、半開きの眼も焦点や輝きを失っていた。そんな彼のありさまに、ヴェーリンは見憶えがあった。訓練などで重傷を負った少年たちには鎮痛効果の強い薬が与えられるが、それは同時にあらゆる身体感覚を奪ってしまうものなのだ。

「レッドフラワーとシェイドブルームを使ったよ」ヘンタルは入室したヴェーリンとソリスに告げた。「意識が戻るやいなや大暴れしたものでね。われわれも必死で取り押さえようとしたんだが、管長がひどい殴打を受けてしまった」

ヴェーリンはベッドのほうへと歩み寄って仲間の様子を眺め、胸が重くなった。（こんなに弱々しく見えるなんて……）

「大丈夫なのでしょうか、マスター？」彼は尋ねずにいられなかった。

「当人がそれと意識せずに暴れるというのは珍しくない。戦場暮らしの長くなりすぎた者たちに散見される現象だよ。こうしておけば、ほどなく眠りに落ちる。寝覚めは決して良くないだろうが、いずれ本来の調子を取り戻すとも」

ヴェーリンはソリスのほうをふりかえった。「管長の裁定はすでに下されたのですか、マスター？」

ソリスがちらりとヘンタルを一瞥すると、医務官はうなずき、その場を離れた。「まだ確定はしておらん」ソリスが答える。

「われわれは陛下の兵士たちに傷を負わせてしまい……」

「まったくだ。おれの教えをもっと忠実に守りさえすれば、あの連中を殺すぐらいは造作もないことだったろうに」

「総司令官の……」

「裁量権がここまで及ぶわけではない。ノルターはおれの指示に従わなかった、その点において罰を受けるにふさわしい。ただし、管長としては、こいつはすでに充分な罰を受けたと考えておられるようだ。指示に従わなかったのはきさまも同じだが、それはブラザーを護るためだった。裁定を下すにはあたらん」

ソリスはベッドの反対側へまわり、ノルターの額に手を置いた。「レッドフラワーの効果が薄れるにつれ、熱は下がるはずだ。しかし、苦痛はいつまでも消えることなく、刃のように内面を抉りつづける。それが子供を大人へと成長させる糧になるか、あるいは怪物へと変えてしまうか、誰にも分からん。ただ、騎士団がこれまでに多くの怪物たちを生み出してしまったということだけは言っておく」

ヴェーリンはようやく理解した――ソリスの怒りがどこに向けられているのかを。（ぼくたちじゃない）彼は心の中で呟いた。（ノルターの父親に対する陛下の仕打ちと、それがノルターに与えた影響だ。ぼくたちが陛下の剣だとしたら、彼はそんなぼくたちを鍛えあげる職人にひとしい。それなのに、陛下はせっかくの剣を一本、ふいにしてしまった）

「ほかのブラザーたちとともに、彼を支え導いていきます」ヴェーリンは宣言した。「彼の苦しみはわれわれ全員のものです。彼ひとりに背負わせるのでなく、みんなで分かち合っていきます」

「どこまでやれるか、見せてもらうぞ」ソリスが顔を上げ、いつにもまして鋭い視線を彼に向けた。「ブラザーが悪に染まってしまえば、それに対処する方法はひとつしかないが、同じブラザーとして殺すことは許されんのだからな」

翌朝、ノルターは眠りから覚め、ベッド脇でつきそったままだったヴェーリンもその呻き声に起こされた。

「あれっ？」ノルターはそこかしこに鈍い視線をさまよわせた。「どうして……？」ほどなく、ヴェーリンがいることに気付くと、彼は口をつぐみ、後頭部に残る瘤をさすり、蘇る記憶とともに眼光を取り戻した。「おまえに殴られたんだっけな」彼が言った。ヴェーリンの目の前で、ノルターは悍ましい事実を思い出し、たちまち顔色を失い、重すぎる悲嘆にがっくりと肩を落とした。

「ごめんよ、ノルター」ヴェーリンが声をかけた。それ以外のどんな言葉も出てこなかった。

「どうして止めたんだ?」ノルターは涙ながらに囁いた。

「そうしなきゃ、きみはあいつらに殺されるところだった」

「いっそのこと、殺してもらったほうが良かったのに」

「そんな言い方をしないでくれ。きみが親父さんのすぐ後を追うなんて、異界へ移った親父さんの魂は望んでなかったと思うぜ」

しばらくのあいだ、ノルターはさめざめと泣くばかりだったので、ヴェーリンは彼を見守りながら、何十という空疎な慰めの言葉を思い浮かべては噛み殺した。(何も言えっこないや)彼はそう悟った。(こんなとき、言葉なんて何の役にも立ちゃしない)

「見たのか?」ノルターはやっとのことで尋ねた。「父上は苦しまなかったか?」

落とし穴の開くカタンという音、さらには群衆の大歓声がヴェーリンの脳裏をよぎる。

(誰かが異界へ旅立つところを見て喜ぶ連中があんなにいるなんて、知りたくもなかったな)「一瞬で終わったよ」

「陛下の財産を盗んでたとか何とか、どいつもこいつもそう言ってたが、父上はそんなことをする人じゃなかった。いつだって国王のためを想い、忠誠を尽くしてきたんだ」

ヴェーリンはおそらく唯一無二であろう慰めの言葉を見出した。「マルシウス王子から、きみと同じように心を痛めていることを伝えてほしいとおおせつかったよ」

「マルシウスが？　あの場に来てたのか？」

「彼のおかげで助かったんだ。〈黒鷹〉たちを説得して、ぼくたちが帰れるようにしてくださったのさ。きみが誰なのか、ご存知だったみたいだよ」

ノルターはいくぶん表情がほぐれ、遠くを見るような眼差になった。「おれがまだ幼かった頃、彼と一緒に馬を走らせたもんさ。マルシウスは父上の教えを受けてたんで、うちを訪ねてくることも多かった。彼のほかにも、父上はあちこちの貴族の息子を教えてたよ。国政や外交についての見識の高さは夙《つと》に有名だったからな」ノルターは枕許にあるテーブルから布片をひっつかみ、涙に濡れる顔をこすった。「管長の裁定はどうなったんだ？」

「きみはもう充分に罰を受けたことだろうってさ」

「つまり、ここから放り出されて自由の身になるだけの慈悲も望めないわけか」

「ぼくたちふたりとも、父親の意向でここへ来させられた。その理由は知らないけど、とにかくそれを尊重するつもりで、ぼくはここにいるんだ。きみのほうだって、親父さんには相応の理由があったんじゃないかな。生前の希望がそうだったとすれば、〈逝きし者〉になった今でも変わってないと思うぜ。きみも少しはそれを尊重しなきゃ」

「父上の封領が没収され、家族が路頭に迷ってるのに、おれはここでおとなしくしてろってか？」

「きみが一緒なら、ご家族は路頭に迷わなくて済むのかい？　きみの手持ちの金はどれだけあるんだい？　騎士団を離れたらどんな暮らしが待ってるか、考えてみなよ。きみは裏切者の息子だし、軍の兵士たちが報復を狙う相手でもある。ただでさえご家族が大変なときなのに、きみはさらなる厄介事をそこへ持ちこむことになりかねない。今のきみにとって、騎士団は牢獄どころか、むしろ隠れ処なんだぞ」

ノルターはぐったりとベッドに身を沈め、疲労と心痛のないまぜになった視線を天井に向けた。「なぁ、ブラザー、ひとりにしてくれないか」

ヴェーリンは立ち上がり、扉のほうへと足を向けた。「今回の件、きみはひとりじゃないってことを憶えておいてくれ。ブラザーの誰も、きみを悲しみの底に放置しておくつもりはないからな」部屋を出た彼の耳に、ノルターの苦悩に満ちた激しい嗚咽が聞こえてきた。（彼があんなに泣くなんて）もし自分が同じ立場だったら、父親を絞首台から救うために戦おうとするだろうか、ヴェーリンは疑わずにいられなかった。（それに、流す涙があるのかどうかだって分かったもんじゃない）

その晩、彼はスクラッチを犬舎から連れ出し、北門まで散歩させてやり、そこで球遊びをしながら、フレンティスと名乗ったあの少年が投げナイフを教わりに来るのを待った。

スクラッチは日を追うごとに強く、速くなっているようだった。チェクリルが犬たちに与えている餌は牛の挽肉に骨髄や果実の細切れを混ぜこんであり、体格が良くなるのは必然だし、こうして頻繁にヴェーリンと駆け回っていれば体力もたちまち向上するだろうというものだ。しかし、いかにも獰猛そうな外見や巨軀とは裏腹に、嬉々として彼の顔を舐めるスクラッチの姿からは、今もまだ仔犬の気分が抜けていない様子が窺える。

「いつもは森へ行くんじゃなかったっけ？」そんな言葉とともに、ケーニスが門番小屋の陰から静かに現われた。ブラザーが近くにいることをまったく察知できなかったヴェーリンはいささか自分自身に腹立ちを覚えたものの、ケーニスはそもそも身を隠すのが非常に巧いし、意外なところから姿を見せては相手を驚かせるのが楽しいという悪趣味なところもある。

「それ、やめられないのか？」ヴェーリンが訊き返す。

「自主訓練だからね」

球を咥えたスクラッチが駆け戻ってきて、それをヴェーリンの足元へ落とすと、ケーニスのブーツの匂いを嗅いで彼を歓迎する。ケーニスはおそるおそるといった仕種でその頭を撫でた。ほかのブラザーたちと同じく、彼もこの獣に対する不安をいつまでも払拭できずにいるのだ。

「ノルターはまだ眠ってる？」ケーニスが尋ねた。

ヴェーリンは首を振った。ノルターのことは話したくなかった——あの涙を見てしまったことで胸が締めつけられており、これがほぐれるまでには長い時間がかかるにちがいない。

「この先の数ヵ月はいろいろと難儀だろうな」ケーニスが溜息まじりに言った。

「難儀じゃないときがあったかい？」ヴェーリンは川のほうへ球を投げ、スクラッチが喜悦の吠え声とともに追いかけていく。「国王の姿を見られずじまいで、残念だったな」

「でも、王子と会えた。それだけで充分だよ。未来の偉大なる統治者だからね」

ヴェーリンがその横顔を盗み見ると、ケーニスの瞳の奥にはおなじみの輝きが宿っていた。親友とはいえ、国王に対する彼の盲目的な崇拝にはどうしても居心地の悪さが残る。

「王子は……とても印象的な人物だったね。なるほど、次代の王にふさわしいと思うよ」

「うん、ぼくたちを栄光へと導いてくれるにちがいないさ」

「栄光？」

「そうとも。野望があってこその国王じゃないか。版図をもっと拡げ、アルピラ帝国にも匹敵するほどにしてほしい。戦いが待ってるんだよ、ヴェーリン。勇壮な戦いの先に勝利がある。ぼくたちはそんな戦場へ赴き、栄光を勝ち取るのさ」

〝戦争？　血と糞にまみれ……何を崇めるようなもんでもない〟マクリルはそう言っていた。しかし、ケーニスはまったく聞く耳を持たないだろう。彼は博識だし、やたらと知恵も働くのだが、その一方で夢想家でもある。勇者、不倶戴天の敵、助けを求める姫君、怪物、魔剣。彼の頭の中にはそういったものがたっぷりと詰まっており、自分自身の記憶に何も劣らないほどの現実感をいだいているらしい。

「栄光についての考え方はひとりひとり違うんだろうね、ブラザー」球を咥えたスクラッチが駆け戻ってくる姿を眺めながら、ヴェーリンはそうとだけ言った。

彼らは小一時間ほど待ちつづけたものの、少年はついに現われなかった。

「ナイフは売り払ったんじゃないのかな」事の顚末をヴェーリンから聞いたところで、ケーニスが意見を述べた。「その金で安酒を呑んだくれてるか、博奕《ばくち》につっこんでるか。とにかく、もう二度と会わないだろうさ」

彼らは犬舎へ戻ることにした。ヴェーリンが球を高々と放り投げ、スクラッチが虚空に身を躍らせて受け止める。「靴を買うのにでも使ってくれたら良いと思うよ」彼はそんな一言とともに門の彼方をふりかえった。

第二部

肉体とは何ぞや？
　肉体とは殻なり、魂を納める揺籃《ようらん》なり。
　魂なき肉体とは何ぞや？
　腐肉の塊、ただそれだけにすぎぬ。
　愛する者を喪ったときは、その殻を焼いて区切りとするが良い。
死とは何ぞや？
　死とは〈異界〉への門にほかならず、〈逝きし者〉との合一なり。
　それは終わりであり始まりでもある。畏れよ、そして喜び迎えよ。
　　　　　　　　　　　　　　——信念をめぐる教理問答

ヴェルニアーズの記述より

「それは〈薔薇の血〉のことだろう、違うかね？」わたしは尋ねた。「夏祭で出会ったという総司令官だよ」

「アル・ヘスティアン？　あぁ、そのとおりだ」〈望みを絶つ者〉が答える。「もっとも、彼がそう呼ばれるようになったのは戦後のことさ」

わたしは筆記したばかりの一節の下に線を引こうとして、インクのかすれに気付いた。「ちょっと失礼」わたしは声をかけて席を立つと、荷物の中につっこんである新しいインク瓶を取り出すついでに羊皮紙もいくらか追加しようとした。とはいえ、すでにかなりの枚数を費やしており、このままでは手持ちが足りなくなってしまいそうな気もする。ふと、すぐそこの壁面に立てかけてある彼の忌わしい剣が目に映り、わたしは荷を解く手がこわばった。わたしの不快感を察したのだろう、彼はそれをつかみ、自分の膝の上に置いた。

「ロナクの迷信で、彼らの武器はそれで殺した敵たちの魂を吸っているというのがある」彼が言った。「棍棒だろうとナイフだろうと、武器はすべて闇に憑かれたものとして、ひとつひとつに名前を与えるんだ。われわれはそんな幻想をいだかない。剣はあくまでも単なる剣にすぎんさ。人が人を殺すのであって、刃が勝手に動くわけじゃないだろう」

そんなことを言い出した理由は何なのだ？　もっと自分を憎めと、わたしを煽っているつもりか？　その剣の柄に置かれた彼の傷だらけの手はいかにも力強そうで、わたしはふとセリーセンを連想した――のちに皇帝陛下おんみずから〈望まれし者〉という呼称を授けられるに至った彼がまだ一介の近衛兵だった頃、どれほど苛酷な訓練の歳月を経てようやく剣や槍の名手となったのかということを。〝戦士であってこその〈望まれし者〉だよ〟彼はわたしに語った。〝神々からも人々からも期待されているんだ〟あの夏、近衛隊の僚友たちとともに、馬上の彼はヴォラールへと出征していった。ジャヌス王の軍勢が海のむこうから押し寄せてくるまで、激戦を制する彼の勇躍ぶりには誰もが快哉を叫んだ。それでも、〈望みを絶つ者〉が相手では勝負にならなかった。あの忌わしい日に何が起こったのか、わたしはいずれ北の民による物語が伝わってくるだろうと承知していたし、これまでに多角的な証言も集めてきたつもりだが、ほかならぬアル・ソーナから話を聞くことになろうとは、怖ろしくもあり魅惑的でもあった。

わたしは席に戻り、インク瓶を開けて羽ペンを浸し、まっさらの羊皮紙を甲板の上で押し伸ばした。「闇という言葉が出たね」わたしはあらためて口を開いた。「それは何を意味するのかな？」

「そちらで魔術と呼ばれるものと同じはずだ」

「人によりけりだが、わたしはむしろ迷信と呼びたいところだな。きみはそういったものを信じているのか？」

ひとしきり沈黙が漂うあいだ、彼は慎重に次の言葉を選んでいるようだった。「この世界には知られざる側面がいくらでもある」

「あの戦争を題材にした物語のいくつかで、きわめて強力な魔術を操る北の民に言及しており、きみがはっきりと名指しされている例もある。〈血塗られし丘〉で我が軍の兵士たちが判断力を失ったのも、リネシュの城壁があえなく突破されたのも、きみの魔術によるものだったとされているが」

彼はかすかな愉悦に口許を歪めた。「〈血塗られし丘〉のあれは魔術なんかじゃなく、怒りに我を失ったそちらさんの軍勢が自滅しただけのことさ。リネシュの一件だって、港に充満する糞みたいな異臭をまがりなりにも魔術と呼べるかどうかってところだな。そもそも、闇を用いる可能性をほんのちょっと示唆しただけでさえ、たとえ将官といえど部下たちの手にかかって近くの木で縛り首にされかねないのが王国軍の実情でね。信念に叛《そむ》く言動は闇への崇拝にひとしいって解釈なんだよ」

彼はまたもや言葉を切り、膝に置いた剣へと視線を落とした。「闇にまつわる物語がある。子供たちにその怖ろしさを教えるための物語だ——聞きたいか？」

彼はわたしの顔を覗きこみ、目を丸くしてみせた。わたしは歴史家であり、神話や伝承を積極的に収集しているわけではないものの、それらのおかげで史実にいくばくかの光が当たることも少なくない——理に合わない虚構が浮き彫りになる程度とはいえ。「伺おう」わたしは肩をすくめながら答えた。

あらためて口を開いた彼はすっかり調子を変え、重々しいながらも聴く者の耳を捉えて離さない語り部としての声音になっていた。「もっと近寄り、魔女の子をめぐる奇譚に耳を澄ますが良い。ただし、心弱き者には聞かせられん。あまりにも怖ろしく悍ましく、この物語を聞き終えたおまえはわたしを呪いたくなるだろう。

昔々、この王国がまだ影も形もなかった頃、レンフェールの深い森のそのまた深く、ひとつの村があった。村にはひとりの美人が住んでいたが、それは闇夜よりもなお黒い心を秘めた魔女だった。村人たちと会うときはいつも柔和な笑顔を見せながら、腹の底は悪意と嫉妬に満ちあふれていた。この女はひたすら欲望に支えられていた。肉欲、金銭欲、そして死への欲求。まだ若くして闇に憑かれ、悪業に身を委ね、信念を捨て去ることで力を与えられ、その力によって男たちを惑わせ、劣情に溺れさせ、彼女のためとあらば罪を犯すことさえも厭わないほどにまで尽くさせた。

最初に堕ちたのは村の問屋だった。善良な男で、ひたすら質素に勤勉にと励みつづけて富を築き、そこに強欲な魔女が目をつけた。彼女が毎日のように彼の仕事場の近くをうろつき、さりげなく色目を使ってみせるうち、彼の心の片隅に眠っていた小さな欲情の熾はやがて煽り立てられ、激しく燃え上がり、その炎に焼かれた彼の理性はついに灰燼《かいじん》へと帰し、彼女が囁きかける闇の企みを拒めなくなってしまった――〝あたしが後添いになってあげるから、奥さんには死んでもらいましょうよ〟。そして、ある禍々しい夜のこと、彼は妻の食事に〈猟師の矢《ハンターズ・アロウ》〉と呼ばれる毒をふりかけ、翌朝、彼女は事切れた状態で発見された。

問屋の妻はかねてから病弱で知られた初老の女性だったので、村人たちはその死を自然の摂理と受け止めた。もちろん、魔女のほうも抜け目なく立ち回り、殺された哀れな女が火葬されるときは大粒の涙を溢れさせて内心の喜びを隠しつつ、隙を見ては闇の力を借りた甘言で問屋を口説きつづけた――〝あたしを手に入れたければ、すてきな贈り物をちょうだい〟。彼はそれに応えるべく駿馬や金銀財宝などを用意したものの、悪知恵に長けた魔女は決して受け取ろうとせず、むしろ、妻を喪ったばかりで若い女に言い寄るような男は信じられないと、公衆の面前で彼を罵った。自分から贈り物をねだっておいて冷たく拒む、まさしく掌を返したようなその仕打ちに、彼はやがて判断力が低下し、闇に憑かれた彼女の欲望から逃れたい一心で森へ入り、樫の大木の高い枝で首を吊った。遺書には自分の犯した過ちが綴られ、そこまで狂わせた魔女を責める言葉もあった。

もちろん、村人たちはそれを信じようともしなかった。なにしろ、彼女はとても物腰が柔らかく、誰にでも親切なのだから。彼らはその遺体を焼き、忌わしい事件を忘れることにした。しかし、問屋は若い女への叶わぬ恋に正気を失ってしまったと見るのが妥当だろう。もちろん、魔女はまだ飽き足らず、村の鍛冶屋に次なる狙いを定めていた。男前の偉丈夫で、腕は逞しく心は強く、しかし、そんな彼の心でさえ、闇の力を得た彼女が相手ではひとたまりもあるまい。

もともと、彼女は村人たちから離れた場所に居を構えており、誰にも怪しまれずに邪悪な術を使うことができた。魔女にとっては男の心を操るのも風を操るのも同様にたやすく、鍛冶屋が森の中で炭を焼いているところへ北の山々から冷たい雪風を吹かせ、帰るに帰れなくなった彼を自分の家へと招き入れたあげく、腕っぷしの強い彼が必死で抵抗するのをあっさりと押し倒して肌を重ね、邪悪な交合から得た胤《たね》によって忌わしい子を身籠った。

恥ずべきことに、彼女の術はやがて解けた。善良な男は不本意ながらも妻を裏切ってしまったと知って恥じ、夜が明けてもなお女が囁きつづける甘い睦言に耳を塞ぎ、置き去りにされた女が金切声で浴びせてくる脅し文句にも耳を塞ぎ、まっしぐらに村へと逃げ戻ると、一夜の過ちを誰にも打ち明けまいと心に決めたが、それはむしろ思慮が足りなかった。

魔女はといえば、ただひたすら待つばかりだった。忌わしい子を宿した胎がふくらんでいくのを、彼女は静かに待っていた。やがて、収穫期を迎えようとする人々が鎌の刃を砥ぎはじめる頃、彼女の邪心が結んだ実もいよいよ熟し、それが股坐から落果すると、彼女はふたたび動きはじめた。

それ以前もそれ以降も人々の経験したことのないような嵐が訪れ、くすんだような雲塊が北に南に、東に西に、全天を覆い尽くし、すさまじい風雨をもたらした。三週間にわたって降りしきる雨と叩きつける風の中、村人たちは恐怖にすくむばかりで、ようやく嵐が去ったとき、彼らがおそるおそる外へ出てみると、農地はどこもかしこも無残に荒れはててしまっていた。何をどう刈り取ってみても、その冬からの飢餓はすでに避けられなかった。

彼らは森へと足を踏み入れ、多少なりとも腹を満たすための獲物を追い求めたが、獣たちは闇の力を借りた魔女の術によって人目に触れさえしなかった。子供たちはひもじさのあまり泣き叫び、老人たちは体調を崩し、ひとりまたひとり、異界へと旅立っていった。他方、魔女は森の奥にある小屋で我が子を養い、闇に惑わされた獣たちが次々と罠にかかるおかげで、母子とも食うに困ることはなかった。

鍛冶屋が重い口を開いたのは、愛する母の死がきっかけだった。彼は告白にあたって村人たちを呼び集めると、魔女の企みの全容はもちろん、自分が彼女に籠絡された経緯や、そのときの胤によって生まれた子供が森の中で安楽に暮らしており、飢餓に苦しむ村の少年少女の姿を笑いの種にしていることまで語り尽くした。村人たちが決を採ったところ、誰もが同じ意見だった——魔女をこのまま好き勝手にさせておくものか。

当初、彼女はこれまでどおり闇の力によって村人たちを懐柔できると考え、鍛冶屋に重罪の濡衣を着せるべく——彼に犯されたのだと訴えた。しかし、その力はもはや何の役にも立たなかった。真実を知った人々にしてみれば、彼女の嘘はどれもこれも毒に満ち、瞳の邪悪な輝きもまた美貌の裏の本性を映し出すものだった。こうして、怒りに燃える村人たちは松明を振りかざし、彼女の小屋を焼き払い、我が子を胸に抱いた彼女は森のさらに奥へと逃げていきながら、仮面を剥がれた恨みの言葉を吐き散らし……報復を誓った。

ほどなく、人々は村へ戻ると、迫り来る冬をどうにかして生き延びることに専念した。魔女は森のいちばん奥深く、人跡未踏のひときわ鬱蒼たる木々の陰に新たな隠れ処を構え、我が子に闇の作法を教えはじめた。

歳月が流れ、当時の村人たちは墓に入り、そうでなくとも棺桶に片足をつっこんでいた。長年のうちに、魔女とのいざこざは記憶の片隅に押しこめられたあげく、寒い夜に子供たちを怖がらせるための物語にすぎなくなった。農地は蘇り、季節は巡り、万事円満な状態に戻ったように思われた。彼らの何と盲目だったことか、嵐の到来にまったく備えていなかったとは。魔女は我が子を怪物へと育てあげた。痩せぎすで生傷だらけの姿はいかにも森の野生児だが、その内面には彼女が持てる闇のすべてを注ぎ与えていた。胸から溢れ出る穢れた乳に始まり、瘴気《しょうき》に満ちた隠れ処での声をひそめた教えを経て、ついには彼女自身の血までも。憎悪に凝り固まった魔女は我が子が充分に大きくなる頃合を見計らい、ナイフの刃を自分の手首に当て、そこへ彼の口を添えさせた。そして彼は強く深くその血を啜り、母なる魔女が背信者たちの待つ虚無とすっかり同化し、肉体がただの抜け殻となったとき、彼女がついに果たせなかった報復の誓いを受け継いだ。

彼がまず手始めに狙ったのは村の動物たちだった。家族の一員さながらに愛されていた犬や猫が毎晩のように闇の中へと呑みこまれていき、日の出とともに惨死体となって発見された。それから、若牛や豚も消えるようになり、村のあちこちの塀を支える杭の上に生首だけが串刺しで戻ってきた。村人たちは恐怖に駆られながらも、真の危機が迫りつつあることはまだ知らないまま、見張りを立て、松明を燃やし、夜のあいだは必ず手近なところに武器を置いておくようになった。しかし、何の役にも立たなかった。

動物たちにつづいて、子供たちも狙われた。幼子が眠っていたはずの揺籃は次々とからっぽにされ、誰も生きては帰らなかった。怒り心頭に発した村人たちは捜索隊を組織し、猟師たちが足跡を追い、身を隠すことのできそうな場所をくまなく調べ、正体不明の怪物を捕えるための罠もそこかしこに仕掛けた。それでもなお、彼らはまったく成果を得られないまま、秋が過ぎて冬を迎えても、夜になれば責苦と死がくりかえされた。やがて、冬の寒さが人々を縮みあがらせる頃になり、彼はついに自分の存在を知らしめるべく、昼のさなかに堂々と村まで闊歩していった。すでに恐怖心でいっぱいだった人々はそんな彼に対して手を上げるだけの気力も残っておらず、ただ哀願するばかりだった。子供たちを連れ去るのはやめてくれ、もう誰の生命も奪わないでくれ、欲しい物があれば何でも与えるから平穏な暮らしを送らせてくれ——村人たちは彼にそう訴えかけた。

すると、魔女の子は声高に笑った。幼さなど微塵も感じられない、人間の喉から発せられたとさえ思えない声だった。それを聞いた瞬間、人々は自分たちの命運がすでに尽きていることを思い知った。

彼が稲妻を呼ぶと、村はたちまち火の海と化した。人々は川へと逃げ場を求めたが、彼はすかさず豪雨を降らせ、大量の水が溢れかえって堤を破り、人々を押し流した。彼の報復はそこで終わることなく、極北からの烈風によって彼らをそのまま凍りつかせた。すべてが氷結したところで、彼はそこかしこを歩き回り、父親である鍛冶屋の姿を捜し当てた。その顔は永遠の恐怖に固まっていた。

それからの彼について知る者はいない。ただ、一説によれば、骨まで凍るほど寒い夜、かつてその村があった地に立つと、木々のあいだに谺する笑い声が聞こえてくるという。身も心も闇に捧げた者たちの死に場所はどこにもなく、〈異界〉に受け入れられることも永遠にない」

アル・ソーナはそこで言葉を切り、考えこむような表情を浮かべ、膝の上の剣にふたたび視線を落とした。彼はその忌わしい昔話に何らかの重要性を見出しているのだろう、語り部としての声音からもそれが伝わってはきたものの、わたしは確信が持てなかった。

「きみはその物語を信じているのか？」わたしは尋ねた。

「どんな与太話にも一片の真実が含まれているそうだからな。いずれ、あんたのような学者がその真実をつきとめてくれるかもしれん」

「民間伝承は専門外でね」わたしは〝魔女の子〟という表題をつけてその物語を綴った羊皮紙を脇へ置いた。それを再読したのは何年も経ってからで、彼の言葉をきっちりと受け止めずに済ませてしまった自分自身の態度をひどく悔やむことになったものだ。

わたしは新しい羊皮紙を用意すると、期待をこめて彼の顔を眺めた。

彼は笑みを浮かべた。「それじゃ、初めてジャヌス王と会ったときのことでも話そうか」

1

プレンスル月も終わりにさしかかった頃、彼らは騎乗訓練を開始した。用意されたのはいずれも牡で、若い騎手にはそれ相応の馬でということか、まだ二歳程度の若駒だった。人馬の組み合わせを見定めるのはマスター・レンシャルの役割で、ひとりひとりを馬たちと対面させていくあいだじゅう何やら呟きつづけてはいたものの、ふだんは他人と口を利こうとさえしない彼もこの日ばかりは違っていた。

「ふむ、背は高い、ふむ」彼はバルカスを観察しながら満足そうに声を洩らした。「力も強そうだ」彼はバルカスの袖をひっつかみ、いちばん大きな馬のほうへと連れていった。がっしりとして体高も十七インチはありそうな栗毛だ。「ブラシをかけてやれ、蹄鉄も確かめろ」

ケーニスにはいかにも脚の速そうな鹿毛、デントスには逞しい連銭葦毛。ノルターに与えられたのは黒馬で、額のあたりに白い炎のような房がある。「良く走るぞ」レンシャルが呟いた。「乗り手が巧ければ、馬も応えてくれる」ノルターは無言のまま自分の馬を眺めた。医務室から戻って以降、彼はずっとこんな調子だった。仲間たちが雑談の輪に加わらせようとしても、肩をすくめてみせるか、そっけなく無視するか、それでおしまいなのだ。彼が意気揚々とするのは訓練場に出たときだけで、剣術にせよ棒術にせよ以前よりもなお荒々しく、対戦相手は誰もが痣や傷だらけにされてしまう。

ヴェーリンは朽葉色の逞しい若駒を与えられたが、その脇腹にはいくつもの傷痕があった。「捕え馴らしたやつでな」レンシャルが説明した。「厩舎生まれじゃない。もとは北方の野生馬だ。まだ従順になりきっていないから、導いてやれ」

その馬が歯を剝いては荒々しくいななき、唾の飛沫を浴びせかけてきたので、ヴェーリンはあとずさった。父の許を離れてからずっと馬に乗っていなかったこともあり、彼はどうにも自信が持てなかった。

「今日はまず世話をしろ、乗るのは明日からだ」レンシャルが言った。「馬からの信頼があってこそ、おまえたちは戦場を自在に駆け巡ることができる。それがなければ死は避けられん」彼はそこで言葉を切り、かつての争乱が脳裏をよぎったのだろうか、しばし虚空をぼんやりと眺めたものの、すぐさま視線を戻し、馬の手入れの様子を見守った。

翌朝、彼らは各自の馬に初めて跨ると、それから四週間というもの、ほかのあらゆることが二の次になってしまった。ノルターは幼い頃から乗馬の経験があり、この時点では仲間内の誰よりも馬の扱いが巧く、競走すれば連戦連勝、レンシャルがどれほど難度の高い障害路を用意してもすぐに乗りこなしてしまう。そんな彼と対抗できるのはデントスだけで、こちらも鞍上の姿にまったく違和感がなかった。「夏場はずっと競馬場で過ごしとったんさ」それが彼の説明だった。「母ちゃんはいつも、けっこうな金額をおれに賭けてたぁ。馬車馬に乗っても勝てるだろとか何とか、そう言われとったもんさ」

ケーニスとヴェーリンも名手とまではいかないにせよ充分な手綱捌きだったし、バルカスも上達は早かった——ただし、彼は馬術訓練が好きになれないようだった。「千本ぐらいの金鎚で尻をひっぱたかれたのかって感じだよ」ある晩のこと、彼は自分のベッドでうつぶせになりながら愚痴をこぼした。

ほかの面々も短期間のうちに馬との交流を深め、名前を付け、特徴を理解していった。ヴェーリンは自分の馬をスピットと呼ぶことにした——信頼を得ようとするたびに唾吐き《スピット》の返礼を受けるばかりだからである。ひどい癇癪持ちで、やたらと足を踏み鳴らし、だしぬけに頭を振りたてるのも珍しくない。砂糖菓子やリンゴで機嫌を取ってみても、生来の荒々しさを鎮めるには至らなかった。唯一の救いがあるとすれば、彼以外の誰かが近寄ろうものならこの程度では済まないということだろうか。そして、気性の問題はあるにせよ、走らせれば速いし、戦闘訓練でも怖れ知らずで、ぶつかりあいに怯むことなく、対峙する相手の馬に嚙みつこうとするほどだ。

馬上での戦闘は鐙立《あぶみだ》ちになって槍や剣を扱うため、実際にやってみるとひどく厄介だった。ノルターは巧みな手綱捌きにくわえて戦闘意欲もひときわ増していたので、彼と当たった者たちは鞍から転げ落ちたあげく痣だらけにされてしまった。彼らは馬上で弓を射るという至難の業も体得しなければならなかった──年内のどこかで実施される〈馬の試練〉に合格するにはそれが不可欠なのだ。ヴェーリンにとって、弓術はただでさえ強い克己心を求められるのに、激しい上下動をくりかえす馬の背から矢を放ち、二十ヤードも離れた藁人形に命中させるなど、およそ不可能としか思えなかった。他方、ノルターは初回からきっちりと標的を捉え、それ以降も百発百中だった。

「教えてくれるかい？」幾度目かの訓練が惨憺たる結果に終わったところで、ヴェーリンは彼に声をかけた。「マスター・レンシャルの説明じゃ、ぼくには理解できないんだよ」

ノルターはもう珍しくもなくなった無表情でふりかえった。「そりゃ、教えるほうが支離滅裂だからさ」

「まぁ、心の問題をかかえてるようだしね」ヴェーリンが笑顔で相槌を打つ。ノルターは無言で受け流した。「それで、きみさえ良ければ……」

ノルターは肩をすくめた。「断わる理由はないさ」

結局のところ、早道と呼べるようなものは何もなく、ただ練習に練習を重ねるしかないということだった。毎日、夕食後の一時間あまり、ヴェーリンはひたすら矢を放っては外しつづけ、ノルターはそんな彼に指示を与えつづけた。「高く腰を浮かせた状態で構えな……弦はできるだけ顎の近くに……馬の蹄が地面を蹴って離れたのを感じてから矢を放て……狙いが低すぎる……」ヴェーリンがとにもかくにも藁人形を射抜くことができるようになるまで五日、狙いどおりに急所を捉えるにはさらに三日を要した。

「ありがとう、ブラザー」ある晩、それぞれの馬を厩舎へ戻す途中、ヴェーリンは礼を述べた。「きみの助けがなかったら、ぼくは何もできずじまいだったところさ」

ノルターは何を考えているのか分からない一瞥を返した。「おまえには借りがあるからな」

「おいおい、ブラザー同士じゃないか。貸し借りだなんて、やめてくれよ」

「なぁ、そうは言っても、どれだけ本気で信じてるんだ?」ノルターの言葉はただ漠然とした好奇心から出たもので、一片の悪意も感じられなかった。「おれたちは仲間内でブラザーと呼び合ってるけど、実際に血が繋がってるわけじゃない。年端もいかないうちに騎士団へ放りこまれたっていう共通点があるだけだ。出会いの場所が外の世界だったらどんな関係になってたか、考えてみたことはないか? 友情が芽生えたか、敵としてぶつかったか? おれたちの父親同士は犬猿の仲だったんだぜ——知ってたか?」

黙っていればこの話題を打ち切れるかもしれないと期待しながら、ヴェーリンは首を振った。

「あぁ、そうだろうな。おれがまだ小さかった頃、父上の屋敷に隠し部屋があるのを発見して、書斎で会合が開かれるたびにそこへ潜りこんで盗み聞きしたもんさ。おまえの親父さんの名前が挙がることも多かったが、褒め言葉はひとつもなかったぜ。成り上がりの田舎者とか、斧を振り回すしか能がないとか。あるいは、戦局が激化するまではソーナを個室にでも閉じこめておくべきだとか、陛下が彼の妄言にいちいち耳を傾けておられる理由が分からないとか、そんな調子だったよ」

彼らはそこで馬を停め、おたがいに顔を見合わせた。ノルターは一戦交える覚悟で瞳をぎらつかせている。緊迫した雰囲気を感じ取ったのだろう、スピットが頭を振りたて、おちつかなげに鼻を鳴らした。

「ぼくを怒らせようとしてるようだね、ブラザー」ヴェーリンは自分の馬の首を撫でてやりながら言った。「でも、言っておくけど、父親のいないぼくには何の意味もない話さ。どうして、最近のきみはそんなに好戦的なんだい？　血に飢えてるみたいじゃないか？　忘れるため？　それで心の傷が癒えるとでも？」

ノルターは自分の馬の手綱を巡らせ、ふたたび厩舎のほうへ進めていった。「癒えやしないよ。そのあいだは思い出さずに済む、それだけさ」

ヴェーリンはスピットに鐙を当て、ノルターを追いかけた。「そういうことなら、ちょっと競走しようか」彼は領館の正門めがけて馬を走らせた。もちろん、結果はノルターの圧勝だったが、その顔には笑みが浮かんでいた。

ジェニスラスル月も終わろうとする頃、ヴェーリンが誰にも祝ってもらえない誕生日を迎えたその週が明けたところで、彼は管長からの呼び出しを受けた。

「今度はどうした?」デントスが訝った。朝食の席を囲む仲間たちの前で、その一言とともに彼の口許からパン屑が飛び散った。デントスにとって、食卓での礼儀作法はいつになっても縁遠いものらしい。「管長のお気に入りも大変だな、管長室のすぐそばに部屋を用意してもらえよ」

「それだけヴェーリンの評価が高いってことさ」バルカスもことさらに真面目くさった表情で相槌を打つ。「領館の誰もが知ってるぜ。将来の管長候補だ、おれが請け合うよ」

「ふたりとも、いいかげんにしておけよ」ヴェーリンは言葉を返すと、リンゴまるごと一個をつかんで口に運びながら立ち上がった。管長に呼び出される心当たりはまったくない。またしても父の立場にからむ微妙な問題か、はたまた、生死にかかわる新たな脅威だろうか。騎士団での暮らしが長くなるにつれてそういった事柄への恐怖を感じなくなったことに、彼は自分でも驚きを禁じ得なかった。この数カ月はおよそ悪夢にも悩まされていないし、〈走りの試練〉で遭遇した陰惨な事件さえも冷静に思い返すほどの余裕ができた。もちろん、だからといって謎が解けたわけではないのだが。

管長室へ行き着くまでに、彼はリンゴをほぼすっかり食べ終え、残った芯をマントの裏に隠してから扉を叩いた。あとでスピットにくれてやろう——感謝のしるしに唾の飛沫をたっぷりと浴びせかけてくるはずだ。

「入りなさい、ブラザー」扉のむこうから管長の声が聞こえた。

扉を開けると、管長は川の見える窓辺に立ち、かすかな笑みを浮かべている。ヴェーリンはそちらに会釈しようとして、室内にいる別の人物の姿に気付いた——骨と皮ばかりの痩身におんぼろの服をまとった少年が椅子の縁にちょこんと腰掛け、泥にまみれたままの裸足をぶらつかせていた。

「やっと会えた！」ヴェーリンの顔を見るや、フレンティスは椅子から跳び降りた。「おいらを誘ってくれたのはこのブラザーさ！　元帥の息子なんだってな」

「彼は誰の息子でもないよ、ぼうや」管長が言った。

ヴェーリンは扉を閉めながら、心の中で呪いの言葉を吐いた。（街の浮浪児にナイフを譲り渡すなんて、恥ずかしいことをしたもんだ。騎士団の一員にふさわしいとも思えない……）

「この子を知っているかね、ブラザー？」管長が尋ねた。

ヴェーリンがそれとなく視線を向けると、フレンティスの薄汚れた顔には期待の色が浮かんでいた。「はい、管長。少し前になりますが、そのぅ……ちょっとした厄介事があったとき、手を貸してくれたのです」

「ほら、ね？」フレンティスが意気揚々と管長に話しかける。「言ったとおりっしょ！　おいらのこと、忘れちゃいねぇはずだって」

「この子は騎士団に入ることを望んでいる」管長が言葉を続けた。「きみが保証人になれるかね？」

ヴェーリンは唖然とフレンティスをふりかえった。「騎士団に入りたいって？」

「うん！」フレンティスは興奮で跳び上がらんばかりだった。「おいらも仲間に入れてくれよ。ブラザーになりてぇんだよ」

「おまえ――？」ヴェーリンは〝気でも狂ったのか〟と言いかけたのを嚙み殺し、ひとつ深呼吸をしてから、管長のほうに向きなおった。「保証人とおっしゃいましたか、管長？」

「この子には家族がおらず、代わりに面倒を見てくれる、あるいは騎士団入りの手続をしてくれる大人もいないそうでね。われわれとしては、どこから子供たちを受け入れるにせよ、親の承諾、もしくは、孤児であれば身許の明るい人物による仲介がなくてはならないと、規則に定めている。そこで、この子はきみを指名したというわけだ」

保証人？　そんなものが必要だとは初耳だった。「ぼくにも保証人がいたのですか？」

「もちろん」

（ぼくをここへ連れてくるよりも先に、父さんはあらかじめ手続を済ませておいたんだな。何日前、いや、何週間前？　どれだけ長いこと、決まった話をぼくには隠してたんだろう？）

「おいらがブラザーにふさわしいって言ってくれよ」気付けば、フレンティスがしきりに彼を口説き落とそうとしているところだった。「おいらは使えるやつだって言ってくれよ」

ヴェーリンは重い溜息をつくと、必死にくいさがってくるフレンティスの瞳を覗きこんだ。「しばらくのあいだ、この子とふたりきりで話をさせていただけますか、管長？」

「よろしい。本館のほうへ行っているよ」

彼がその場を離れると、フレンティスはふたたび口を開いた。「なぁ、言ってくれよ。おいらがブラザーにふさわしいって……」

「新しい遊びでも始めるつもりか？」ヴェーリンはそれを遮り、フレンティスの薄い胸板を覆っている古布をつかんで引き寄せた。「何を期待してる？　安全か、まともな食事か、雨風をしのぎたくなったか？　ここがどんな場所かも知らないくせに？」

フレンティスはたちまち怯えたように目を見開き、身を縮め、声を落とした。「ブラザーを鍛えるための場所だろ」

「あぁ、ぼくたちはここで鍛えられてる。何かにつけて殴られるし、毎日のように仲間同士で模擬戦をやらされるし、死と隣合わせの試練をいくつも受けなきゃならない。ぼくは十五歳になったばかりだけど、この身体に刻まれた傷痕はそこいらの近衛兵よりもずっと多いはずだ。ぼくが騎士団入りしたときの同期は十人だったけど、今は五人しか残ってない。ぼくにどうしてほしいんだ？　おまえを死に導く案内役か？」彼はフレンティスの襟許から手を離し、そのまま扉のほうへと足を向けた。「まっぴらごめんだね。さっさと街へ帰れ。そのほうが長生きできるだろうさ」

「帰ったら、今夜のうちに死んじまうよ！」フレンティスは半泣きで叫んだ。その声はすっかり恐怖に染まっていた。彼は椅子にへたりこみ、べそをかきはじめた。「ここしか行き場がねぇんだ。入れてもらえなきゃ、おいらの人生はもう終わりさ。ハンシルの手下どもが相手じゃ、確実に殺される」

ヴェーリンは扉の把手をつかみかけたところで動きを止めた。「ハンシル？」

「ここらへんの裏社会をまとめあげてる親玉さ。掏摸も娼婦も殺し屋もあいつにゃ絶対服従、みかじめ料として月に銅貨五枚を納めなきゃ商売も許されねぇ。おいら、先月はそれを払えなかったもんで、手下どもに殴られちまった」

「今月も払えなかったら殺されるってわけか？」

「そうじゃねぇ、どっちにしても手遅れなんだ。金だけの問題じゃなくなっちまったのさ。

あいつの眼だよ」

「眼？」

「あぁ、右眼だっけな。おいらがつぶしちまった」

ヴェーリンは扉のそばを離れると、重い溜息をついた。「くれてやったナイフか」

「あぁ、教えてもらう約束だったけど、待ってられるかっての。自分なりに練習するうち、かなり巧く投げられるようになったんだぜ。ハンシルにだって勝てるような気がして、あいつが酒場から出てくるのを待ち伏せたんださ」

「一撃で眼を仕留めるなんて、相当な腕前じゃないか」

フレンティスは弱々しい笑みを浮かべた。「狙ったのは喉だったんだけどな」

「それで、おまえの仕業だってことは知られてるのか？」

「知らねぇはずがねぇよ。裏にゃ裏の情報網があるんだぜ」

「ちょっとぐらいなら手持ちの金がある。それだけじゃ足りないだろうけど、ほかのブラザーたちにも頼んでみよう。商船の寝台ひとつを買い取って、下働きとして潜りこむんだ。ここよりも海の上のほうが安全だと思うぞ」

「おいらも考えてみたけど、無理だよ。船は苦手なんだ。艀で川を渡るだけでも気分が悪くなっちまうっての。それに、船乗り連中が下働きをどんな目に遭わせるか、悪い噂もいろいろ聞いてるしさ」

「ぼくたちのほうで金を払うついでに釘を刺しておけば、おかしなことにはならないだろ」

「でも、とにかく、おいらはブラザーになりてぇよ。あんたらが〈黒鷹〉どもをやっつけるところ、この目でちゃんと見たんだぜ。あんたともうひとりでさ。あそこまでやれるなんて、度胆を抜かれちまったよ。おいらもあれぐらい強くなりてぇ。あんたみたいになりてぇ」

「どうして?」

「そりゃ、いっぱしの男ってことで、誰からも一目置かれるじゃんか。あれからずっと、街の酒場はどこもかしこも、元帥の息子がどうやって〈黒鷹〉どもをへこませたかって話題でもちきりなんだぜ。今のあんたは親父さんと同じぐらいの有名人だよ」

「それがおまえの望みか? 有名になりたいのか?」

フレンティスはたじろいだ。おそらく、彼は物事をそこまで深く考えることを求められた経験がないのだろう。「分かんねぇ。ただ、いっぱしの男になりてぇんだよ。けちな掏摸で終わりたくねぇんだよ。そんなこと、いつまでも続けられるはずがねぇや」

「いっぱしの男になるどころか、騎士団入りしてすぐに死ぬかもしれないんだぞ」

フレンティスはそれまでの子供らしさもどこへやら、人生の重荷に押しつぶされかけた老人のような雰囲気を漂わせている。ヴェーリンはむしろ自分のほうがはるかに幼いような錯覚を禁じ得なかった。「どっちにしても死ぬ運命なら、それでかまわねぇさ」(ぼくで良いのか?)ヴェーリンは自問した。(こいつの人生そのものを、ぼくが決めて良いのか?)しかし、それに対する答えはひとつしかなかった。(とにもかくにも、こいつは肚をくくってるんだ。肚をくくって、ここへ来たんだ。ぼくがこのまま追い返したとして、こいつの人生はどうなる?)

「信念についての知識はあるか?」ヴェーリンは彼に尋ねた。

「人が死んだらどうなるのかってことだろ」

「で、人が死んだら、何がどうなるんだ?」

「〈逝きし者〉の出迎えを受けて、ぇぇと、導いてもらえるんだっけ」

(教理問答には程遠いけど、間違ってるわけじゃない)「おまえもそう信じてるのか?」

フレンティスは肩をすくめた。「たぶん」

ヴェーリンは身をかがめ、真正面から少年の顔を覗きこんだ。「管長が相手じゃ〝たぶん〟なんて言葉は通用しないぞ、きっぱり答えろ。騎士団が戦うのはまず第一に信念のため、それから王国のためだからな」彼はまっすぐに背を伸ばした。「よし、あらためて管長にお目通りだ」

「おいらを推薦してくれるのかい?」

(我が母の魂よ、不肖の息子を赦したまえ)「そういうことだ」

「やったぜ！」フレンティスはふたたび床に跳び降りると、扉のほうへ駆け寄った。「おかげさんで……」

「礼なんか言うな」ヴェーリンがさえぎった。「今も、これから先もずっとだ」

フレンティスは不思議そうな表情を浮かべた。「分かったよ。そんで、剣を持てるようになるのはいつ頃なんだい？」

次の新入生が集められるのは三カ月先ということで、フレンティスはとりあえず雑用を命じられた。使い走り、厨房や果樹園の手伝い、厩舎の掃除。また、時期外れに来たからといって独りで寝泊まりさせるわけにはいくまいと、ヴェーリンたちと同じ北の塔の部屋にある空きベッドが与えられた。

「こいつはフレンティスだ」ヴェーリンが仲間たちに紹介した。「ブラザーになりたがってる。年度替わりまで、とりあえず居候させてやってくれ」

「歳は足りてるのか？」バルカスが尋ねながら、フレンティスを頭のてっぺんから爪先まで眺め回した。「おんぼろ服の下にあるのは骨と皮だけみたいじゃないか」

「うるせぇや、でぶっちょ！」フレンティスは負けじと声を荒らげ、身構えた。

「たいそうな鼻っ柱だな」ノルターが言った。「おれたち自身もこんな感じだったっけか」

「どうして、この部屋で面倒を見ることになったんだ？」デントスが説明を求めた。

「管長からのお達しだよ。それと、ぼくはこいつに借りがあるのさ。きみもだぜ、ブラザー」彼はノルターをふりかえった。「こいつの協力がなかったら、きみは街の城壁から吊り下げられてたにちがいない」

ノルターはわずかに首をかしげてみせたものの、それ以上は何も言わなかった。

「あそこで大立ち回りを始めたの、あんただよね」フレンティスが話しかけた。「〈黒鷹〉の脚をナイフでざっくり、強烈な一撃だったじゃんか。よっぽどの切れ味なんだろうなと思ったぜ。なぁ、騎士団にいれば近衛隊の連中と一戦交えても平気なのかい？」

「やめろ！」ヴェーリンは少年の襟首をひっつかみ、かつてミケールが使っていたベッドへと連れていった。彼の死後、もう何年も空いたままになっているものだ。「ここを使え。寝具はマスター・グリーリンの倉庫から持ってこなきゃならないんで、すぐに案内してやるよ」

「剣もそこで？」

ほかの面々が一斉に笑った。「おぅ、剣もあるさ。分かってるじゃないか」デントスが言った。「トネリコ材としちゃ最上級のやつだぜ」

「おいらが欲しいのは本物の剣だっての」フレンティスが憮然とした口調になる。

「だったら、まずは腕を磨け」ヴェーリンが諭した。「ぼくたちもそうやってきたんだぜ。

それと、もうひとつ、盗みについても言っておかないとな」

「おいら、何も盗んだりしねぇよ。そういうのはやめたんだ、本当だってば」

さらなる笑いが湧き起こった。「こいつなら、ブラザーの理想像を追求してくれるかもな」バルカスが言った。

「盗みは……」ヴェーリンはどう説明したものかと、しばし言葉に詰まった。「厳禁ってわけじゃないけど、守るべき規則はある。ぼくたちの持ち物には手を出すな、マスターたちもやめておけ」

フレンティスは疑わしげな視線を向けた。「それも試練のひとつってか？」

ヴェーリンは歯をくいしばった。ソリスが何かにつけて笞を使うのも、今なら理解できるような気がする。「そうじゃない。騎士団に属する人々のうち、同じ集団に属する仲間とマスターたち以外なら狙うことが許されてるんだ」

「どういうこったい？　誰も気にしねぇの？」

「まさか。捕まったら生皮を剝がれても文句は言えないさ。盗みはさておき、捕まっちゃいけないってことだ」

フレンティスの口許にかすかな笑みが浮かんだ。「おいら、捕まっちまったのは一回こっきりなんだぜ。同じ失敗はくりかえさねぇよ」

騎士団で暮らしてみればフレンティスの熱意もすぐに冷めるだろう――ヴェーリンにはそんな期待があったのかもしれないが、それは大外れだった。少年は与えられる雑用すべてを楽しんでいるようで、領館のそこかしこで立ち働くかたわら、訓練場にも頻繁に顔を出し、あれやこれやの技を教えてほしいと彼らにせがんだ。彼らのほうもたいていは好意的で、剣術や徒手格闘術の稽古を付けてやった。ナイフ投げについては教える必要さえもほとんどなく、じきにデントスやノルターと勝負できるほどの腕前を見せるようになった。何かにつけ、彼らはナイフ投げの試合を行なっていたが、フレンティスはそこでも優勝することがあり、その場合の戦利品は彼らのあいだで再分配された。

「どうして、おいらが持ってちゃいけねぇのさ?」フレンティスは選り分けられるナイフの数々を眺めながら不満の声を洩らした。

「おまえ、まだ正式にブラザーと認められてないだろ」デントスが答える。「自分のものにできるようになるのは、それからさ。おまえに稽古も付けてやってることだし、当分はおれらがもらっとくぜ」

最大の驚きといえば、フレンティスがまったくもってスクラッチを怖れなかったことだろう。その犬がじゃれついてくると、ほかの少年たちはいつも緊張してしまうが、彼だけは何の遠慮もなく身体をぶつけあい、自分がひっくりかえされても楽しげに笑っているのだ。ヴェーリンも最初のうちは心配しながら見ていたものの、どうやらスクラッチ自身が慎重になっているようで、フレンティスに対しては歯や爪を当てようとさえしない。

「こいつにとっちゃ、仔犬を相手にしてるような気分なのかもな」それがチェクリルの推察だった。「おそらく、きみの分身か何かだと思っているんだろう。弟ができたといったところか」

くわえて、フレンティスはただひとり、レンシャルに殴られることもなかった。どういうわけか、厩舎の主は決して彼に手を上げようとせず、どんな雑用を命じてもそれが片付くまで無言のまま見守っており、そうしているときの表情はふだん以上に奇妙なものだった——当惑とも悔悟ともつかない気配に、ヴェーリンはなるべくフレンティスを厩舎から遠ざけておくべきだろうと心に決めた。

「マスター・レンシャルは何がみんなと違うの？」ある晩のこと、フレンティスは受け太刀の基本を教えているヴェーリンに尋ねた。「頭がいかれちまってるとか？」

「彼がどんな人なのか、ぼくも詳しくは知らないんだ」ヴェーリンが言葉を返す。「馬の専門家だってことぐらいでね。頭の中がどうなのかは、騎士団での暮らしが長くなると思考にもいろいろと影響が出てくるとしか言えないな」

「いずれは、あんたもそうなっちまうのかい？」

ヴェーリンがそれに答えるかわりにフレンティスの頭めがけて大上段から打ちこむと、少年はかろうじて木剣でその一撃を受け止めた。「もっと集中しろ」ヴェーリンは彼を叱りつけた。「マスターたちはこんなに寛容じゃないぞ」

フレンティスが来てからの数カ月はあっというまだった。やる気に満ちあふれ、盲目的なまでの情熱を燃やしつづける彼のおかげで、みんなの心はずいぶん軽くなり、ノルターでさえも彼に弓の稽古を付けてやるときだけは明るさを取り戻していた。〈知の試練〉にそなえてデントスの面倒を見たときもそうだったが、ノルターの教え方はすばらしい。フレンティスの相手をしているとき、ほかの少年たち、とりわけバルカスは癇癪を起こしてしまいがちなのに対して、ノルターの忍耐強さは群を抜いているということを、ヴェーリンはあらためて実感した。

「よし」フレンティスの矢が標的から一ヤードほども外れていなければ、ノルターはそう声をかけるのだ。「弦を引くのにあわせて弣《ゆづか》を押すようにしてみろ、もっと簡単に弓をしならせることができるぞ」

フレンティスが正規の訓練を受けるようになったとき、同期のうちで彼だけが初手から標的を捉えることができたのは、ひとえにノルターのおかげだった。

「これからも一緒にやっていけるようにできないのかな？」いよいよ部屋を移らなければならない日を迎えるその前夜、フレンティスは尋ねたものだ。

「同期の輪の中にいなきゃいけないんだよ」ヴェーリンが言った。ふたりは犬舎に来ており、身重の伴侶にじっと付き添っているスクラッチの姿を眺めているところだった。今や、彼ら以外の誰もその小屋へ近寄ることはできない——牝の体調を気遣うあまり、たとえチェクリルであっても一定の間合を踏み越えようものなら襲いかかろうとするほどに猛々しさを増しているのだ。

「どうして？」フレンティスも以前のようにすぐ泣き言を洩らすことはなくなっていたが、その名残はまだ消えていないようだ。

「おまえの訓練全般にぼくたちが付き合うわけにはいかないからさ」ヴェーリンが説明する。「明日になれば新顔の子供たちが入ってきて、おまえと同期のブラザーになる。そいつらと力を合わせて、試練を乗り越えろ。それが騎士団のしきたりだ」

「そいつらと仲良くなれなかったら？」

「仲が良いとか悪いとか、そんなことは問題じゃない。友情よりもはるかに強い絆が生まれるのさ」彼はフレンティスを軽くこづいた。「心配するなって。同期の誰よりも、おまえは騎士団のことを知ってるんだぜ。そいつらの手本になってやれ。ただし、それを鼻にかけるような真似は自重しろよ」

「あんたらに稽古を付けてもらうぐらいは？」

ヴェーリンは首を振った。「今後はマスター・ハウンリンにご指導いただくことになる。彼を師と仰げ。ぼくたちが教えてやれることは何もない。公明正大な人物で、やたらなことをしでかさなければ笞打ちを受ける心配もないはずだ。彼の言葉をしっかりと聞いておけよ」

「何かを盗んだとき、あんたらと分かち合うってのは？」

ヴェーリンはそれを失念していた。そう、フレンティスはかなりの価値があるものでも容易に盗み出すことができるのだ。衣服、金銭、護符、ナイフ、あれやこれやの雑貨に至るまで、ヴェーリンとその仲間たちは彼のおかげでずいぶん暮らしぶりが良くなっていた。いつぞやの言葉どおり、フレンティスは決して捕まらなかったものの、彼が来てから遺失物が急増したという事実が周囲からの疑念を招き、ある晩のこと、食堂での乱闘騒ぎが勃発した。幸いなことに、彼らも今や充分に腕を上げており、たとえ相手が先輩といえども負けはしなかったし、そんな悶着は二度と起こらなかった――ヴェーリンはソリスに呼び出され、フレンティスをあまり野放図にさせておくなと釘を刺され、そこで一件落着となった。

「これからは同期の仲間たちの期待に応えてやれ」ヴェーリンはそう言いつつ、内心では惜しまずにいられなかった。「物々交換できそうなものがあれば、ぼくたちにも声をかけてくれよな」

「もう二度と話し相手になってもらえないのかと思った」

「会えば言葉を交わすぐらいはするさ。たとえば、エルトリアン曜の夜は必ずここへ来るようにするとか」

「生まれてくる仔犬の一匹ぐらい、マスター・チェクリルは譲ってくれるかな？」

ヴェーリンはスクラッチのほうをふりかえり、敵意に満ちた視線と攻撃的な姿勢を見て、その犬舎へ足を踏み入れようものなら余人ならぬ彼でさえも嚙みつかれるにちがいないと察した。「マスター・チェクリルにも決定権はないさ」

2

ウェスリン月の半ば、立冬祭が終わるとすぐに〈乱戦の試練〉だった。真剣はふたたび木剣へと持ち換えられ、歳の近い少年たちの混成となる五十名ほどが二つの陣営に分けられた。屋外訓練場へ出てみると、赤い三角旗をつけた槍が一本、固く凍りついた地面に突き立てられていた。ほかのマスターたちも訓練場をぐるりと囲み、鍛冶場を離れることのほとんどないジェスティンまでもが姿を見せていたので、ヴェーリンは驚いてしまった。

「戦いはわれわれの聖務だ」整列した彼らにむかって、管長はそう述べた。「我が騎士団の存在意義はまさしくそこにある。われわれは信念と王国を護るべく戦う。本日、ここは諸君の戦場となる。旗を護ろうとする陣営、その奪取をめざす陣営。マスターたちが諸君の戦いぶりを見届けている。勇気や技倆が足りないと判断された者は明朝一番に領館から退去してもらうことになる。これまでの訓練を思い出し、存分に戦ってくれたまえ。ただし、相手に致命傷を与えてはならん」

白リボンの敵たちが旗の前でおおまかな隊列を組もうとするあいだ、ヴェーリンは管長と挨拶を交わしている三つの見知らぬ人影に気付いた。そのうちのふたりは男性で、片方はがっしりとした体格、もう一方は細身に長く伸ばした黒髪をたなびかせている。残るひとりは小柄で、毛皮に身を包み、大男のすぐそばに寄り添っていた。

「あの人たちは誰ですか、マスター？」彼はリボンを手渡そうと歩み寄ってきたソリスに尋ねたものの、この日ばかりは答えなど望むべくもないということを思い知らされたにすぎなかった。

「試練以外のことを心配する余裕があるか、小童め！」ソリスは憤然とした様子で彼の側頭部をひっぱたいた。「集中力を欠いたせいで一巻の終わりになるかもしれんのだぞ」

全員の腕にリボンが付けられたところで、彼らは百ヤードほど先で待ち受ける守備陣を注視した。どういうわけか、当初より人数が増えたようにも見える。

「どんな作戦だ、ヴェーリン？」デントスが期待をこめた表情で問いかけた。

ヴェーリンは肩をすくめかけたものの、ふと、ほかの面々からも期待をかけられていることに気付いた――同期の仲間たちばかりか、攻撃陣の全員がそうだった。唯一の例外はノルターで、木剣を虚空へ投げては受ける動作をくりかえしている。そこには退屈の色がありありとしていた。ヴェーリンは必死に策を練ろうとした――とはいえ、彼らが教わってきたのは武術ばかりで、用兵については何の知識も与えられていない。側面攻撃、中央突破、そういった単語だけは聞きかじったことがあっても、実際にどうすべきなのかは見当もつかない。戦場での英雄譚はもっぱら卓越した個人の力量を語り伝えているにすぎず、しかも、城壁の護りを打ち砕いたとか橋を死守したとか、槍の旗をめぐる戦いにはまったく参考にならない話ばかりだ。槍……（ここに槍がある理由は何だろう？）

「ヴェーリン？」ケーニスが水を向ける。

「戦いの主目的はそこじゃない」ヴェーリンは考えていることをそのまま声に出した。

「はぁ？」

（あの槍を手中に収めるだけじゃ戦いは終わらない。どちらかが相手を殲滅した時点でようやく終わる。だからこそ、これは〈乱戦の試練〉と呼ばれてるんだ。マスターたちの目的は、ぼくたちの戦いぶりを確かめることにある。槍そのものには何の意味もない）

「真正面から敵陣につっこむぞ」彼はいかにも自信と決断力に満ちているかのごとく、声高に告げた。「総力を挙げて中央突破を図る。そのまま一気に駆け抜ければ、槍はぼくたちのものだ」

「えらく綿密な作戦もあったもんだな、ブラザー」ノルターが言葉を返した。

「きみがどうにかしてくれるのかい？」

ノルターは首をかしげ、笑みを浮かべてみせた。「そんなこと、夢にも思ってないさ。なるほど、それ以上の作戦はないと思うぜ」

「整列」ヴェーリンは号令をかけた。「密集隊形を組め。バルカス、ノルター、ぼくと一緒に先鋒だ」彼が知るうちではもっとも逞しく、攻撃的な性格も持ち合わせている両名だからこその人選だった。「ケーニス、デントス、ぼくたちのすぐ後ろで、槍を奪取するあいだの掩護を頼む。それ以外の諸君、くれぐれも管長のお言葉を肝に銘じておいてくれ。夜明けとともに金貨を渡されたくなければ、目の前にいる敵をぶちのめせ。そいつが片付いても、すぐに次のやつが現われるぞ」

いきなりの歓声が彼を驚かせ、木剣もそこかしこで高々と突き上げられた。彼もあわてて剣を振りかざしてみせたものの、みっともないことをしているような気分は否めなかった。ところが、どうしたわけか、歓声はさらに大きくなり、幾人かが彼の名前を叫びはじめたほどだった。

彼はそれを背に受けたまま先頭を進みはじめた。敵までの百ヤードという距離がたちまち縮まっていくかのように感じられる。

「ヴェーリン！　ヴェーリン！」

彼は小走り程度に歩調を速めつつ、戦うための体力はなるべく残しておきたいと考えていた。

「ヴェーリン！　ヴェーリン！」

一部の少年たちの声は絶叫に近く、ケーニスもそのひとりだった。残り半分にさしかかる頃になると、歩調はさらに速まった。彼の指揮下にある小さな軍勢は浮き立ちそうになっており、今にも駆け出さんばかりの者もいる。

「おちつけ！」ヴェーリンが叫んだ。「隊列を乱すな！」

「ヴェーリン！　ヴェーリン！」周囲の顔はどれも怒ったように歪んでいる。（怖いんだな）彼はすぐさま理解した。（恐怖心をまぎらわせるために、憤怒を煽ってるんだろう）彼自身はあくまでも淡々としていた。むしろ、消えない傷痕が増えてしまわないようにと願っていた。つい最近も、落馬で腿を深く切ってしまい、それを縫合した糸がようやく抜けたところなのだ。

「ヴェーリン！　ヴェーリン！」

彼らはとうとう駆け足になり、隊列が崩れはじめた。事前の指示もどこへやら、デントスが勢いこんで前方へと飛び出していき、正気とは思えないほどの吶喊《とっかん》を響かせる。（えぇい、ままよ！）ヴェーリンも遅れてはならじと疾走しながら、敵陣の中央へむけて木剣を一閃させた。「かかれ！　**かかれ**ぇぇぇ……」

全身の骨が軋むほどの衝撃とともに両軍が激突した。ヴェーリンは大木に体当たりしたかと思うような肩の痛みをこらえ、ふたりの敵をぶちのめした。これで彼らは機先を制し、驚き慌てた守備陣の面々がもつれあって倒れるところを蹴散らしていくバルカスに導かれ、槍の三角旗へまっしぐらに道を切り開いた。とはいえ、敵もすぐさま我に返り、そこからの白兵戦たるや、彼らがこれまで経験したこともないほどの激しさだった。ヴェーリンも気付けば同時にふたりの敵と対峙しており、そのどちらも幾多の訓練をすっかり忘れてしまったかのごとく粗暴な剣捌きで迫ってくる。彼は片方の敵をかわしつつ、もう一方を受け太刀で止め、そのまま足元を薙ぎ払った。残るひとりが狙ってきた突きも目測が合っておらず、その切先が虚空をさまよった隙に、ヴェーリンはすばやく相手の腕をたぐりこみ、頭突き一発で片付けた。

なおも続く激戦に、木剣の交錯する乾いた音と少年たちの苦悶の声がひたすら耳を苛み、戦況の見極めも難しく、時間も一刻ごとに寸断されたように感じられ、敵味方の区別も曖昧になってしまった混沌の中では攻撃すべき相手を選んでなどいられなかった。両手で剣を構えたバルカスが、近くにいる相手をかたっぱしから打ち倒していく。デントスは額を血に染め、武器を失っていたものの、自分より一フィートかそこらも背の高い少年と殴り合っており、ほぼ優勢勝ちを決めているようだった。ケーニスは背中を見せている敵に襲いかかり、剣を喉許に押し当てて締め落とそうとしたまでは良かったものの、別の敵に頭を蹴られ、そのまま地面にひっくりかえってしまった。ヴェーリンが乱戦をかいくぐってそちらへ行ってみると、ケーニスは仰向けに倒れたまま、自分の手で締め落としかけたはずの相手が振り下ろしてくる剣をぎりぎりの受け太刀でしのいでいるところだった。ヴェーリンはその敵の腹めがけて蹴りを入れるや、こめかみのあたりを木剣でひっぱたき、失神させた――戦いが終わるまで、立ち上がることはできないだろう。

「栄光を感じてるかい、ブラザー?」彼はケーニスに問いかけながら手をさしのべ、助け起こそうとした。

「伏せろ!」ケーニスが叫んだ。

ヴェーリンがとっさに片膝をついたとたん、木剣がすぐ頭上で空を切った。彼はすばやく身をひるがえし、地面すれすれに伸ばした片脚を一閃させて敵の足元をさらい、倒れてきた相手の鼻に木剣を叩きこんだ。そこから、彼とケーニスはおたがいに背後の護りを託し合って戦い、負傷したり失神したりの敵味方を踏み越えていき、ようやく槍の旗から数ヤードのところまで到達した。守備陣のひとりが、勇気を示すに残された最後の機会とばかりの勢いで叫びながら襲いかかってくる。ケーニスが受け太刀で応じるや、ヴェーリンが敵の肩口への一撃で打ち倒した――骨の折れる音がはっきりと聞こえ、彼は思わず顔をしかめた。

一件落着――戦うべき敵はひとりも残っていない。少年たちは呻き声を洩らし、足元をふらつかせ、あるいは地面の上でのたうち、それどころか、ぴくりとさえ動かなくなってしまっているブラザーたちも少なくない。傷だらけの頭や顔をすっかり血に染めたノルタ一が両手で槍をつかんだ。ヴェーリンがそちらへ歩み寄ると、彼は腫れあがった口許に笑みを浮かべてみせた。「作戦成功だな、ブラザー」

ヴェーリンはよろめく彼に肩を貸してやりながら、自分自身も過去に経験したことがないほど疲れきっているのを感じていた。腕は鉛のように重く、暴力沙汰の直後とあって吐き気もこみあげてくる。この状態がいつまで続くのやら、見当もつかない。数分もすれば消えてくれるだろうか、一時間ほどもかかるだろうか。まるで、ひどい悪夢にうなされた眠りから覚めたばかりのようだ。今なお立ち姿を見せている十人ほどの少年たちのなかにバルカスとデントスもいたので、ヴェーリンは胸を撫で下ろした――もっとも、デントスのほうは、バルカスの力強い手に支えられてこそという状態のようだ。「どんな具合だい、ブラザー?」彼はマスターたちに聞こえよがしに大声で呼びかけ、実際にはその言葉も耳に届いていないであろうデントスから答えが返ってきたかのようにそちらへ身をのりだしてみせた。「そうとも！　戦果は上々だったよ！」

「終了！」ソリスが訓練場を闊歩しながら宣言する。「怪我人を医務室へ連れていってやれ。意識のない者は動かさず、マスターたちに処置を任せろ」

「行こう」ヴェーリンはノルターをうながした。「早く止血しないと」

「そうしたいのは山々だけどな」ノルターが言葉を返す。「ちゃんと歩けそうにないぜ」

またもや彼がよろめいたので、ヴェーリンはあわててその身体を受け止めた。彼とケーニスの肩を借り、槍を杖にして、ノルターはどうにかこうにか訓練場を離れた。バルカスも彼らを追うように、デントスをひきずっていく。

「ブラザー・ヴェーリン」声をかけたのは管長だった。三人の見知らぬ面々もあいかわらず彼と一緒にいる。

ヴェーリンは足を止め、ノルターが倒れてしまわないようにと支え直した。「はい、管長」

「こちらの客人がたが、きみにご挨拶なさりたいそうだ」管長はその三人のほうへ片手をひるがえしてみせた。いちばん小さな人影も今やはっきりとヴェーリンの目に映り、少女であるということが分かった——彼女が腕にしがみついている大男と同じく、黒い毛皮にすっぽりと身を包んでいる。年齢はヴェーリンとあまり違わないようだが、背は低く、肌は透けそうなほどに白く、髪は黒々として……可憐の一言に尽きる。彼女はおよそヴェーリンに目もくれず、失神寸前のノルターばかりを注視していた。さきほどまでの勇ましい姿に見惚れたのか、それとも血染めの姿にたじろいでいるのだろうか。

「ブラザー・ヴェーリン、こちらはヴァノス・アル・ミュルナだ」管長が紹介した。大男が歩み寄り、握手を求めた。ヴェーリンはおずおずとそれに応えながら、あやうくノルターを支えきれなくなってしまいそうになるのを必死にこらえた。ケーニスはその名前を聞くなり身をこわばらせたようだったが、ヴェーリンとしては何の心当たりもなかった。かつて、父が元帥になるよりも少し前のこと、両親の会話の中でふと耳にしたという憶えはあったものの、どんな話題だったのかまでは思い出せない。

「きみの父上のことは良く存じあげているよ」ヴァノス・アル・ミュルナがヴェーリンに

話しかけた。

「わたしに父親はいません」ヴェーリンはさも当然とばかりに言葉を返した。

「ヴァノス卿への敬意を欠いてはいかんよ、ヴェーリン」管長はかすかな笑みを浮かべ、やんわりと彼をたしなめた。「彼こそは当代の〈王国の剣〉であり、北の涯《はて》の城主にも任じられている。今日ここへ足を運んでくださったことは大きな栄誉なのだと知りなさい」

ヴァノス・アル・ミュルナは口許に薄笑いをたたえていた。「みごとな戦いぶりだったぞ」

ヴェーリンはノルターのほうへ顎をしゃくってみせた。「このブラザーほどではありません。槍の奪取に成功したのは彼なのですから」

アル・ミュルナがひとしきりノルターの顔を覗きこんだ様子からして、そちらの父親のことも知っているのだろう。「この少年の戦いぶりは怖れを知らないかのようだ。兵士としては必ずしも望ましくない」

「われわれ全員、怖れ知らずで信念に仕えております、閣下」（この答えで正しいはずだ）彼はそう考えた。（嘘をついてるわけでもないし）

北の涯の城主は痩せた長髪の男をふりかえり、そちらへ片手をひるがえしてみせた。少女と同じく透けるように白い肌と漆黒の髪だったが、風貌はまったく異なり、くっきりとした頬骨や鷲鼻がひときわ人目を惹く。「こちらは友人のヘラ・ドラキル、生粋のセオルダー・シルだ」

セオルダー。そのひとりと実際に対面する機会があろうなど、ヴェーリンはこれまで考えてみたことさえもなかった。深い謎に包まれた民族で、聞くところによれば、彼らは安住の地である広大な北の森を離れようとせず、他所者との交流を拒むのだとか。セオルダー・シルの手によって、そこは暗く不可思議な領域となり、王国の人々が分け入ることもめったにない。不幸な旅人が迷いこんで二度と戻れなかったという物語も数多く伝わっている。

ヘラ・ドラキルがヴェーリンに会釈したものの、その表情はどうとも読み取れなかった。「そして、これが――」ヴァノス卿が腕にしがみついていた少女を前へと押しやると、その子の顔には悲しげな笑みが浮かび、「――わたしの娘、ダーレナだ」

少女はその笑顔をヴェーリンのほうへ向けた。とたんに、どういうわけか、彼の掌にはじっとりと汗が噴き出してきた。「ブラザー。あなただけは怪我をしていないのね」

言われてみれば、そのとおりだった。身体じゅうが軋むように痛く、一夜明けたらこんなものでは済まないはずだということも容易に想像できるほどだったが、なるほど、皮膚の破れはまったくない。「幸運に恵まれたのだと思いますよ、レディ」

彼女はふたたびノルターへと視線を戻し、表情を曇らせた。「そちらの人は大丈夫なのかしら？」

うに感じられた。

「ご心配なく」ケーニスが答える。ヴェーリンとしては、その語気がいささか鋭かったよ

ノルターがゆっくりと顔を起こし、焦点の合わない視線を少女に向け、混乱したように渋面を浮かべる。「ロナクがいるな」彼はどうにかヴェーリンをふりかえり、「おれたち、そんなに北まで来ちまったのか？」

「おちつけよ、ブラザー」ヴェーリンは彼の肩を叩いてやり、ふたたびノルターがうながされたのを見て安堵した。「このブラザーは我を失っているようでして」彼は少女に言った。「もうしわけありません」

「何を謝る必要があるの？　わたしはロナクよ」彼女は管長のほうに向きなおった。「ちょっとした治癒の術ぐらいなら心得があります。お手伝いできることも……」

「当方には腕の良い医師もおりますゆえ」管長が答える。「お心遣いのほど、いたみいります。ともあれ、このブラザーたちも負傷者を運ぶ途中ですし、みなさんは管長室へおいでください」

彼が踵を返すと、北の涯の城主はそれに続いたものの、ほかのふたりはその場に佇んだままだった。ヘラ・ドラキルは少年たちにじっくりと視線を巡らせ、バルカスの腕の中で失神しているデントスを、ケーニスの血に染まった鼻を、立っているのもやっとのノルターを眺めていくうち、それまでは表情の読み取れなかった顔にあからさまな嫌悪の色を浮

かべた。「イル・ロナクィム・ヘアリン・マール・ドゥロリン」彼は悲しげにそう呟くと、ようやくその場を離れた。

ダーレナはその言葉に困惑してしまった様子で、少年たちをすばやく一瞥するや、自分もそこから歩み去ろうとした。

「彼は何と言ったのですか？」ヴェーリンの質問に、彼女の足が止まる。

ダーレナはすぐに口を開こうとせず、セオルダー語を知らないふりで済ませたがっているようにも見えたものの、ヴェーリンとしては、彼女がその言葉を理解できないはずはないと看破していた。「あれは〝ロナクのほうが犬の扱いに長けている〟という意味よ」

「その言葉どおりなのですか？」

彼女はわずかに口許をこわばらせ、腹立たしげに顔をしかめ、彼らに背を向けた。「そうであってほしいわね」

ノルターがぐったりと首を傾けるようにしてヴェーリンをふりかえり、口許をほころばせた。「可愛い子だったな」その一言を残して、彼はついに失神した。

「それで、北の涯の城主にどうしてロナクの娘がいるんだい？」ヴェーリンはケーニスに尋ねた。

ふたりは胸壁の上を歩いていた――深夜の巡回というのは、騎士団の四回生となることのできた者たちにとって素直に喜べない年功のひとつ、警備当番の一環である。今日は大勢の少年たちが負傷により動けない状態なので、胸壁の人影はいつになく少なかった。バルカスもそのひとりで、訓練場を離れたときは何事もないような顔をしていたものの、自分たちの部屋へ戻ってから、背中がざっくりと裂けていることを彼らに打ち明けたのだ。

「木剣に釘でも仕込んであったにちがいないぜ」バルカスは呻くように言った。

彼らはノルターをベッドに寝かせ、できるかぎりの清浄と手当をしてやった。幸いなことに、傷はどれも浅く、縫合するまでもなさそうだったので、頭に包帯を巻き、あとは眠らせておくのが良いだろうという結論になった。デントスのほうはもっと深刻で、またしても鼻が折れているようだったし、意識も途切れたり戻ったりの状態だった。ヴェーリンの判断で、彼は医務室送りとなった――彼らの縫合の技術など役に立たないほどの深傷を負っているバルカスともども。マスター・ヘンタルは大急ぎでノルターをベッドに運ばせると、バルカスの裂傷を縫合し、強烈な臭気を発するが消毒効果は高いというコラー油を塗り、彼には帰室の許可を与えた。ノルターひとりを治療に残し、少年たちは交替で胸壁の歩哨に立ったのである。

「ヴァノス・アル・ミュルナ」ケーニスが口を開いた。「彼を理解しようとするのは容易なことじゃない。まぁ、不忠はそもそも理解に困るものだけどね」

「不忠？」

「彼が北方へ飛ばされたのは十二年前のことさ。具体的な顚末を知る人はいないけど、陛下に対して異を唱えたとかいう噂だよ。当時の彼は元帥で、柔和にして公明正大なジャヌス王とはいえ、重臣からの不忠は赦せなかったんだろうな」

「でも、今はここにいる」

ケーニスは肩をすくめた。「陛下の情の厚さは有名じゃないか。それに、北の森や平原を越えた彼方で大きな戦いがあったとも言われてる。氷を踏み越えてきた蛮族の軍勢をアル・ミュルナが討伐したとしても不思議はないだろ。確証があるわけじゃないけど、その戦果を報告するための謁見で戻ってきたのかもしれない」

（そういえば、父さんの前任の元帥だったな）ヴェーリンは思い出した。まだ幼い頃のことだったが、完全に忘れてしまったわけではない。父は帰宅するなり、自分が元帥になることが決まったと母に告げた。母はたちまち自室へひっこみ、泣き出したものだ。

「彼の娘については？」ヴェーリンはその記憶を払いのけるように尋ねた。

「拾ったらしい。森の中で迷子になってたんで、一緒に連れ帰ったのさ。セオルダーから自由な旅を許されてるってことか」

「それだけ高い評価を得てるにちがいないね」

ケーニスが鼻を鳴らす。「蛮族からの評価なんて何の意味もないさ、ブラザー」

「アル・ミュルナと一緒にいたセオルダーはここでのやりかたが気に入らないようだった。

彼にしてみたら、ぼくたちこそ蛮族なのかもしれないな」

「言われたことを深く考えすぎるなよ。騎士団は信念に仕えることが本道だし、彼のような人物に信念を云々されたくはない。まぁ、北の涯の城主はどんな意図があって今日の試練を視察したのか、ぼくも気になってはいるところだけどさ」

「そのために来たわけじゃないと思うぜ。むしろ、管長との話し合いとか」

ケーニスが目を細めた。「管長と？　あのふたりが話し合うなんて、どんなことが考えられる？」

「外の世界がどうなってるか、きみなら何も知らないはずがないだろ、ケーニス。元帥の退任、宰相の処刑。そこへ、北の涯の城主が戻ってきた。単なる偶然とは思えないね」

「いつの時代も、あらゆることに裏話のついてまわる国だよな。歴史をめぐる物語がこんなにも多いはずさ」

（ただし、戦史のそれに偏ってる）ヴェーリンは心の中で呟いた。

「あるいは――」ケーニスが言葉を続け、「――アル・ミュルナはもっと個人的な事情でここへ来たのかもしれない」

「たとえば？」

「曰く、元帥とは戦友同士だったそうでね。ひょっとしたら、きみの成長ぶりを確かめに来たんじゃないかな」

（父さんが彼に頼んだとでも？）ヴェーリンは訝った。（ぼくの何を知りたいっていうんだ？　安否？　身長？　傷痕の数？）毎度のことながら、苦々しいものが胸にこみあげてきたので、彼はそれを呑み下さなければならなかった。（赤の他人を憎む必要がどこにある？　憎むべき父親なんて、ぼくにはいないはずだぞ）

3

翌朝、金貨を渡された少年はふたりだけだった——勇気を示せなかったか、戦いの技倆があまりにも足りなかったか。ヴェーリンとしては、あれほどの流血や骨折があったにもかかわらず得るところの少ない試練だったような気がするのだが、騎士団の通過儀礼はすべて信念のためで、そこに疑問をさしはさむ余地はない。ノルターやデントスはじきに完治したものの、バルカスの背中には死ぬまで消えることのない傷痕が残された。

冬の寒さが深まる頃、彼らはひときわ専門性の高い訓練を受けるようになった。ソリスが要求する剣の動きはいよいよ複雑さを増し、戦斧の扱い方についても綿密な指示が飛ぶ。小隊編成で作戦を展開するなら、各個人が隊列を乱さずに戦わなければならない。少年たちは左右を間違えたり後退してしまったり、そのたびに笞打ちを浴びた。彼らが自分たちのやるべきことを本当に理解したと感じられるようになるまで数カ月、マスターたちをも満足させるまでにはなお数カ月もかかった。くわえて、馬術も疎かにはできず、釣瓶落としに日が暮れてからの時間をそちらに充てなければならない。彼らは自分たちだけの競走路を決めてあった――河沿いに街の外壁をめざす四マイルの道程で、途中には荒地もあり障害物もあり、マスター・レンシャルからの課題に備えるという意味でも理想的だった。そこで馬を走らせていたある晩のこと、ヴェーリンはひとりの少女と出会ったのだ。彼がトネリコの倒木を跳び越える際の目測を誤ったことで癇癪を起こしたスピットは後脚立ちになり、霜に覆われた地面へと彼を放り出した。そんな彼を尻目に、仲間たちは笑い声だけを残してその場を駆け抜けていった。

「性悪の畜生め!」ヴェーリンは罵り、痛む背中をさすりながら立ち上がった。「いっそ、さっさとつぶして獣脂を搾り取るか」

スピットは例によって荒々しく歯を剝き、片方の前足でしきりに地面をひっかいたあげく、そこいらの木立の中へと草を食みに行ってしまった。いつだったか、レンシャルが多少なりとも理詰めで話せる状態のとき、せいぜい小玉のリンゴほどのちっぽけな脳しか持ち合わせていない動物たちに人間の感情を伝えようとしても無駄だと釘を刺されたことがある。〝馬は馬同士でしか分かり合えない〟彼は少年たちにそう説いたものだ。〝こいつらが何を考え何を望むのか、われわれ人間には理解不能だし、こいつらもまた人間の思惑など知る由もない〟しかし、ヴェーリンはここでスピットの後ろ姿を注視するにつけ、その言葉が本当なら、人間たちがどれほど無頓着かということを誇示する異能の持ち主がよりによって自分の馬なのかと思わずにいられなかった。

「あなた、あの馬にあまり好かれてないみたいね」

彼はとっさに剣の柄をつかみながら視線を巡らせたものの、少女ひとりの姿があるだけだった。年齢は十歳ぐらいで、防寒用の毛皮にすっぽりと身を包み、透けるように白い顔だけが見えており、その瞳には好奇心があらわになっている。それまでは樫の大木の陰にいたのだろう、手袋をはめた両掌にいっぱいの小さな黄色い花は――ハマメリスか。郊外の森に群生し、街の人々がときおり摘みに訪れる。ただし、薬用にも食用にもならないと、マスター・ヒュトリルから聞かされていたので、そんなものを何のために欲しがるのやら、ヴェーリンには見当もつかなかった。

「きっと、大草原に帰りたがってるのさ」彼は答え、トネリコの倒木の幹に腰を下ろすと、剣帯をあるべき位置に戻した。

驚いたことに、少女も彼のすぐわきに座った。「わたし、アローニスよ」彼女は自分から名乗り、「あなたはヴェーリン・アル・ソーナでしょ」

「あぁ、そうとも」夏祭での一件以来、彼は街の近くまで来ると、見知らぬ相手から呼びかけられたり指差されたり、当人もそれに慣れつつあった。

「おかあさまは、あなたとしゃべっちゃいけませんって」アローニスが言葉を続けた。

「へぇ？　どうしてかな？」

「知らないわ。おとうさまがお気に召さないのかも」

「だったら、わざわざ近寄ってこないほうが良かったろうに」

「いつも言われたとおりにしてるわけじゃないもん。わたしは悪い子なの。女の子らしいことなんか、やってられないわ」

ヴェーリンは思わず笑みがこぼれた。「たとえば？」

「お裁縫は苦手。お人形遊びは退屈。変なものをこしらえたり、変な絵を描いたり、あとは、男の子たちよりもずっと賢いところを見せつけてやれるようなことをするのが好き」

ヴェーリンは笑い声が喉まで出かかったものの、アローニスの真剣な表情がそうさせなかった。少女は彼を観察するかのように、その顔をじっと見据えている。いたたまれない気分にさせられても不思議はないほどの視線だったが、ヴェーリンはむしろ親しみが湧いてきた。「ハマメリスだね」彼は少女の掌中の花へと顎をしゃくってみせた。「それを摘むのは女の子らしいことじゃないのかな？」

「えぇ、そうね。写生したり、文章で説明したりするの。そうやって花の図鑑を自作してるのよ。おとうさまが名前を教えてくださるわ。植物のことなら何でもご存知なんだから。あなた、植物には詳しい？」

「ある程度までのことなら。毒のあるものとか、薬用や食用に使えるものとか」

彼女は手袋の上に盛った花を眺めた。「これは食べられる？」

彼は首を振った。「食べられないし、薬にもならない。役に立つようなものじゃないよ」

「自然の美しさは感じ取れるわ」彼女のなめらかな眉間にうっすらと皺が寄った。「それだけでも価値はあると思うけど」

ヴェーリンはこらえきれずに破顔一笑した。「良いことを言うね」それから、少女の両親はどこにいるのかと、彼は周囲に視線を巡らせた。「ひとりでここへ来たわけじゃないんだろ？」

「おかあさまは森の中のどこかにいらっしゃるわ。わたしはあの樫の木に隠れて、あなたが馬を走らせてるところを見てたの。あんなふうにひっくりかえるなんて、みっともないったら」

ヴェーリンがふりかえると、スピットは悠然とあちらの方向へ首を振った。「あいつもそう思ってるみたいだな」

「お名前は？」

「スピット」

「趣味が悪いわね」

「あいつの気性そのままなんだよ。まぁ、もっと扱いにくい犬も飼ってるけど」

「あなたの犬のこと、噂には聞いてるわ。馬ほどもある大物で、あなたは〈在野の試練〉のさなかに一昼夜ぶっとおしで戦ったあげく屈服させたそうね。ほかにもたくさんの逸話があるんでしょ。いくつも書き溜めてあるんだけど、おかあさまとおとうさまに取り上げられてしまいそうだから、隠しておかなきゃいけないの。たったひとりで十人の敵を倒したとか、次の第六騎士団管長になることが今から決まってるとか」

(十人?)ヴェーリンは耳を疑った。(ちょっと前までは七人だったはずだぞ。この調子じゃ、ぼくが三十歳になる頃には百人を超えそうだな)「四人だよ」彼は少女に告げた。

「そもそも、ぼくひとりで戦ったわけじゃない。次の管長のことだって、今の管長がお亡くなりになるか引退なさるか、それまでは何も決まりゃしないさ。もうひとつ、ぼくの犬がいくら大きいからって馬には及ばないし、一昼夜ぶっとおしであいつと戦うなんてのも不可能だね。五分もしないうち、こっちがやられる」

「あら」彼女はいささか気落ちしたようだ。「書き直さなきゃ」

「ごめんよ」

彼女は軽く肩をすくめた。「わたしがもっと小さかった頃、あなたの話をおかあさまから聞かされたものよ――わたしのおにいさまにあたる人だとか、一緒に暮らすことになるはずだとか。でも、あなたは来なかった。おとうさまはひどく悲しそうだったわ」

混乱のあまり、ヴェーリンは眩暈に襲われた。周囲のあらゆるものが揺れ動き、地面も波打っているかのように感じられ、立っているのも一苦労だ。「何だって?」

「**アローニス!**」森の中からひとりの女性が急ぎ足で現われた。凜とした雰囲気の美人で、髪は黒々とした巻毛、質素な毛織のマントに身を包んでいる。「アローニス、こっちへいらっしゃい！」

少女はうっとうしげに頬をふくらませた。「すぐにでも引き離されそうな剣幕ね」

「もうしわけありません、ブラザー」その女性は息を切らしながら駆け寄ってくるや、少女の手をしっかりと握りしめた。そして、大切な存在をどうあっても護ろうとするかのように、両腕で抱きすくめる。「とにかく好奇心旺盛な娘なのです。ご迷惑をおかけしたわけでなければ良いのですが」

「アローニスというのはお嬢さんのお名前？」ヴェーリンは尋ねながら、掻き乱されていた気分がたちまち冷たく澱みはじめるのを感じていた。

娘を抱き止めている女性の腕にひときわ強い力がこもった。「えぇ」

「レディ、あなたのお名前は？」

「ヒラと申します」彼女は作り笑いを浮かべてみせた。「ヒラ・ジャスティルです」

ヴェーリンにとっては何の意味もない名前だった。（会ったこともないよな）彼女は娘を心配するあまり血相を変えていたが、それとは異なる何かも見え隠れしている。（ぼくが何者なのかを知ってるにちがいない。この顔に見憶えがあるのか）彼は少女のほうへと視線を移し、じっくりと観察した。（可憐で、顎や鼻は母親譲り……だが、眼は違う。色が濃い）とたんに、彼は身も凍るような真実を悟り、それまでの澱んだ気分が消し飛んだ。

「きみは何歳になるんだい、アローニス？」

「十歳と八カ月よ」彼女はためらうことなく答えた。

「じゃ、もうじき十一歳か。ぼくが父親に連れられて騎士団入りしたのも十一歳のときで」気付いてみれば、彼女の両掌はからっぽになっており、せっかく摘んだはずの花が足元に散らばっている。「どんな事情があってのことだったのか、ぼくはずっと頭を悩ませてきたものさ」彼は腰を落とし、ハマメリスの花梗《かこう》を折らないよう慎重に拾い集めると、ひざまずいたままアローニスの前にさしのべた。「忘れ物だよ」彼の笑みに対して、彼女も笑みを返す。彼はその表情を瞼の裏にいつまでも留めておきたいと思った。

「ブラザー……」ヒラが言いかける。

「こんなところに長居してはいけませんよ」彼は立ち上がると、スピットのほうへ歩み寄り、しっかりと手綱をつかんだ。馬も彼の気分を感じ取ったのだろう、彼が鞍に跨るのを厭う様子も見せなかった。「冬の森にはさまざまな危険が潜んでいます。今後はどこか別の場所で花を探してごらんなさい」

ヒラは娘を抱きすくめたまま、内心の恐怖と戦っているようだった。やがて、彼女はゆっくりと口を開いた。「ありがとうございます、ブラザー。おっしゃるとおりに」

ヴェーリンは最後にもう一度だけアローニスをふりかえってから、スピットの脇腹に拍車を当てた。今回はためらうことなく倒木を跳び越え、その場に佇んだままの母娘をあとにして、森の中を駆け抜けていく。

（どんな事情があってのことだったのか……これで謎が解けたぞ）

冬が終わり、凍っていた地面がぬかるみはじめる頃、ヴェーリンは必要最小限のことしか話さなくなっていた。日々の訓練に勤しみ、スクラッチの仔犬たちが生まれるところを見守り、騎士団での暮らしを楽しんでいるフレンティスのおしゃべりに耳を傾け、悍馬《かんば》を乗りこなしながら、彼は寡黙を貫いていた。アローニスとの出逢いがもたらした荒涼たる気分、どんよりとした欠落感を、いつになっても払拭できずにいるのだ。彼女の面影が、その目鼻立ちが、瞳の色が、何かにつけて脳裏をよぎる。〝十歳と八カ月よ〟……彼の母親が亡くなったのは今から五年ほど前のことだ。十歳と八カ月。

ケーニスは彼との会話を試み、お得意の物語で水を向けてきた。ウルリシュの森の会戦、レンフェールとアスレールの両軍が一昼夜にわたって血みどろの戦いをくりひろげたときの逸話である。王国の歴史が始まるよりも前、ジャヌスがまだ一介の領主にすぎなかった頃のこと、四大知行たちのあいだには諍いが絶えなかった。しかし、ジャヌスは理知の言葉と鋭い刃、そして信念の強さを武器に、彼らの対立を終わらせた。第六騎士団が戦地を踏むようになったきっかけもそこにあり、ほかの何よりもまず信念に重きを置くという王の意志を世に知らしめた。第六騎士団がレンフェール軍の戦線を分断したからこそ、この会戦はとにもかくにも一昼夜で終わったのだ。ヴェーリンはおとなしく耳を貸していた。以前にも聞かされた物語ではあるのだが。

「……やがて、レンフェールのテロス卿は傷だらけで鎖に繋がれたまま陛下の御前へ連れ出されると、あくまでも反抗的な態度で唾を吐き、成り上がりの若造に膝を屈するよりは死を選ぶと言い放った。ジャヌス国王は呵々大笑でそれに応え、周囲を驚かせた。〝膝を屈する必要などありませんよ、ブラザー〟陛下はそうおっしゃった。〝だからといって、死を選ぶことも無用です。王国のために貢献していただけるかどうか、生命あればこその話でしょう〟それに対して、テロス卿は……」

「〝きさまの王国なんぞ、狂人の夢にすぎん〟」ヴェーリンが言葉をかぶせた。「陛下はふたたび笑い声を響かせ、そこから、一昼夜におよぶ論争が始まり、論争から討論へ、テロス卿もついには陛下の深謀遠慮を知るに至った。以来、彼はひたすら陛下に忠義を尽くした」

ケーニスは憮然たる表情になった。「前にも話したっけか」

「一度ならずね」ふたりは河辺に立ち、フレンティスやその同期の連中がスクラッチの仔犬たちとじゃれあう様子を眺めていた。牡が四匹、牝が二匹、犬舎の床に産み落とされたばかりの姿はいかにも人畜無害そうで、その体毛をべっとりと濡らす羊水を、母犬はきれいに舐めてやったものだ。発育が早く、今はもう世間の犬たちの半分ほどにまで大きくなったとはいえ、前足がもつれんばかりに跳ねまわるところなどは仔犬以外の何物でもない。フレンティスは望みどおり名付け親になることを許されたが、いずれもあまり独創的ではなかった。

「スラッシャー!」彼はいちばんのお気に入りとなった大柄な仔犬に呼びかけ、木の棒を振りかざしてみせた。「それっ!」

「どうしたんだい、ブラザー?」ケーニスが尋ねる。「めっきり口数が少なくなったのには、何か理由があるんだろ?」

ヴェーリンの視線の先で、フレンティスがスラッシャーにひっくりかえされ、さかんに顔を舐めまわされて笑い転げている。

「彼にとって、騎士団は性に合ってたのさ」ケーニスが相槌を打つ。「あれから一フィート以上も背が伸びたし、とにかく覚えが早い。どんなときでも説明をくりかえす必要がないって、マスターたちも感心してる。ひょっとしたら、笞打ちとはまるっきり無縁かも」

「こんな暮らしが好きになれるなんて、それまではどんな人生を送ってたんだ?」彼はケーニスをふりかえった。「あいつは自分の意志でここへ来た。ぼくたちとは違う。自分で選んだことだ。愛情に欠けた親が門前に捨てていったわけじゃない」

ケーニスが顔を寄せ、声を落とした。「きみのお父上はきみを取り戻そうとしたはずだぞ、ヴェーリン。そのことを忘れるなよ。フレンティスと同じく、きみも自分の意志でここにいるんじゃないか」

〝十歳と八カ月よ……わたしのおにいさま……一緒に暮らすことになる……でも、あなたは来なかった……〟「なぜ？　ぼくを取り戻そうとした理由は？」

「後悔？　罪悪感？　何をするにも理由が必要なのかい？」

「管長がおっしゃるには、ぼくの騎士団入りは父が信念と王国を奉じていることの証だったらしい。でも、陛下との関係がぎくしゃくしたとなれば、その証を裏返しにするためにぼくを取り戻すつもりだったんじゃないかと思えてくるのさ」

ケーニスは厳粛な表情になった。「きみはお父上について無関心すぎるよ、ブラザー。騎士団の教えで、ぼくたちに家族はいないってことになってるけど、息子が父親を憎むのは良くないと思うぜ」

〝十歳と八カ月よ……〟「相手がどんな人物なのか知らずにいるかぎり、憎しみは湧かないさ」

（『ブラッド・ソングⅡ』につづく）

訳者あとがき

英国の新進気鋭、アンソニー・ライアンのデビュー作にして Raven's Shadow シリーズ開幕篇となる *Blood Song* の邦訳をお届けします。原著はハードカバーで六〇〇ページほどもあるため、日本語版では三分冊での刊行となり、お手許にあるこの本はその第一巻です。

長き戦乱からついに統一を果たした王国、その勲功をもって英雄と称された元帥の、まだ十歳を過ぎたばかりの息子がいきなり騎士団に放りこまれるところから物語は始まります。彼の名はヴェーリン・アル・ソーナ――知らぬ者もない姓の重みと、ほかならぬ父に捨てられたという心の痛みに耐えながら、やはり親許を離れて騎士団入りした同期の少年たちと支え合い、訓練の場では木剣で激しく打ち合い、折々に巡ってくる試練をひとつひとつ乗り越え（生きて帰れぬ者もあり、落伍して離別を余儀なくされる者もあり）、ようやく一廉《ひとかど》の戦士と認められます。もちろん、統一を果たしたとはいえ真の平和はまだ遠く、彼らはすぐさま実戦に駆り出されるのですが、行く先々で遭遇する現実は、騎士団の行動規範たる信念の教えを、あるいは王命を、疑わずにはいられなくさせるようなことばかりで……

　仕立てはまさしく異世界ファンタジイですが、まずは剣ありきの物語で、魔法の気配はうっすらと感じられる程度にすぎません（続篇でそちらの色が濃くなっていくのかもしれませんが）。系統としてはジョージ・R・R・マーティンの〈氷と炎の歌〉に類するでしょうか――読み応えがたいそう重厚ということもあって、本作に対するレヴューの多くも、マーティンの後継候補がまたひとり名乗りを上げたと捉えているようです。ちなみに、作者自身はむしろデイヴィッド・ゲメルからの影響を強く意識しており（謝辞にも記されています）、その点からすれば、ゲメル‐レジェンド賞を獲ったアンドレイ・サプコフスキやブランドン・サンダースンなどは良きライヴァルということになるかもしれません。とりわけ、サンダースンとは同世代のまだ四十歳そこそこですから、おたがいに切磋琢磨して英語圏ファンタジイの将来を背負ってくれそう……などと勝手な期待もふくらみます。

　年齢に触れたところで、作者の略歴など。

　ライアンは一九七〇年生まれのスコットランド人。若くしてロンドンに移り、役所勤めで生計を立てつつ作家を志してきましたが、二十代で書いたSFクライムノヴェルはどこへ持ちこんでも門前払いだったそうです。「編集者に時間を費やさせるだけの甲斐があれば」と向上心を燃やし、さらにいくつかの習作を経て、この *Blood Song* を書き上げました。日々の公務をこなしながら完成までに六年半――それでもなお、商業出版への道がすんなりと開かれたわけではありません。

しかし、四十路を迎えようとしていた彼にとって、時の流れはむしろ味方でした。二〇一〇年、すでに電子書籍は珍しいものでなく、彼も手始めに Smashwords を使い、やがて Kindle へと移行しました。そこで読者からの反響が得られるようになり、そのうちのひとりが Penguin Books と繋がりのある人物だったのも幸いして、傘下の Ace/Roc からの刊行に至ったのです。運に恵まれていた部分もあるとはいえ、拾い読みだけで通り過ぎさせてしまわなかった引力の強さは十数年にわたる研鑽《けんさん》の賜物《たまもの》にちがいありません。また、作家修行のかたわら、歴史好きが昂じて学位を取り、物語世界における国家形成や宗教観にその知識を埋めこむなど、目端の利かせ方も心得ているようです。本作は二〇一三年 amazon.uk のベストSF&ファンタジイ十傑に選出され、前述のサンダースンが故ロバート・ジョーダンの〈時の車輪〉シリーズを書き継いだ *A Memory Of Light*、ニール・ゲイマンの *The Ocean at the End of the Lane* などと肩を並べていますが、いずれはアンソニー・ライアンという名前自体がそれらの大御所たちと同列に語られることにもなるでしょうか。

○著作一覧

Raven's Shadow 三部作

1 Blood Song（本書）
2 Tower Lord
3 Queen of Fire（近刊予定）

Slab City Blues シリーズ（前述のＳＦクライムノヴェル、電子版のみ）

1 Slab City Blues
2 A Song for Madame Choi
3 A Hymn to Gods Long Dead
4 The Ballad of Bad Jack

なお、作者について詳しく知りたければ、anthonystuff.wordpress.com（ブログ）、あるいは@writer_anthony（ツイッター）へどうぞ。もちろん英文ですが、各国で刊行された翻訳版が届くたびに表紙画像を飾るのがお気に入りらしく、それらを見るだけでも一興かと思います。この日本語版も……？

訳者略歴　1968年生，1994年東京外国語大学ロシヤ語学科卒，英米文学翻訳家　訳書『ドラゴンズ・ワイルド』アスプリン，『王都の二人組』サリヴァン（以上早川書房刊）他多数

HM=Hayakawa Mystery
SF=Science Fiction
JA=Japanese Author
NV=Novel
NF=Nonfiction
FT=Fantasy

ブラッド・ソングⅠ
―血《ち》の絆《きずな》―

〈FT570〉

二〇一四年十二月十日　印刷
二〇一四年十二月十五日　発行
（定価はカバーに表示してあります）

著者　アンソニー・ライアン
訳者　矢口《やぐち》悟《さとる》
発行者　早川浩
発行所　株式会社早川書房

郵便番号　一〇一 - 〇〇四六
東京都千代田区神田多町二ノ二
電話　〇三 - 三二五二 - 三一一一（大代表）
振替　〇〇一六〇 - 三 - 四七七九九
http://www.hayakawa-online.co.jp

乱丁・落丁本は小社制作部宛お送り下さい。
送料小社負担にてお取りかえいたします。

印刷・三松堂株式会社　製本・株式会社フォーネット社
Printed and bound in Japan
ISBN978-4-15-020570-6 C0197

本書は活字が大きく読みやすい〈トールサイズ〉です。